und die lethargie

Jeanette Y. Hornschuh

2021

Autor, Umschlaggestaltung, Illustration, Lektorat, Korrektorat:
Jeanette Yvonne Hornschuh

Verlag & Druck: tredition GmbH, Halenreie 40-44, 22359 Hamburg
ISBN 978-3-347-33924-8 (Paperback)
ISBN 978-3-347-33925-5 (Hardcover)
ISBN 978-3-347-33926-2 (e-Book)

Bibliografische Information der Deutschen Nationalbibliothek:
Die Deutsche Nationalbibliothek verzeichnet diese Publikation in der Deutschen Nationalbibliografie; detaillierte bibliografische Daten sind im Internet über
http://dnb.d-nb.de abrufbar.

Teil 1

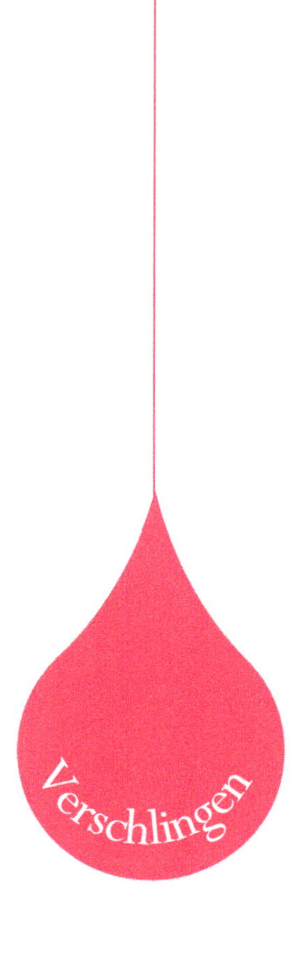

1.

Früher war es einfacher, ein ruhiges Leben zu führen… Die Menschen waren weniger misstrauisch. Man wurde als Meinesgleichen geduldet… naja oder zumindest nicht sofort enttarnt, egal ob man sich ‚irgendwie seltsam' verhielt. Heutzutage muss man ein guter Schauspieler sein, sich nett verhalten, den Mund beim Lachen nicht zu weit aufreißen… und… Schuhe tragen, tse!

„…Haha, naja Eve, ich bin… ha, schon ziemlich aufgeregt. Es kommt ja nicht oft vor, dass…"

…

Gezwungen zu sein, sich derart anzupassen, nimmt einem irgendwie…

…

„…ssso eine schöne Frau mit mir a…ausgeht. Als du mich angesprochen hast…"

…

…den Genuss.

…

„…da dachte ich erst, du würdest dir einen Scherz erlauben…"

Ein weißer Zuckerwürfel bröselt langsam im purpurroten Tee vor sich hin. Der Anblick hat etwas Melancholisches. Als der Würfel vollständig zerfallen ist, werfe ich noch einen hinterher. Roter Tee schwappt in kleinen Tropfen auf mein weißgepunktetes Oberteil. Ja… mittlerweile ist alles nur noch lästig. In Momenten wie diesen drängt sich dieser Gedanke immer wieder in mein Bewusstsein. Gelangweilt stütze ich mein Gesicht auf meine Hand ab und seufze. Ich höre schon lange nicht mehr zu, was… was… hng… Was Typ… XY hier vor sich zusammenstammelt, habe ich in meinem sich wie ein viel zu lang gekauter Kaugummi hinziehenden Leben sicherlich schon das ein oder andere Mal gehört. Oh Eve, du bist so schön! Ohh Eve, es ist mir eine Ehre! Ohhhh, wir sind ja so herrlich naiv…

…

„…Naja, Eve… man hört ja auch mal von Dämonen, die genau solche Tricks anwenden. Nicht… aaalso nicht, dass ich das je bei dir vermuten würde…“

…

Ja, Idioten gibt es auch heute noch, nur sind diese wohl sehr selten geworden.

…

„…A… also… du bist doch kein Dämon oder so?“

Haaah?!

„Ha, ha, ha, aber nein, mein Lieber! Wo denkst du denn hin? Hast du denn jemals einen Dämon getroffen, der so liebenswürdig ist?"
XY lehnt sich erleichtert auf seinem Stuhl zurück und antwortet: „Puh... nein, natürlich nicht!"
Natürlich nicht. Ich neige den Kopf und schiebe ein „Na siehst du!" hinterher. Irgendwie sind sogar die Idioten nicht mehr das, was sie einmal waren. Ich schlürfe meinen viel zu süßen Früchtetee aus, während ich einen Seitenblick auf die anderen Gäste hier im Café werfe. Der Kellner tuschelt mit einer Dame, die drei Tische entfernt sitzt. Ihre skeptischen Blicke verraten mir, dass sie bereits zu ahnen scheinen, was hier vor sich geht. Zeit also, es zu Ende zu bringen. Ich drehe mich etwas seitlich zu XY, lege meinen rechten Zeigefinger leicht an meine Wange und hauche: „Oh, bitte lass uns doch irgendwo hingehen, wo wir ungestört sind!"
XY zeigt ungeahnte Ambitionen: er läuft purpurrot an - es passt zum Tee. Stammelnd erwidert er:
„O...... oh...... oh... oh......
o............
...kay..."

Dörfer sind ideal für Meinesgleichen. Ein Dorf hat meist nur wenige Hauptstraßen, die restlichen Straßen ähneln eher kleinen Gassen, in denen nur wenige Menschen unterwegs sind. Auch in diesem Dorf hier muss man nur zwei Häuser hinter sich lassen, um ‚ungestört' zu sein. Ruhig liegen die alten Gebäude da, welche die gepflasterten Straßen umringen. Einige Häuser hier wirken von außen schon fast verfallen, ein Blick in die Fenster zeigt jedoch das einfache harmonische Leben der Bewohner. Hier und da ist der Weg uneben und fast überall quillt Moos zwischen den Gehwegsteinen hervor. Der laue Frühlingswind streift an den engstehenden Fachwerkhäusern der Gasse entlang, lässt die frische Wäsche taumeln, die an der zwischen den Häuschen gespannten Leine hängt, und streift durch mein langes weißes Haar. Als ich XY gegen die Feldsteinwand eines Hauses drücke, klart der Himmel langsam auf. Die ersten Sonnenstrahlen wärmen meine glatte porzellanhelle Haut. Jetzt erst betrachte ich XY etwas genauer: die kurzen schwarzen Haare, der mintgrüne Kapuzenpullover, die runden, kindlichen Augen... Ich sehe in seine geweiteten Pupillen und bin froh, sagen zu können: „Mh... wie schön. Ein kleiner Teil von euch Menschen hat sich seinen Leichtsinn wohl bewahrt, mh?"

XY zittert vor Angst, unfähig sich zu wehren oder etwas zu erwidern.

Mh... Genuss - ja, ich versuche diesen Moment zu genießen...

„Hnn... Dämon!"

Verdammt!

Dieser wütende Einwurf stammt nicht etwa von XY, der schon fast der Ohnmacht nahe an der Wand vor mir lehnt. Jemand ist in der Gasse aufgetaucht und ich habe mich zu sehr dem Moment hingegeben, um dies rechtzeitig zu bemerken.

Genervt von der plötzlichen Unterbrechung drehe ich mich nun zu dem Fremden um und sehe... blau. Blau - so strahlend, dass es wehtut. Blau - so unbeständig, als würde es Wasser sein. Zwei blaue Male ziehen sich wie eine Welle von der Mitte seines Gesichts ausgehend bis über seine Wangen. Um den linken Arm ziehen sich weitere Male. Es ist dasselbe tiefe Blau wie das seiner Augen, mit denen er mich fixiert.

Verdammt, verdammt!

Ich puste mir eine Strähne aus dem Gesicht und presse abschätzig hervor: „Pah, DU bist der für dieses Gebiet zuständige Jäger? Bist noch recht jung dafür, nicht Bursche?“ Natürlich ist er kein Kleinkind mehr, vermutlich irgendwo zwischen siebzehn und zwanzig Jahre alt. Aber junge Jäger springen meist auf sowas an. Seine blauen Augen verengen sich. Ich fand den Kontrast dieser Farbe zu den blutroten Augen meiner Gattung schon immer irgendwie poetisch. Eine blonde Haarsträhne fällt ihm in die krausgezogene Stirn, als er, vorhersehbar, erwidert: „DICH zu besiegen wird mir jedenfalls nicht schwerfallen, Dämon!“

„Ha, ha, ha, ha!“ Interessant. Ich lasse XY, mittlerweile tatsächlich ohnmächtig, zu Boden sinken. Der blonde Jäger steht etwa dreißig Schritte von mit entfernt. Langsam drehe ich mich zur Feldsteinwand zurück. „Mh, tatsächlich, Jäger?“
Die Blätter am Boden der Gasse wirbeln kurz hoch und schon befinde ich mich direkt vor dem Jäger.
„Dafür…“, ich hole mit der rechten Hand aus, „…bist du aber etwas zu langsam!“
„Wa…?!“ stammelt er.
„Präge dir den Namen des ‚Dämons‘, der dich nun niederschmettern wird, gut ein! Er lautet Eve…“ grinse ich. Schnell durchschneidet meine Hand die Luft und hätte seinem Gesicht eine neue asymmetrische Form gegeben, wäre er nicht im letzten Moment zurückgewichen. Der Jäger rutscht über den Boden und kommt in einiger Entfernung zum Stehen. Wenn ich ehrlich bin, habe ich nicht damit gerechnet, dass er eine so schnelle Reaktionszeit hat. Und wenn ich noch weitergehen soll, dann kann ich wohl gestehen, dass dies hier wahrhaft Aussicht auf ein bisschen Spaß bringen könnte! Ich lächle breit und lasse meine spitzen Eckzähne blitzen: „Hi, hi! Komm, kleiner Jäger, tanz‘ mit mir!“
Das abschätzige „Ärg!“ des Burschen interessiert mich nicht, ich spanne bereits meinen Körper an und stürze auf ihn zu. Ich drehe mich im Sprung um meine eigene Achse herum, um

genügend Schwung zu holen und lasse meine Arme Richtung Feind schnellen, doch er springt noch rechtzeitig zurück, sodass mein Angriff ins Leere geht. In dieser Bewegung lasse ich meine Hände auf den Boden niedersausen und hole zum Tritt aus, doch er weicht erneut aus. Von einer Ecke zur nächsten bewegen wir uns durch die menschenleere Gasse. Meine Hände wirbeln durch die Luft. Seine Beine rutschen schnell über den Boden hinweg. Wir drehen uns immer weiter im Kreis. Ich jage ihn über die Pflastersteine hinweg, hin zu einem hölzernen Durchgang, der sich zwischen zwei Fachwerkhäusern schmiegt, weiter zu einem hohen, verputzten Haus, an dem sich der herausstehende Erker bereits Richtung Boden bewegt, bis hin zurück zum Feldsteinhaus, vor dem XY liegt. Der Tanz geht immer so weiter. Rhythmisch greife ich ihn an, lasse meine Hände niedersausen, rhythmisch weicht er aus, duckt oder dreht sich weg. Ich greife an, er weicht aus, ich greife an, er weicht aus…

Aber…

„Haaaach… So langsam wird's langweilig!" rufe ich und verziehe missmutig den Mund, denn leider sind seine Bewegungen ausschließlich defensiv-geprägt. Er wehrt lediglich meine Angriffe ab, übernimmt nie selbst die Initiative. Also springe ich auf ein altes, rostiges Geländer, welches sich um einen Kellerzugang schlängelt, stoße mich ab und fliege in

die Höhe. „Jäger, greifst du auch mal an?! Ha, oder willst du dich angesichts meiner Überlegenheit stillschweigend ergeben?“
Der Sinkflug beginnt.
„Dann halt wenigstens still!“ Ich hole aus und… im perfekten Moment schnellt der rechte Ellenbogen des Jägers nach oben und trifft meine Wange - im Sturz. Seine Abwehr ist wirklich gut.
Nachdem die Wucht seines Schlages eine gewisse Distanz zwischen uns gebracht hat, indem sie mir ein paar Überschläge über den Boden abverlangte, finde ich mich erneut vor der Feldsteinwand wieder. Da kommt mir etwas in den Sinn…
„Haha, mal sehen, wie dir das schmeckt.“ Schnell packe ich den bewusstlosen XY am Kragen, ziehe ihn hoch und schleudere ihn dem Jäger entgegen. Mh… Jetzt wird der Jäger unruhig - das kann ich seinen nun nicht mehr ganz so kühlen Augen ablesen. Das Primärziel eines jeden Jägers ist der Schutz der Menschen - so sollen sie zumindest das, was sie tun, interpretieren. Von einem anderen Jäger hörte ich mal, dass ihnen dieses Selbstbild bereits in den Kindertagen vermittelt wird. So ist die Reaktion des blonden Jägers, der sich gerade meiner Auslöschung widmet, absolut vorhersehbar: er rennt XY entgegen und fängt ihn mit seinem ganzen Körper ab. Der immer noch ohnmächtige Typ ist von ungefähr derselben

Größe wie der Jäger, physikalisch nachvollziehbar hat ihn die Geschwindigkeit und das Gewicht des Aufpralls zu Boden gerissen. „Hng…“ liegt der Jäger nun stöhnend auf der Erde. Erneut springe ich auf ihn zu und hebe meine rechte Hand zum Angriff. Seine blauen Augen scheinen mich fast zu durchbohren, als er wieder den rechten Ellbogen im exakt richtigen Moment gegen meinen Schädel donnert und sagt: „Du bist nicht der erste Dämon, der solche Tricks bei mir versucht.“
Urg! - sein Schlag hat mich erneut mit voller Kraft getroffen.
„Ha, ha, Jäger, du bist nicht ausgewichen.“ stelle ich fest, nachdem ich mich wieder gefangen habe. Diese Tatsache ist eigentlich jedoch weitaus weniger überraschend, als es den Anschein macht. Ich rapple mich vom Boden auf und klopfe den Staub von meiner weißen Hose. Wirklich sauber wird sie davon nicht mehr, doch das ist mir im Moment gleich. Nun habe ich Gewissheit: „Du denkst, du hast bereits zwei Treffer gelandet und obliegst im Kampf, doch… dadurch hast du bereits verloren.“
Er schweigt…
Den rechten Arm in meine Hüfte stemmend, hebe ich erneut an: „Für dich, Jäger, kommt wohl nur noch die Flucht in Betracht. Dies ist die einzig sinnvolle Option, die dir verbleibt.“

Es ist offensichtlich, was er denkt. Seine etwas nach unten gezogenen Augenbrauen zieht er nun noch ein Stück tiefer, als er ansetzt zu erwidern: „Tse, noch billiger geh-“
„Du wartest.“, unterbreche ich ihn, „Darauf, dass ich angreife und die Deckung vernachlässige. Erst dann greifst du an. Du setzt als junger Jäger natürlich auf Sicherheit. Aufgrund meiner naturgegebenen enormen Überlegenheit sowohl hinsichtlich Schnelligkeit als auch physischer Kraft, bedeutet jeder Treffer, den ich landen kann, das potentielle Aus für dich.“ Ich balle die Faust und kann sehen, dass sein linker mit blauen Malen bedeckter Arm sich verkrampft. Die sinnvolle Option wird er wohl nicht in Betracht ziehen. Ich fahre fort: „Dein Kampfstil ist sehr defensiv-lastig. Von allein greifst du nicht an. Es gibt eine einfache Strategie für mich, darauf zu reagieren…“
Mit geneigtem Kopf warte ich lächelnd auf eine Antwort, Reaktion, irgendetwas. Nach einer Weile meint er: „Das willst du aus gerade einmal zwei Treffern gelesen haben…?“
Mein Lächeln vertieft sich: „Ernsthaft, du hast keine Ahnung, wie alt ich bin. Greifst du jetzt an, erledige ich dich in… naaa, sagen wir mal 20 Sekunden.“
Anscheinend habe ich ihn nur weiter gereizt. Drohend streckt er nun seine linke Faust vor und beginnt, Zeigefinger und Mittelfinger zu heben. Blau flirrt die Luft um seine Finger - es ist, als würden sie Schallwellen freisetzen, die sich in dünnen,

unregelmäßigen Fäden blau gefärbt durch die Luft bewegen. Eine gefährliche Geste, geschaffen, um zu Löschen. Finster starren mich die tiefblauen Augen an: „...Und du hast keine Ahnung, wie grenzenlos anmaßend du bist." Der Jäger prescht auf mich zu und holt zum Tritt aus. Die blau flirrende Bann-Hand lässt er dabei wieder sinken. Es ist dennoch ein ernstgemeinter Angriff, der mir aber natürlich nicht im Geringsten gefährlich werden kann: „Oha, du hast deine Entscheidung getroffen. Noch 18 Sekunden." rufe ich lachend. Ich springe gekonnt nach oben und weiche seinem Tritt aus.
„15 Sekunden." In einiger Entfernung komme ich wieder auf, der Jäger dreht sich zu mir um.
„12 Sekunden. Bedenke Bursche, nur ein Treffer..." Diese Warnung scheint ihn nicht zu erreichen, denn jetzt sprintet er abermals los, direkt auf mich zu.
„9 Sekunden." Ich renne ebenfalls los, drehe einen kurzen Bogen und greife ihn von der rechten Seite aus an.
„7 Sekunden." Mein Ellenbogen bewegt sich auf seinen Kopf zu.
„5 Sekunden." Abermals ist es seine Intention, meinen Angriff mit seinen rechten Ellenbogen abzuwehren.
„4 Sekunden, 3, 2, 1..."

Der Kampf ist damit vorbei.

„0. Siehst du, wirklich einfach…“ Ich fühle für einen Moment seine weichen Haare in meiner Hand, sehe die Angst und den Schrecken in seinen klaren Augen aufblitzen, spüre die Wärme seiner Haut…

…und…

…ramme seinen Schädel derart schnell in das Kopfsteinpflaster, dass kleine Steinbrocken zu allen Seiten davonfliegen. Er bleibt reglos liegen. Langsam stehe ich auf, die Spitzen meiner weißen Haare streifen dabei seine Schulter. Sein hellgraues, hochgekrempeltes Langarmshirt und die dunkelbraune Hose, sein Gesicht, seine Haare… alles ist mit Staub und Steinen bedeckt.

„Schon amüsant.“ hebe ich an. Er atmet hastig unter den Schmerzen. Ich beuge mich über ihn: „Du bekommst während des Kampfes kaum den Mund auf, weil du dich so sehr auf deine Abwehr konzentrierst.“

„Uh…rg…“ erwidert er.

Ich erhebe mich. „Das Kämpfen scheint dir wohl nicht wirklich Freude zu bereiten.“

„Uh… Ver…“

Ich drehe mich um, entferne mich von ihm: „Ziemlich atypisch für einen Jäger, möchte ich meinen.“

Welche Nuance von Rot wohl das Blut seinen hellblonden Haaren verleiht…? Doch zu lange möchte ich den verwundeten

Jäger nicht betrachten. Er wird überleben. Der Jäger dreht den Kopf zu mir, ich kann seinen Blick spüren. „Wo… Arg… wo willst du hin, Dämon?“
Ist es Angst? Ha, ha, nein. Wohl eher sein fehlgeleitetes Pflichtgefühl, das dort aus ihm spricht… Dieser Klang… in meinen Ohren klingt es wie ein Flehen… Für einen kurzen Augenblick bleibe ich stehen: „…Nein, ich werde dich nicht töten, falls du das meinst, Junge.“
Etwas bröckelt hinter mir… Dann kann ich hören, wie etwas auf den Boden tropft… Der Jäger scheint sich… zu erheben?! Schnaufend presst der Bursche hervor: „Ist das etwa… deine Art…“
Es knistert.
„…MICH ZU VERSPOTTEN, DÄMON?!“ Der blaue Bann des Jägers durchzieht die Luft. Ich kann es spüren… In rasender Geschwindigkeit nähert er sich mir. Konzentriert spanne ich meine Beine an. Wäre er doch nur liegen geblieben… Ich atme tief durch: „Deine Todessehnsucht scheint doch stärker zu sein, als ich vermutet habe.“ Dann setze ich schnell zum Lauf an. „Aber, wenn dir dein Le…he…………“

!!!

Die nächsten paar Sekunden erscheinen mir, als wäre ich selbst nicht anwesend. Menschen sind in Angesicht des Todes der Meinung, ihr Leben vor dem inneren Auge nochmals vorbeiziehen zu sehen. Eine letzte Zusammenfassung - klingt wahnsinnig theatralisch... Bei Unseresgleichen wäre das eine ziemlich langatmige Zusammenfassung. Vermutlich erleben wir den letzten Moment unserer Existenz eher zähflüssig. Die Zeit scheint für einen kurzen Moment noch langsamer zu fließen, als sie es eh bereits tat. So sehe ich gerade meinen rechten Schuh sehr, sehr, sehr langsam durch die Luft fliegen. Der flache und dennoch unbequeme weiße Schuh mit der schwarzen Spitze fügt sich seltsam harmonisch in das langsam aufklarende Grau des Frühlingshimmels ein. Fassungslos beobachte ich in diesem sehr, sehr, sehr langsam vorüberziehenden Moment, wie mein Schuh einen Salto über mir schlägt, während ich mich mit dem Rücken auf den Boden zubewege, unfähig etwas zu sagen oder zu denken, bis auf eines: Schuhe... ich hasse sie wirklich...
Wahrhaftig... ich bin gestolpert... und als ich die Pflastersteine am Rücken spüre, ist es bereits zu spät. Gerade noch schaffe ich es, den Kopf in Richtung des Jägers zu drehen, da hat mich der blau-flackernde Bann bereits erfasst. Er umfließt mich wie ein elektrisches Band, schnürt mir den Hals zu, fesselt mich an den Boden und zersetzt mich sowohl

innerlich als auch äußerlich. Kleine Partikel sammeln sich auf der Oberfläche meiner Haut, werden mit der Energie des Banns nach oben gezogen, verlieren sich in der Luft. Meine Hände verkrampfen sich, aus meinen Augen quellen Tränen, mein Mund öffnet sich unwillkürlich unter diesem unendlichen, allumfassenden Schmerz.

Ich löse mich auf…

„Uhrrrraaa…… hör……… auf…“ Schreiend liege ich am Boden. Vermutlich bin ich nicht der erste ‚Dämon‘, der bei Anwendung seines Banns vor dem Jäger liegt und um die Fortsetzung der Existenz bettelt.
„…Hhhr… hng……… a……hhhör… auf, Jäger… ah… bitte! Ich…… hhhhrggg flehe… dich …nnhhhannn!!!“ Ich kann ihn nicht anblicken, merke an seinem Schweigen aber, dass er meiner Bitte nicht nachgeben wird. Fällt es ihm wohl schwer, einer Kreatur ein Ende zu setzen?
„Ich… kann nicht…“ flüstert er zerknirscht. Ich kann nicht… Wie vertraut mir das ist. Mit diesen letzten Worten zieht er den Bann fester, um den Auslöschungsprozess zu vervollständigen. Partikel fliegen, alles wird schwarz.

Ein Menschenschuh brachte mir den Tod - was für eine bescheuerte Art zu sterben…

2.

„Er wirkt nicht... er... wirkt nicht...... Warum... Warum wirkt er nicht?“ Ja, warum eigentlich? Menschen sterben. ‚Dämonen‘ werden geboren. Jäger löschen uns aus. Das ist eine Konstante, ein fester Ablauf. Oder nicht? Wenn das nicht wahr ist, was ist dann überhaupt noch wahr? Noch nie hat mich bis zum heutigen Tage der Bann eines Jägers getroffen, denn, wenn es dazu kommt, ist dies ein unumkehrbares Todesurteil.

Warum wurde ich dann nicht ausgelöscht?

Ich öffne langsam die Augen. Als ich den Kopf drehe, sehe ich den Jäger reglos dastehen, auf seine linke Hand blickend. Wild zittert die Hand, mit der er soeben versucht hat, meine Existenz zu beenden. Entsetzt wiederholt er immer wieder: „Warum wirkt er nicht...?“
Ja, ich wurde nicht ausgelöscht, sein Bann hat dies nicht vermocht. Warum weiß ich nicht und um ehrlich zu sein, ist mir das gerade gleich. Mein gesamter Körper zittert, aber ich ignoriere den Schmerz. Langsam erhebe ich mich: „So...“

Der Jäger reagiert nicht, er ist wie in Trance. Ein Schlag auf seinen Kopf und der liegt erneut wehrlos am Boden. Kniend beuge ich mich über ihn, ziehe ihn mit seinem Rücken dicht an meinen Bauch, halte seinen Kopf und umfasse seinen Oberkörper von hinten. Ich kann seinen Herzschlag spüren. Hrg… ein unangenehmes Ziehen durchfährt mich. Meine Haare umspielen seinen Nacken, als ich mein Gesicht langsam neben seinen Hals schiebe und flüstere: „Gnade. Im Gegensatz zu Meinesgleichen scheint euch Jägern dieses Wort wohl vollkommen fremd zu sein."
„…"
„So erwartest du hoffentlich nicht…", langsam streife ich mit der linken Hand an seiner Wange hinunter, „…dass ich sie dir noch einmal erweise…", ich lege die linke Hand an den unteren Teil seines Kopfes, meine rechte an den oberen, „…kleiner Jäger." Ein Ruck und es wäre aus mit ihm - diesen abwertenden, kühlen Ausdruck, den er mir entgegengeworfen hat, diese selbstverständliche Arroganz, diese Wut über meine bloße Existenz… all das wäre mit einer Bewegung von dieser Erde getilgt. Dessen wäre er sich voll bewusst, hätte die Tatsache, dass sein Bann mich nicht ausgelöscht hat, nicht seine Welt in den Grundfesten erschüttert. Als wäre er in einer vollkommen anderen Realität, starrt er mit leerem Blick auf seine nunmehr nutzlose Hand.

Ich sollte es wirklich zu Ende bringen… Nur einen Moment…

…

Plötzlich zuckt seine Hand. Mit den Worten „Eher nicht." zieht der Jäger seine Bann-Hand zu einer Faust zusammen - genauso, wie er es vorhin zum Ende des Auslöschungsprozesses getan hat. Die Wirkung ist dieselbe. Ein blaues sirrendes Meer umgibt uns, reißt mich hinunter.
„Urrrg… duu…… verd…" keuche ich, während ich krampfhaft versuche, mich vom Boden abzustemmen - natürlich ist es sinnlos. Wieder wird alles schwarz.

Vermutlich habe ich eine ganze Weile so bewusstlos am Boden gelegen, denn als ich erwache, ist das Grau am Himmel verschwunden und die Sonne scheint auf mich herunter. Immer noch befinden wir uns in der kleinen Gasse im Dorf. Die Pflastersteine fühlen sich warm an. Das Haus mit der Feldsteinwand liegt etwas entfernt. Keine Ahnung, was mit XY unterdessen passiert ist. Vielleicht ist er aufgewacht und davongestürmt. Ein Idiot weniger, der auf die alten Tricks hereinfällt. Eigentlich bedauerlich… Der Wind weht ein paar Blätter vom Vorjahr durch die Gasse. Sie sammeln sich an dem Eingang eines Hauses, an dem der Putz bereits rissig ist. Der Eingang liegt an einem kleinen Anbau, der im rechten Winkel zum Hauptgebäude steht. Zwei Stufen führen zur Tür hoch.

Dort sitzt der Jäger.
Mühsam versuche ich mich zu erheben. Er beobachtet mich gebannt. Die Situation ist für uns beide mehr als eindeutig: ein klares Unentschieden. Sein Bann scheint auf mich konzentriert zu sein. Die Kraft eines Jägers wirkt immer zielgerichtet, linear - das bedeutet ganz einfach ausgedrückt: auf das, was er zeigt, wird der Bann ‚geschossen' und wirkt am vom Jäger bestimmten Ziel. Als ich vorhin hinter ihm kniete und meine Hände an seinen Kopf gelegt hatte, hätte er die Hand direkt auf mich richten müssen, um mich mit dem Bann zu treffen. So war dies aber nicht geschehen… Man muss kein Genie sein, um den Zusammenhang zur erfolglosen Auslöschung zu erkennen. Weder kann ich den Jäger dank des Banns außer Gefecht setzen, noch vermag sein Bann es, mich zu töten. Vermutlich kann er ihn dann auch nicht mehr bei anderen meinesgleichen einsetzen. Wie ich mit der Situation umgehen werde, ist klar. Aber interessant ist doch, was er unternehmen wird… „Was gedenkst du nun zu tun, kleiner Jäger?"
Keine Antwort, natürlich. Der blonde Jäger scheint allgemein kein sehr gesprächiger Mensch zu sein. Mühsam greift er nach dem wackelnden Treppengeländer, das an der Hauswand neben dem Anbau angebracht ist, und zieht sich hoch. Zweimal habe ich seinen Kopf in diesem Kampf auf den Boden befördert. Das Blut seiner Wunde ist bereits geronnen, rotbraun klebt ihm

eine Strähne seiner verwuschelten Haare an der Stirn. Er starrt mich an, dann nickt er wortlos in eine Richtung.
„Wo soll's denn hingehen?" möchte ich wissen.
Keine Antwort. Ich habe eindeutig genug von seiner Arroganz! Wütend kreuze ich meine Arme und rufe zu ihm herüber: „Dann kannst du es vergessen, ich komme nicht mit!"
Überrascht zieht er die Augenbrauen hoch, dann zieht er die linke Hand ein Stück nach vorn und…
„Arg… schon gut!" Ein kurzes Zucken genügt und der Bann reißt mich zu Boden. Noch bin ich zu geschwächt, um ernsthaft etwas unternehmen zu können. Also rapple ich mich auf, laufe in die Richtung, die er zeigte und fasse einen Entschluss: ich muss so schnell wie möglich etwas gegen dieses Dilemma unternehmen… Doch dafür muss der richtige Zeitpunkt kommen. Lange muss ich vermutlich nicht warten, er ist schließlich nur ein Mensch… Lang ausatmend frage ich: „Dir ist schon bewusst, dass ich dich bald umbringen werde, Jäger?"
Er schweigt…

Das Dorf des Jägers ist ländlich gelegen. Umringt von Feldern liegt es auf einer weiten Ebene, die ab und an von kleinen Mischwäldchen durchzogen wird. Auf diesem Fleckchen Erde scheint der Horizont unendlich weit zu sein. Der Jäger und ich laufen einen sandigen Feldweg entlang, der von allerlei Frühjahrsblühern umrahmt wird.

Tap, ...

Überall surrt und piepst es.

Tap, ..., tap, ...

Die Sonne scheint auf mich herunter, während ich vorangehe. Der Jäger folgt mir mit gebührendem Abstand.

Tap, ..., tap, ..., tap, ...

Schweigend laufe ich den sich dahinziehenden Weg entlang, ohne zu wissen, wo der Bursche mich eigentlich hinbringen möchte.

Tap, ..., tap, ..., tap, ..., tap, ..., tap, ... aaaarg!

Ich halte an, drehe mich zum Jäger um und starre genervt auf meine Füße. Er beobachtet mich abschätzend. Langsam ziehe ich den linken Fuß hoch, greife nach dem letzten verbliebenen Schuh und schleudere ihn dem Horizont entgegen. Der Jäger schaut dem Schuh für einen kurzen Moment nach. Er fliegt weit über ein brachliegendes Feld. Vögel fliegen an der Stelle aufgeschreckt hoch, an der er auf dem Boden aufkommt. Mit verschränkten Armen stehe ich vor dem Jäger und lasse meinem Frust über diese unsinnige Wanderung freien Lauf: „Hör mal, Bursche. Es ist nicht gerade empfehlenswert mit einer Unsterblichen ziellos in der Gegend umherzuirren."

Zur Antwort scheint er einen bestimmten Punkt in der Landschaft zu fixieren und murrt: „Dort."
Irgendwie überrascht es mich, ihn nach der langen Phase des Schweigens reden zu hören. Ich schaue in die Richtung, in die er blickt, und sehe ein Haus, das weit entfernt vom Dorf steht. Ist es sein Haus?!
Jäger sind nicht nur physisch, sondern auch mental perfekt auf die Jagd von Meinesgleichen ausgerichtet. So vermag es ein Jäger, uns auf eine gewisse Distanz zu erspüren - er ‚fühlt', dass ein Unsterblicher in der Nähe ist und weiß, in welcher Richtung er sich befindet. Das ist keine Fähigkeit, die man erlangen kann, sie ist angeboren. Daher sind Reichweite und Intensität der Wahrnehmung auch von Jäger zu Jäger unterschiedlich. So oder so ist es eine recht lästige Fähigkeit... Für alle Städte und Landstriche gibt es jeweils einen Jäger, der diese vor Meinesgleichen beschützt. Um möglichst umfangreichen und schnellen Schutz zu gewährleisten, leben die Jäger meist dort, wo in ihrem Gebiet die größte Menschenansammlung zu finden ist - im Dorf, in der Stadt... Von dort spüren sie am schnellsten, ob sich ein Unsterblicher den Menschen nähert oder sich gerade ein Bewohner in einen verwandelt... Warum um alles in der Welt liegt das Haus des blonden Jägers also so weit entfernt?! Hat das einen besonderen Grund? Versteckt er dort etwas? Und warum nimmt er mich mit nach Hause?! „Fragst

du bei Mama und Papa nach Rat?!“ platze ich aus meinen Überlegungen heraus. Knurrend hebt er die Bann-Hand und droht mir. Ich laufe lachend den Weg weiter entlang: „Ha, ha, schon gut, Bursche!“

Wie schon die Häuser im Dorf ist auch das Haus des Jägers ziemlich in die Jahre gekommen. Es ist ein Backsteinhaus, nicht sonderlich groß. Die mittelgrüne Eingangstür ist recht klein und wird von morschen Holzplanken überdacht. Überall am Haus ranken blühende Pflanzen empor. Im Giebel über dem Eingang befindet sich eine Fensteröffnung, die wenig fachmännisch zugemauert wurde. Generell wirkt alles sehr notdürftig repariert: von mit Brettern geflickten Löchern im Dach, bis hin zu herunterhängenden Regenrinnen, die teilweise nur noch durch Seile gehalten werden. Quietschend öffne ich die verrostete Gartentür und betrete den kleinen, unregelmäßig mit Steinen gesäumten Weg, der durch den Vorgarten zum Hauseingang führt. Der Garten, der sich um das gesamte Haus herumzieht, wirkt auf den ersten Blick ziemlich verwildert. Betrachtet man die Beete jedoch genau, so ist eine gewisse Systematik in der Anordnung der Pflanzen zu erkennen. Neben dem kleinen Weg wechseln sich Kräuter mit Wildblumen ab. Trampelpfade, die links und rechts am Haus entlangführen, geben den Blick auf weitere Blumenbeete und Beerensträucher frei. Weiter hinten wurden kleine Beete für die Gemüsezucht angelegt. Die weißen und rosafarbenen Blüten der Apfel- und Kirschbäume lugen vorsichtig hinter dem Dach des alten Hauses hervor. Ein seltsames Gefühl ergreift mich. Ich halte kurz inne… Das alles… es wirkt so… friedlich.

„Warte hier!“ befiehlt der Jäger hinter mir. Pah! Selbstverständlich tue ich das nicht und öffne die Haustür.

„Ha…?! Hast du nicht gehört?!“

Noch nie habe ich das Haus eines Jägers von innen gesehen. Ich trete ein und befinde mich in einem tieferliegenden Eingangsbereich, welcher nur durch Balken vom Rest des Hauptraums getrennt ist. Weitere Balken ziehen sich durch den gesamten Raum. Auf ihnen stehen vereinzelt Bücher, Krüge, Flaschen, Schalen und vieles mehr. Zwischen den Balken sind unfassbar viele Schnüre gezogen, an denen Kräuter, Knollen und andere Pflanzen zum Trocknen aufgehängt wurden. Zwei Stufen führen hinauf zu einem dielenbesetzten Weg, der wiederum zu einem Durchgang führt. Links von diesem Weg zweigt ein etwas zu voll gestelltes offenes Wohnzimmer ab. Rechts befindet sich ein ebenfalls offen gestalteter Raum mit Küchenschränken, Ofen, ein klobiges eckiges Waschbecken sowie einer Wasserpumpe. Unter einem kleinen Fenster, das in Richtung Dorf zeigt, steht eine schmale Kommode. Eine Tischgruppe mit vier krummen Stühlen ziert den Raum. Das

Haus ist erfüllt von einem leicht süßlichen Kräuterduft. Ich stehe im Eingangsbereich und atme den sanften Geruch ein.
Plötzlich packt mich jemand an der Schulter und brüllt mir direkt entgegen: „ICH SAGTE: warte hier - DRAUSSEN!“ Mit vor Wut gerötetem Gesicht zeigt der Jäger energisch Richtung Haustür.
Ein triumphierendes Lächeln ziert wiederum mein Gesicht, als ich zurückgebe: „Ha, ha, ist es dir vor deinen Eltern peinlich, dass du mich nicht besiegen konntest, Kleiner?“
Bevor der Jäger etwas erwidern kann - was sicherlich wenig konstruktiv gewesen wäre - meldet sich aus dem hinteren Bereich des Hauses eine helle Stimme: „Du warst ziemlich lange fort.“
Vermutlich ein Familienmitglied des Jägers, das sich in einem der Zimmer aufhält, die hinter dem Hauptraum liegen. Recht amüsiert warte ich darauf, dass Diejenige sich zeigt, während dem blonden Jäger neben mir der Schweiß auf der Stirn steht - herrlich!
„AHHHH... raus, SOFORT!“ Er packt mich am Arm und vermutlich ist es ist seine Intention, mich hinauszuziehen, so wie er nun an mir zerrt. Unnötig zu erwähnen, dass dies vergeblich ist. Die Fremde betritt den Raum. Sie hat ebenso blonde Haare wie der Jäger, die jedoch fließendem Gold gleich über ihre Schultern fallen. Zwei seitliche Haarsträhnen hat sie

nach hinten zu einem kleinen Knoten gebunden. Ein feiner seitlicher Pony umrahmt ihre Stirn. Sie hat ebenso blaue Augen, die jedoch warm und unschuldig in die Welt hinaussehen. Und sie hat auch ebenso blaue Male...

„Oh, du hast jemanden mitgebracht?" Die Jägerin, vermutlich seine Freundin, nähert sich uns. Sie trägt ein einfaches dunkelblaues Kleid mit langen Ärmeln, auf dem ein beigefarbenes Blütenmuster gestickt ist.

Ich blicke kurz zum Jäger, der leiderfüllt auf seine Freundin starrt und nuschelt: „...Ja, unfreiwillig."

„Einen Dämon?" In ihrer Stimme schwingt eher Neugier, denn Angst. Wie sich ihr Mund so bewegt, erinnert er an ein rosafarbenes Blütenblatt.

„...Ja." Fast schuldbewusst schaut der blonde Jäger zur Seite und berichtet: „Ich weiß nicht warum, aber mein Bann wirkt bei diesem Dämon nicht."

Belustigt betrachte ich die Szene zwischen den beiden und werfe ein: „Tatsächlich?! Ist doch offensichtlich warum."

Aber er geht nicht auf meinen Zwischenruf ein. „Zumindest erlöst mein Bann den Dämonen nicht. Aber... Dennoch bleibt mein Bann auf ihn fixiert."

Ruhig hat sich die Jägerin die Ausführungen angehört. Als der Bursche fertig ist, tritt sie urplötzlich auf mich zu und fragt unvermittelt: „Wie lautet dein Name?"

Wa… was stimmt mit der nicht?! So etwas macht man bei einem gefährlichen ‚Dämon' doch nicht! Ist sie wirklich so naiv oder handelt es sich um eine gerissene Taktik?! Egal, ich reagiere schnell, halte ihr grinsend meine Hand hin und antworte: „Ich heiße Eve und mit wem habe ich das Vergnüuuuhrg!" Ich werde bereits von einer stechenden Welle zu Boden gerissen, noch bevor die Hand der Fremden auch nur zucken konnte.

Außer sich brüllt der blonde Jäger zu mir herunter: „Komm ihr NIE WIEDER zu nahe, Dämonenabschaum!!!"

„Ha… ha…" kann ich nur knirschend zurückgeben.

Zu seiner Freundin gewannt wendet der Jäger ein: „Nileyn, was sollte das denn?! Es handelt sich um einen sehr alten Dämon. Wahre genügend Abstand! Du weißt doch, wie unberechenbar die sind!"

Der Schmerz fließt aus meinem Körper heraus, wenn auch nur langsam. Mit einem mir unerklärbaren Blick schaut mich das Mädchen namens Nileyn schweigend an, dann folgt sie dem Jäger, der sich auf den Weg in der Küche macht. Eine Schublade wird geöffnet. „Ich bin nur hergekommen, um ein paar Sachen zu holen. Gleich danach werde ich zu Mael aufbrechen und ihn um Rat fragen."

Nileyn schweigt ein paar Sekunden und erwidert dann mit einem seltsamen Klang in der Stimme: „Ruh dich lieber ein paar

Minuten aus, ich suche alles für dich zusammen." Dann ist sie wieder in einem der hinteren Zimmer verschwunden.

Wasser schwappt in einer Schüssel geräuschvoll hin und her. Der Jäger sitzt am Esstisch und reinigt seine Wunde mit einem nassen Tuch. Blutverschmiert hat er mir besser gefallen. Ich sitze auf den Stufen des Eingangsbereichs und beobachte ihn. Als ich dessen müde bin, stehe ich auf, um mich im vorderen Wohnbereich umzusehen. Er hat anscheinend nichts dagegen, solange ich ihm oder seiner Freundin im Zimmer hinter dem Hauptraum nicht zu nahekomme. Ich gehe an einem abgewetzten Sessel und selbstgezimmertem Sofa vorbei und nähere mich dem großen Kamin. Nachdem ich die Schalen und Kerzenhalter betrachtet habe, die säuberlich vor und neben dem Kamin aufgestellt sind, werfe ich einen Blick zum Jäger hinüber. Nach unserer Ankunft hatte er sich umgezogen. Er trägt nun ein schwarzes löchriges Shirt und darüber eine dunkelblaue Kapuzenjacke. Die graue Hose rundet das in eher deprimierenden Farben gehaltene Ensemble passend ab. Im Gesamtbild ergibt sich ein ziemlich abgetragener Look. Die Kopfwunde ist anscheinend noch nicht vollständig gesäubert, denn er rubbelt immer noch bedächtig daran herum.
„Mädchen...", rufe ich nach einer Weile gelangweilt in den Raum hinein, „...es ist unnötig, viel für den Jäger einzupacken.

Du meinst doch nicht ernsthaft, dass du ihn lebend wiedersiehst?"
Der blonde Jäger entgegnet: „Du bist hier die Einzige, die nicht zurückkehren wird."
Hinter dem Sofa steht eine Vitrine, die irgendwann einmal weiß lackiert war. Mittlerweile ist davon nicht mehr viel zu sehen. „Bursche, Jäger haben keine hohe Lebenserwartung. Das weißt du doch sicherlich." Ich nehme ein Buch vom Sofatisch und blättere darin. „Vielleicht solltet ihr euch gleich voneinander verabschieden, mh?"
Der Jäger steht auf und kippt das hellrote Wasser ins Waschbecken. „Halt endlich die Klappe!" schnauzt er von der Seite, während er das Tuch ausspült. Mh... Sein Körper wirkt auf einmal seltsam angespannt?
„Sei doch realistisch." versuche ich ihn aus der Reserve zu locken. Ich betrachte die Bilder an der hinteren Wand des Wohnzimmers. Sie zeigen gemalte Landschaften, Felder, Wälder... kitschig. Als wäre es noch nicht genug, sich eine schier unfassbare Menge an getrocknetem Grünzeug ins Haus zu hängen, wurde einiges von dem Kraut auch noch gepresst, gerahmt und beschriftet. Neben der Ansammlung von Landschaftsbildern und gerahmten vertrockneten Pflanzen, befinden sich dunklere Stellen an der Wand. Offensichtlich hingen hier in der Vergangenheit einmal weitere Bilder. „Der

menschliche Körper ist fragil, er muss sich regelmäßig regenerieren. Es ist also nur eine Frage der Zeit, bis du einschläfst, Jäger." Mir fällt auf, dass die Landschaftsbilder mit einem Kürzel unterschrieben sind. Ich konzentriere mich auf deren Entzifferung, als ich ansetze: „Das nächste Schläfchen wird dann dein letztes sein."

Kling!

Eine metallene Spitze zeigt auf meinen Brustkorb. Der Jäger steht unmittelbar vor mir, mit einem Kampfmesser in der Hand. Meine Hand umklammert es fest, ich konnte die Waffe gerade noch rechtzeitig aufhalten. Die Spitze schneidet nur leicht in meine Haut. Ich stehe mit dem Rücken eng an der Wand. Diese seltsame Anspannung zuvor... hatte er da die Waffe irgendwo in seiner Nähe entdeckt? Er ist nah... so nah, dass ich seinen Atem spüre. Ich kann mein Spiegelbild in seinen klaren Augen erkennen, sehe, was er sieht: eine rotäugige Unsterbliche, die Augen weit aufgerissen und... zugegeben: ziemlich überrascht. Da ist etwas in seinen Augen, das mich stutzig macht. Ein Ausdruck, den ich nicht deuten kann...
„Höher." hauche ich.
„Wa..." flüstert er, während seine Hand zu zittern beginnt.

„Ein Stich ins Herz wäre zwar ziemlich lästig…“, führe ich aus, „…aber umbringen würde es mich nicht. Da müsstest du mir schon den Kopf abtrennen.“
Seine Augen verengen sich.
Ich beginne zu lächeln: „Ist schon was anderes, mh? Mit dem Bann wäre es um so vieles einfacher…“
Er will irgendetwas darauf erwidern, aber es kommt kein Wort aus seinem Mund. Sicher… ich könnte es einfach beenden, hier und jetzt… Aber da wird dieser kurze, reglose Augenblick von einer Stimme aus dem hinteren Zimmer unterbrochen: „So, ich denke…“
„Verdammt!“ knurrt der blonde Jäger. Er wendet den Blick ab. Nileyn betritt nichtsahnend den Hauptraum. Sie trägt einen hellgrauen Rucksack vor sich her. „…nun sollte alles Notwendige…“

Tsching!

Das Messer landet ein Stück weit entfernt im Boden. Erschrocken starrt sie zu uns herüber. Ich stehe schweigend vor dem Jäger. Er reibt sich die rechte Hand, den Blick immer noch abgewandt. Mit den Worten „Es ist besser, wenn wir sofort aufbrechen.“ hebt er die Waffe auf.

Als wir dieses seltsam ruhig wirkende Haus verlassen und den Vorgarten durchschreiten, gehe ich wieder voran, in die Richtung, die mir der Jäger gewiesen hat. Ich schaue nach hinten und beobachte, wie er sich auf dem Weg nochmals seiner Freundin zuwendet und ihr zum Abschied ein gequältes Lächeln zuwirft.

Lange wandern wir schweigend durch sein Gebiet. Ich grüble über unseren Kampf im Dorf und den Angriff im Haus nach. Dem Jäger scheint es ähnlich zu gehen. Als es Abend wird, rasten wir nahe einer kleinen Baumgruppe. Der Bursche hat ein Lagerfeuer angezündet und stochert nun nachdenklich mit einem verknorrten Ast darin herum. Ich habe mich auf einen großen Felsen niedergelassen und blicke auf den wolkenbehangenen Horizont. Seit dem Angriff haben wir nicht mehr miteinander geredet. Sein Messer führt er nun in einer kleinen ledernen Scheide mit sich, die mit zwei einfachen Riemen um seinen rechten Oberschenkel geschnürt ist. Nachdem ich zur Ruhe gekommen bin, habe ich mir die Zeit genommen, es genauer zu betrachten - jedenfalls soweit dies möglich war, denn gegen mich gerichtet hat er es vorerst nicht mehr. Die Waffe wirkt wie ein großes Küchenmesser. Sie besitzt einen handlichen Griff, der mit einem weißen Band lose umwickelt ist. Eine Besonderheit ist mir bereits bei seinem Angriff sofort ins Auge gefallen: eine unregelmäßige, tiefblaue, kristallähnliche Struktur schwingt sich um den oberen Teil der Klinge. Von derartigen Waffen habe ich bisher nur gehört. Angeblich soll es sich um speziell für Jäger hergestellte Unikate handeln, die irgendeine mystische Kraft gegen Meinesgleichen freisetzen können. Ich kann mir nicht wirklich vorstellen, dass diese Waffe nicht genauso nutzlos im Kampf gegen uns sein soll, wie andere.

„Ich hoffe, du ersparst mir weitere sinnlose Angriffe dieser Art!“ rufe ich ihm entgegen. Er schaut erstaunt zu mir herüber. Dann wendet er sich wieder dem Feuer zu und antwortet: „Hng… irgendwie werde ich das Problem schon noch lösen…“

Ich lache erhaben und feuere dabei zurück: „Ha, ha, ha! Du willst ‚das Problem lösen‘? Mich auslöschen? Aber deine Hände sollen dabei schön sauber bleiben, wie schizophren! Hep!“ Ich springe vom Felsen herunter und setze mich im angemessenen Abstand zum Jäger ans Lagerfeuer: „Ich hingegen hätte mir die Hände nur zu gern schmutzig gemacht…“

Er würdigt mich keines Blickes: „Sei ruhig.“

„Mh… wäre schon ziemlich mies gewesen, dich vor den Augen dieser mehr als naiven Nileyn zu töten. Selbst für Meinesgleichen.“ meine ich nun gespielt nachdenklich.

Er wirkt desinteressiert. Irgendetwas scheint er nun im Rucksack zu suchen. Mir fällt ein, dass ich noch immer nicht

weiß, wie der Jäger heißt. Ärgerlicherweise hat noch niemand seinen Namen genannt.
„Was soll's, Bursche. Mir bleibt noch genügend Zeit, dich zu töten. Bis dahin sieht es wohl vorerst so aus, als wären wir für eine Weile aneinander gekettet. Da könntest du mir doch wenigstens deinen Namen verraten. Hi, hi, oder soll ich dich weiterhin mit ‚Bursche' anreden?"
Er hat nichts dazu zu sagen. Für einen Moment nur würde ich zu gern diesen arroganten, gleichgültigen Ausdruck von seinem Gesicht fegen. Genervt lehne ich mich zurück: „Grrr, schon wieder dieses Schweigen."
Mehr oder scheinbar eher weniger genüsslich beißt er in das Brot, das ihn seine Freundin als Wegzehrung mitgegeben hat, und schluckt es in großen Brocken hinunter. Die Baumkronen beginnen, sich im nächtlichen Wind hin und her zu wiegen. Ein paar Blätter fallen zu Boden. Ich hebe ein Blatt von der Wiese auf und zwirble es spielerisch zwischen den Fingern, als ich feststelle: „Dir ist schon klar, dass ich auch einfach abhauen könnte?"
Den Blick entspannt auf das Feuer gerichtet, steckt er angewidert das letzte Stück Brot in den Mund und hebt die linke Bann-Hand hoch: „Das würde ich gern sehen."
„Ohooo! Mit dem Bann fühlt ihr Jäger euch überlegen, nicht? Aber was bleibt von euch übrig…", ich schnipse das Blatt ins

Feuer, für einen kurzen Moment glimmt es auf, dann wird seine Asche von den aufsteigenden Rauchwolken davongetragen, „…wenn man euch das nimmt?“

Der Jäger kaut schweigend das letzte Stück Brot klein und schluckt es hinunter. Nun holt er eine zylinderförmige Trinkfalsche aus dem Rucksack und bindet die Schnur auf, die den Verschluss hält.

Er hat nicht vor, etwas zu erwidern.

„Du machst es einem nicht gerade leicht, was Junge?“

Der Jäger setzt die Flasche an und trinkt. Zumindest das Wasser scheint zu schmecken…

„Ist ja schon eine ziemliche Schmach für dich als Jäger, dass ich so weit in dein Gebiet vordringen konnte.“ versuche ich es erneut.

„!!! Hurrug…!“

Ha, ha, ha, ha, er hat sich verschluckt! Erst nachdem er ein paar Sekunden lang vor sich hin gehustet hat, kommt er dazu, etwas zu erwidern: „Das…!!! Der Spürsinn funktioniert nicht so, dass ich konkret sagen kann, in 263 Schritten Entfernung befindet sich der Dämon! Das ist eher eine Art schwammiges Gefühl, wie ein Instinkt!“

Endlich… Ich bin unsicher, ob ich zuvor überhaupt einmal mehr als zwei aneinandergereihte Sätze von ihm gehört habe.

Mit einem breiten Grinsen schließe ich meine Augen und tippe mir mit dem rechten Zeigefinger vielsagend an die Schläfe: „Ha, ha, meine dämonischen Kräfte sagen mir, dass dein Instinkt verkümmert ist. Deinem Kampfstil nach zu urteilen, würde ich eher sagen, du besitzt den Instinkt einer Beute denn eines Jägers." Er scheint sich schnell zu fangen, denn nun ignoriert er mich wieder. Schade, es war gerade so spaßig… Nachdem der Jäger wieder sein Hab und Gut im Rucksack verstaut hat, setzt er sich mit dem Rücken am Stamm lehnend unter einen einzelnstehenden Baum nahe der Feuerstelle. Mit der rechten Hand zieht er das Kampfmesser hervor. Was hat er nun vor? Angespannt konzentriere ich mich auf seine Bewegungen. Doch er nimmt die Waffe lediglich in die Hand und schließt die Augen. Ich beobachte ihn eine Zeit lang. Die Anspannung scheint aus ihm zu weichen. Seine Atmung wird etwas ruhiger. Der sonst so harte Gesichtsausdruck mildert sich ein wenig. Von seinen stets verwühlt wirkenden Haaren hängt eine Strähne direkt vor seinen Augen. Irgendwie fühlt es sich seltsam an, ihn so zu sehen. „Schläfst du jetzt?" erkundige ich mich.

„Selbstverständlich nicht!"

Ah… er ruht sich nur aus. Auch ohne, dass ich ihm das hätte sagen müssen, war ihm diese eine Tatsache von vornerein bewusst: sobald er einschläft, befindet er sich in Lebensgefahr.

Die ganze Nacht hindurch rührt er sich kaum, schläft aber tatsächlich auch nicht ein. Ich selbst benötige nur wenig Schlaf, höchstens ein, zwei Stunden im Monat. Es ist keine körperliche Notwendigkeit, sondern eher ein Echo meiner vorangegangenen menschlichen Existenz. Ich genieße es, den Jäger so zu sehen. Es beruhigt mich, seiner Atmung zu lauschen. Es lenkt mich vom Grübeln über das Geschehene ab, den Wind durch seine hellen Haare spielen zu sehen.

Als der Morgen langsam graut, öffnet er die Augen. Rosafarbene Wolken heben sich in der Ferne vom nächtlichen Grau ab. Nur noch wenige Sterne flackern am Firmament. Der Jäger erhebt sich und schon bald setzen wir unseren Weg fort. Nicht einmal ich möchte diese tiefe Stille jetzt stören. Langsam flutet das Licht die vor uns liegende Landschaft, bald schon wird es uns erreichen. Und ich frage mich, wie viele schlaflose Nächte es benötigen wird, um ans Ziel zu kommen…

3.

Käfer, Blumen, Bäume, Steine, Sand. Wir irren den Tag durch die schier unendliche Landschaft, kommen an frisch gepflügten Feldern vorbei und laufen nun durch einen lichtdurchfluteten Laubwald. Alles scheint unendlich, alles scheint gleich. Diese menschenleeren Gebiete öden mich an.
Der Jäger macht nur selten Rast. Und wenn, dann gönnt er sich auch nur kurz Ruhe. Immer wieder starrt er verkrampft auf seine Hand, als könne sich das Problem allein durch bloße Willenskraft in Luft auflösen. Meine Fragen, wohin die Reise genau geht und wer eigentlich dieser Mael sein soll, zu dem wir unterwegs sind, beantwortet er natürlich nicht. Was Mael wohl tun wird, um das Problem zu lösen, ist mir jedoch auch so vollkommen klar. Vermutlich handelt es sich bei ihm ebenfalls um einen Jäger…

…

Ein Vogel fliegt aufgescheucht über uns hinweg… Ich stutze…
„Was meinst du, wie lange deine Nileyn als Jägerin überleben wird, sobald ich dich getötet habe?“
Meine Frage kommt unvermittelt. Dennoch läuft er weiter den schmalen Waldweg entlang, so als würde ihn das, was ich sage,

nicht im Geringsten kümmern: „Lass die Spielchen, Dämon. Tatsächlich bist du weitaus durchschaubarer als du meinst. Du scheinst der Meinung zu sein, einfach allem überlegen zu sein. Diese Haltung stellst du nicht einmal infrage, obwohl du es nicht schaffst, deinen Feind zu töten…“

„Nicht schaffen…“, murmle ich vor mir hin. Nach über einen Tag hat er meine Taktiken halbwegs durchschaut. Habe ich wirklich schon so oft versucht, ihn zu reizen? Es ist seine gefühlskalte Fassade… sie zwingt mich regelrecht dazu. Aber meine Strategie zu kopieren, zieht bei mir nicht. Ich lasse mich nicht reizen. Daher gebe ich nur zurück: „Na, viel scheint sie dir ja nicht zu bedeuten, was?“

Es ist ruhig geworden im Wald - ob der Jäger es schon bemerkt hat?

„Als ich mich in eurem Haus umgesehen habe, habe ich mich daran erinnert, mal gehört zu haben, dass Jäger keine Bilder von Toten aufhängen.“

Schweigend läuft er weiter. Aber, dass für wenige Sekunden ein Missklang im Rhythmus seiner Schritte zu hören war, entgeht mir nicht. Es war ein Fehler, mich mit zu ihm nach Hause zu nehmen. Dessen ist er sich nun wahrscheinlich ebenfalls bewusst.

„Handelte es sich um Angehörige von dir?“

Er bleibt stehen, durchbohrt mich warnend mit starrem Blick.

„Wie rührend wohl das Ableben von ihnen war? Und vor allem: was wohl der Grund ihres Todes war... Vielleicht... mhhhh, ich weiß auch nicht, vielleicht wurden sie von einem Dämo...“

„HALT ENDLICH DIE KLAPPE!!!!“ Der junge Jäger zieht seine linke Hand so heftig zur Faust zusammen, dass die darauffolgende Bannwelle mich mit aller Kraft zur Erde reist. Stöhnend liege ich auf dem Rücken und versuche mich mit den Händen abzustützen, um ihm ins Gesicht sehen zu können. Drohend kniet er sich zu mir herunter, die Faust weiterhin zusammengedrückt, um mich in diesem auflösenden Schmerz zu quälen - wenn nötig so lange, bis ich den Verstand verliere. „Wage es...“, sein von Wut gezeichnetes Gesicht ist mir nun gefährlich nahe, „...NIE wieder, mich zu provozieren!!!“ Auf meinem Mund breitet sich hingegen ein triumphierendes Lächeln aus. Er stockt, doch dann begreift er. In seinen Augen spiegelt sich das Entsetzen. Schnell versucht er noch sein Messer zu greifen, doch es ist bereits zu spät.

Zwei Finger bohren sich von hinten in seinen linken Oberarm.

Ein weiterer Untoter ist aufgetaucht. Zerfetzt hängt die Kleidung an seinem dürren Körper herunter. Die roten Augen wirken verweint. Die unterschiedlich langen Haare kleben ihm schmierig im Gesicht. Ich kenne ihn nicht. Das tut auch nichts zur Sache. Es reicht, dass er da ist und wie fast jeder meiner Gattung auf dieses eine Ziel fixiert ist. Nichts brennt so sehr in unserem Inneren wie das Verlangen, zu töten. Ich muss es wissen.

Der blonde Jäger schafft es sich loszureißen. Er zückt das Messer mit der rechten Hand, während er schnell eine sichere Distanz zu mir und dem Fremden aufbaut. Schwer atmend blickt der Jäger zu mir herüber, Blut fließt seinen Arm herunter, tropft vom Zeigefinger seiner Bann-Hand auf den dunklen Waldboden. „Hng… Diese ganzen Spielerein - du wolltest mich ablenken, um deinem Partner die Gelegenheit zum Angriff zu geben?! Kratzt es nicht etwas zu sehr an deiner Selbstherrlichkeit, dass du dich nicht allein befreien kannst?! Warum gerade hier, warum jetzt?!"

Beleidigt gebe ich zurück: „Hey, du spinnst wohl! Der Typ dort ist nicht mein Partner!"

Es ist schon recht erstaunlich, dass der Jäger trotz dieser Wunde noch so fit wirkt. Interessiert lauscht der Fremde unserem Dialog.

„Dieser Unsterbliche hat uns erst hier im Wald aufgelauert. Interessanterweise hast du ihn wohl nicht bemerkt… Was könnte der Grund dafür sein? Vielleicht, dass du mehr mit einem Hamster als einem Adler gemein hast?"

Dem Fremden scheint unser Austausch nun nicht mehr spannend genug zu sein. Er rennt auf den Jäger zu und lässt seine Faust nach vorn schnellen. Dieser weiß sich jedoch zu verteidigen, dreht sich unter dem Schlag weg und kontert mit dem Messer. Die Bewegungen des Untoten wirken planlos und doch hat er gute Karten in diesem Kampf. Der junge Jäger ist verwundet und obendrein hat er seinen letzten Schlafzyklus ausgesetzt. Der Untote wirbelt vor dem Jäger herum, versucht mit beiden Händen nach ihm zu greifen, doch der Jäger duckt sich geschickt weg und versucht, Abstand zu gewinnen. Mit jeder Attacke wird der Fremde immer wilder, zischt zwischen den Bäumen hindurch, springt im hohen Bogen über Felsgruppen hinweg, lässt den Jäger hin und her hetzen. Der Jäger ist immer noch schnell, bewegt sein Messer zielgenau zur Abwehr, aber man sieht deutlich, dass er seinen linken Arm nicht mehr bewegen kann.
Ohne Furcht vor dem Bann muss der Untote nicht ständig die Möglichkeit im Blick haben, schnell in Deckung gehen zu können. Er konzentriert sich nun sowohl auf Nah- als auch Distanzattacken. Hätte er gewusst, dass er diese Furcht auch ohne Verletzung des Burschen nicht hätte haben müssen, hätte er für seine erste Attacke gewiss ein anderes Ziel gewählt.
Das Hin- und Hergesetzte zeigt seine Wirkung. Schneller als bei unserem Kampf ermüdet der Junge nun zusehends. Seine

üblichen Abwehrstrategien sind nicht mehr so bewegungsintensiv. Der Unbekannte schafft es zwar weiter an ihn heran, doch sobald der Jäger sein Messer einsetzt, geht er wieder auf Distanz. Der Mythos von den immensen Kräften dieser Waffen hat anscheinend nicht nur mich erreicht. Dieser Feigling!
Ungeachtet dessen - der Jäger ist wahrlich ein passabler Kämpfer, denn trotz der enormen Einschränkung schlägt er sich unerwartet gut. Würde nicht meine Existenz davon abhängen, hätte ich ihm gern noch eine Weile bei diesem Tanz zugesehen…
Ab und an schaut der Jäger zu mir herüber. Er will alle Gefahrenquellen im Blick behalten. Immer skeptischer wird sein Blick dabei, doch ich habe mich bisher bewusst aus diesem Kampf herausgehalten…
Während des Kampfes haben sich der Fremde und der Jäger von mir entfernt und einem breiten Fluss genähert, der ein paar Meter entfernt in einen tosenden Wasserfall übergeht. Das Rauschen des Wassers dämpft die Geräusche ihrer Bewegungen. Gerade gewinnt der blonde Junge die Oberhand: mit dem Messer landet er einen Treffer am rechten Oberschenkel des Fremden. Zum ersten Mal regt sich nun das Gesicht des Untoten. Angsterfüllt schreit er auf: „UHHHRRRRAAAAAGGGGGGNNNN!“

Das Gekreische erinnert eher an ein Tier, denn an eine intelligente Kreatur. Vermutlich ist er unfähig, sich zu artikulieren. Aber natürlich löst der Unsterbliche sich nicht allein dadurch auf, dass dieses kristallverzierte Messer ihn getroffen hat. Ich hatte auch nicht damit gerechnet, dass dieses Gerücht über die übernatürlichen Kräfte der Waffe stimmt.
Die Wunde ist sehr tief, der Fremde wird langsamer. Der Jäger ändert seine Taktik und konzentriert sich nun auf die Offensive. Immer mehr Kraft legt der Bursche in seine Angriffe, immer mehr Blut fließt seinen Arm herunter... Als er sein Messer in die rechte Schulter des Fremden rammt und dieser abermals von seiner Angst gepackt in hysterisches Geschrei ausbrechend davonspringt, sackt der Jäger zusammen. Er wird ohnmächtig, der Blutverlust war einfach zu hoch.
Der Fremde stößt heißere Laute aus und bewegt sich langsam auf den am Boden liegenden Jäger zu. Bevor er ihn erreichen kann, verpasse ich dem Untoten einen harten Schlag gegen den Schädel. Er taumelt und sieht überrascht zu mir auf: „Hr... Warum...?"
Mh, anscheinend kann er doch sprechen.
„Du hast deinen Spaß gehabt. Nun geh... oder stirb."
Verärgert spuckt er mir entgegen: „Naaah! Rha, rha, rha, rha, grrrrgrast nichts unternommen... und... willst jetzt das... hgrrr Beste für dich?!"

Kalt blicke ich ihm in die blutunterlaufenen Augen: „Geh oder stirb."
Der Untote ist verletzt und auch wenn sich Unseresgleichen schnell regeneriert, es wird nicht schnell genug sein, um eine Chance gegen mich zu haben. Er hat gerade einen ermüdenden Kampf hinter sich, ich nicht... Das scheint auch diese Kreatur zu begreifen. Seine Augen verengen sich zu schmalen Schlitzen. Ohne ein weiteres Wort verschwindet er zwischen den Bäumen. Die nächsten Tage wird er damit verbringen, seine Wunden zu lecken.
Ich schaue zum Jäger herunter. Wieder liegt er vor mir am Boden. Wieder atmet er schwer. Bis jetzt habe ich nicht erfahren, wie sein Name ist. Nun werde ich es nie erfahren.
Der Blutfluss wird schwächer, auch dieses Mal wird ihn die Wunde nicht das Leben kosten. Dafür aber vielleicht den Stolz. Ein letztes Mal lehne ich mich zu ihm herunter, betrachte sein ruhiges, schmutziges Gesicht, aus dem mir die blauen Male geradezu entgegen zu leuchten scheinen. Auf seiner Stirn rinnt der Schweiß, das Gesicht ist gerötet von der Anstrengung des Kampfes... seine Augen sind geschlossen... Gerade als ich mich erhebe, „Urgggg...", durchfährt mich ganz und gar unerwartet ein nur allzu vertrauter Schmerz. Ich falle nicht unweit des Jägers zu Boden. Unter den mich durchzuckenden Wellen schaue ich zu ihm herüber. Aus seinen blauen Augen,

die von einer unendlichen Müdigkeit gezeichnet sind, blickt er mich an - die rechte Hand krampfhaft die linke umklammernd, zu einer Faust drückend.

Ich habe ihn unterschätzt - wieder einmal. Wie oft wird das wohl noch passieren?

4.

Jemand summt eine mir unbekannte Melodie.

Bin ich tatsächlich zu selbsteingenommen? Liegt es daran, dass mich seine Reaktionen so unerwartet treffen?

Der Jäger hatte mich so lange dem Bann ausgesetzt, bis ich das Bewusstsein verlor. Seit ich erwacht bin, liege ich reglos am Boden, die Augen immer noch geschlossen, und versuche eine Antwort darauf zu finden, warum ich mich nicht selbst aus meiner Lage zu befreien vermag. Ich weiß nur zu gut, dass ich fast schon genüsslich im puren Selbstmitleid bade. Dazu neige ich sonst gar nicht. Aber jetzt gerade hilft es mir, mich abzulenken - von den Stimmen, die über mich reden. Als ich ohnmächtig war, sind anscheinend weitere Jäger aufgetaucht. Soweit ich mitbekommen habe, handelt es sich um Mael, anscheinend so etwas wie der Lehrmeister des blonden Jägers. Begleitet wird er von Traian, einem Jäger in Ausbildung. Unter der einem Jäger eigenen Arroganz mischt sich in Traians Stimme eine Spur Kindlichkeit. Es klingt so, als wäre er ein weitaus weniger ernster Zeitgenosse als der blonde Jäger. Ich

versuche mich erneut auf meinen Gedankengang zu konzentrieren - erfolglos.
„Mael, hast du denn noch nie von so einem Fall gehört?" fragt der blonde Jäger nun.
Sein Mentor schweigt eine Weile - anscheinend noch nicht. Ich selbst ja auch noch nie. Ein Bann, der einen Unsterblichen nicht auszulöschen vermag… Die einzige Option, die ich bisher zur Lösung des Problems sehe, ist, dass einer von uns stirbt…
Maels Stimme klingt kalt und autoritär. Als er antwortet, hören die beiden jungen Jäger still zu: „Der Dämon scheint sehr alt zu sein, entsprechend stark schätze ich ihn ein. Aber das kann keinen Einfluss auf die Wirksamkeit des Banns haben. Er erlöst alle Dämonen gleichermaßen."
Jemand nähert sich mir… Dicht über mir höre ich nun die Stimme von Traian. Er lacht: „Wirklich? Sooo stark sieht der Dämon aber gar nicht aus…"
Ich öffne schlagartig meine Augen - Traian, der sich über mich gelehnt hatte, weicht nun erschrocken zurück. Ein leichtes Zucken durchzieht meinen linken Mundwinkel. Dann setze ich mich auf und blicke zum blonden Jäger herüber. Der Bursche sitzt an einem Baum gelehnt auf der Erde. Jemand scheint seine Wunde gesäubert und verbunden zu haben. Hastig weicht er meinem Blick aus. Er wirkt verändert - ist die Anwesenheit

seines Lehrmeisters der Grund dafür? Ich vermag es beim besten Willen nicht zu sagen.
Als ich nun den Mentor genauer betrachte, fällt mir ins Auge, dass seine Jäger-Male sowohl den linken als auch rechten Arm zieren. So etwas habe ich bisher noch nicht gesehen. Bis auf diese eine Sache gibt es jedoch ganz und gar nichts Besonderes an ihm. Seine Erscheinung und Körpersprache spiegelt das wider, was Stimmlage und Wortwahl bereits angekündigt haben. Einem strengen Vater gleich steht er vor dem blonden Jäger, die Arme überkreuzt, einen prüfenden Blick aufgesetzt. Die kurzen grauen Haare ziehen sich bereits etwas an den Schläfen zurück, die Augen sind von einer eher hellblauen Nuance. Ansonsten wirkt sein Körperbau recht sportlich, so wie bei fast allen Jägern. Sein Schüler Traian bildet einen seltsamen Kontrast hierzu. Seine großen blaugrünen Augen wirken wie die eines Frettchens, das nur Unfug im Kopf hat. Die Anordnung seiner etwas längeren karamellbraunen Haarsträhnen erweckt den Eindruck, als wäre er gerade erst aus dem Bett gekrochen. Wenn man jedoch genauer hinschaut, erkennt man, dass diese eher so arrangiert wurden, um diesen morgendlichen Look entstehen zu lassen. Auch die Klamotten wirken im Gegensatz zu den über Jahre hinweg abgetragenen Sachen des blonden Jägers gerade erst einer Boutique entsprungen. Der grünäugige Jäger trägt eine mittelgraue

lange Hose, dazu ein senfgelbes Oberteil. Die Kleiderwahl erscheint mir seltsam unpraktisch für einen Jäger…
Traian scheint bemerkt zu haben, dass ich ihn beobachte. Gehässig schaut er - aus der sicheren Entfernung - zu mir herüber und meint nun zum blonden Burschen: „Wenn dein Bann nicht ausreicht, warum hast du es denn noch nicht auf die altmodische Art erledigt?“ Er zückt ein mit blaugrünem Kristall umzogenes Messer… Ich rühre mich nicht. Er stellt keine Gefahr für mich dar. Seine Bewegungen verraten es - ihm fehlt es an Technik, Erfahrung, Schnelligkeit… Dem blonden Jäger könnte er nicht im Geringsten das Wasser reichen. Deshalb hat Traian vermutlich auch noch kein eigenes Gebiet zugewiesen bekommen, obgleich er ungefähr im selben Alter ist wie der Bursche, an den ich gekettet bin. Das Einzige, was sich bewegt, sind meine Gesichtsmuskeln. Man kann ihnen leicht ablesen, welcher Gedanke mir bei dieser Drohung sofort durch den Kopf schießt: bitte, bitte, bitte versuche mich anzugreifen! Hach, es wäre eine helle Freude, ihm die feinen Sachen zu zerfetzen! Und dann noch etwas mehr… Mein breites Grinsen vergeht mir jedoch wieder, als der blonde Jäger zu mir schaut und zu einer unerklärlichen Antwort ansetzt: „Ich habe es doch versucht! Ich habe es… versucht… Aber es geht nicht… ich…“, er schaut zu Boden, hadert mit sich selbst, „…spüre den Schmerz… Wenn der Dämon verwundet wird,

spüre ich ihn genauso als würde ich die Wunde tragen... Ich habe...“, seine Stimme zittert, während sie in ein Flüstern übergeht, “...Angst... Angst mich zu verlieren...“

...

In meinem tiefsten Inneren hallen diese Worte wider, immer wieder... Doch egal wie oft sie dies tun, sie ergeben für mich keinen Sinn.

Ich schweige nachdenklich.

...

Nach einer Weile durchbricht der Mentor die unangenehme Stille: „Sobald du dich erholt hast, suchst du Aaron auf. Er ist ein erfahrener Jäger, der schon einige Gebiete bereist hat. Vielleicht hat er schon einmal von einem ähnlichen Fall gehört.“

Der blonde Jäger und Traian erwidern nichts. Sie wirken skeptisch, oder bilde ich mir das ein?

Mael fährt ungeachtet dessen fort: „Traian, du bleibst diese Nacht hier und bewachst den Dämon.“

„Juhaaa...“ gibt Traian wenig begeistert zurück.

In Gedanken versunken blickt der blonde Bursche zu Boden. Sein alter Mentor sieht ein paar Sekunden zu ihm herunter, dann klopft er ihm kurz auf die rechte Schulter: „Ich kann meine Stadt nicht lange unbeaufsichtigt lassen. Es wird reichen, wenn Traian bleibt. Ruh dich aus und schreite voran.“

Der blonde Jäger nickt schweigend, den Blick weiterhin gesenkt. Klar, dass er seinem Lehrmeister nicht mehr in die Augen schauen kann…
Mael geht, die beiden jungen Jäger schauen ihm hinterher und wieder hat keiner den Namen des blonden Jägers genannt…

Sobald sein Kopf den Boden berührte, war der blonde Bursche schon fest eingeschlafen - es grenzt fast an ein Wunder, dass er überhaupt so lange durchgehalten hat. Traian hatte vorher noch genug Holz für ein Lagerfeuer sammeln können. Knisternd fliegen kleine Funken in die klare Nachtluft. Ich sitze in einiger Entfernung zu den beiden Jägern und versuche den Tag Revue passieren zu lassen, um eine neue Strategie aus meinem Scheitern ableiten zu können. Dies scheitert jedoch selbst kläglich - meine Gedanken rasen dahin, ohne einen sinnvollen Zusammenhang bilden zu können. Stattdessen führen sie mich immer wieder zum blonden Jäger zurück. Der blonde Jäger… Es ist das erste Mal, dass ich ihn tatsächlich schlafen sehe. Nun, das ist nicht wirklich überraschend, denn wir kennen uns ja erst seit zwei Tagen… Und doch erscheint es mir wie ein besonderer Moment. Seine sonst so kritischen Augen liegen sanft unter den entspannten Brauen, der Mund steht leicht offen, auf dem nun fast kindlich wirkenden Gesicht tanzt das grellorangene Licht des Lagerfeuers. Die Hitze

wärmt ihn, malt seine Wangen rot. Das alles lässt ihn irgendwie… umgänglich erscheinen… Arg, blödes Jägerpack! Plötzlich realisiere ich, dass ich beobachtet werde: mit einer Mischung aus Neugier, aber auch Skepsis, durchbohrt mich das Kindermädchen von der gegenüberliegenden Seite des Lagerfeuers mit seinen Blicken. Gekonnt überspiele ich die Tatsache, dass ich mich gerade ziemlich ertappt fühle: „Mh…h…… ah…als…also du bist so etwas wie der niedere Laufbursche für den Greis? Traian ist dein Name, nicht wahr? Die Nacht ist lang, lass uns doch ein bisschen plaudern."
„Da habe ich keinen Bedarf, Teufelsbrut!"
„Du darfst mich Eve nennen."
„Pah, Deinesgleichen verdient keinen Namen!" zischt Traian.
„Und sonst so?" frage ich.
„Stirb endlich."
„Ha, ha, ha, ha, ha, das gebe ich gerne zurück!"
Auf höfliche Gesprächseinleitungen scheinen Jäger wohl generell allergisch zu reagieren. Traian hebt einen dünnen Stock auf und spielt damit im Feuer herum, so, als würde er mich nun vollkommen ignorieren. Einen Preis wird er für seine schauspielerischen Ambitionen wohl nie gewinnen.
„Kinder sollten nicht mit dem Feuer spielen. Was Papi wohl dazu sagt?"
„…"

Ich kann sehen, wie der Ärger in ihm anschwillt.
Ein gespieltes Gähnen ausstoßend höhne ich: „Versuche nicht einen auf einsamen schweigenden Jäger zu machen. Diese Rolle füllt bereits der blonde Schwächling neben dir voll und ganz aus.“
„Argggg! Halt endlich den Mund! Levian ist schon eine ganze Weile auf sich allein gestellt und kommt gut zurecht! Er schafft es schon noch, dich endgültig zu erlösen, da bin ich mir vollkommen sicher!“
Meine Augen weiten sich. Ich lehne mich konzentriert nach vorn, mein ganzer Körper spannt sich an, als ich fordere: „Wiederhole das.“
„Was ist…?!“ fragt Traian verwirrt.
„Wie-der-hole das, was du über den blonden Schwächling sagtest.“ befehle ich.
„Grrr! Nenn Levian gefälligst keinen Schwächling, du wandelnde Leiche!“

Levian.

Mit großen Augen starre ich Traian an. Etwas verwirrt glotzt er zu mir herüber und wartet, dass ich noch etwas erwidere oder tue… Als er merkt, dass das nicht nötig ist, widmet er sich wieder dem Feuer. Nach einer ganzen Weile beginnt er, gedankenverloren vor sich hinzusummen. Den Rest der Nacht wechsle ich kein Wort mehr mit ihm.

Langsam erhebt sich die rote Sonne, taucht alles in ein Meer aus buntschillernden Farben. Mich interessiert nur das Rot - ich denke an den Früchtetee, den ich vor drei Tagen getrunken habe… Levians Schlaf wird stetig unruhiger, bis er schließlich die Augen öffnet. Es ist als hätte seine innere Uhr eine Fehlfunktion, die ihn unerklärlicherweise stets kurz nach Morgengrauen aus der Ruhephase herauszuholen scheint. Wenn ich so lange schlafen könnte wie ein Mensch, würde ich es gewiss anders halten.
„Guten Morgen, der Herr…“ begrüßt ihn Traian. Im Verlauf der Nacht stieg sein Missmut darüber, dass ihm der Wachposten zugeteilt worden war. Dies hatte er ab und an durch Seufzen oder feindselige Blicke zum Ausdruck gebracht. Es interessierte mich nicht mehr sonderlich. Ich bin dazu übergegangen, das Frettchen zu ignorieren. Wenn jemand zu schnell auf meine Spitzen anspringt, verliere ich den Spaß.
„Mh.“ antwortet der wortkarge Jäger.
„Guten Morgen, L-e-v-i-a-n.“ grinse ich, wobei ich jeden einzelnen Buchstaben genüsslich betone. Verschlafen schaut der blonde Bursche zu mir herüber, dreht sich jedoch nach einer

kurzen Weile ohne weitere Reaktion wieder Traian zu. Ich grinse breit.
Levian scheint es etwas besser zu gehen. Die Bann-Hand kann er zumindest schon wieder halbwegs bewegen. Schmerzen hat er dabei sicherlich dennoch, auch wenn er sich das nicht anmerken lässt. Während Traian den Proviant für Levian und ihn auspackt, ist er sich nicht zu schade, zu berichten: „Keinen Moment Ruhe konnte ich mir gönnen, musste ständig auf der Hut sein. Die ganze Nacht hindurch hat dich dein dämonisches Anhängsel beobachtet. Es war irgendwie schräg."
Beide schauen schweigend zu mir herüber.
Wütend wende ich mich ab und schnaufe: „Pah, bilde dir bloß nichts darauf ein! Hätte dein eingebildeter, schwächlicher, egozentrischer und darüber hinaus noch unterdurchschnitt-"
„Er hört nicht mehr zu, geht zum Fluss. Deinem Geplapper kann auch keiner lange lauschen." nörgelt Traian.
„Ha, ha, ha, und das höre ich von jemandem, der sich durch mein ‚Geplapper', wie du so schön sagst, dazu hinleiten lässt, mir persönliche Informationen über meinen größten Feind preiszugeben?"
„Nh…ah?! Das… das…" Traians Gesicht läuft rot an.
„Das wird langsam ziemlich ermüdend." Ich gähne demonstrativ und drehe mich ein Stück in Richtung Fluss. Levian steht ein paar Schritte entfernt. Sein Blick ist ruhig, als

er nun auf uns zukommt und Traian um Hilfe bei der Säuberung der Wunde bittet.
Wenn der blonde Jäger erst einmal wach ist, dann packt ihn anscheinend auch sofort der Tatendrang. Auch dieses Mal gönnt er sich keine weitere Ruhe. Nachdem die Wunde wieder verbunden ist und er das letzte bisschen Proviant inhaliert hat, verabschiedet Levian sich von Traian und bricht gemeinsam mit mir auf. Mein Abschied fällt etwas weniger höflich aus. Ich entscheide mich, Traians mir entgegengebrachte Zuneigung mit einem Kieselsteinchen zu belohnen, das ihn - „Au!" - Volltreffer! - tatsächlich am Kopf trifft!
„Verfluchtes Ungeziefer..." nuschelt er im Gehen.

Wieder streifen wir durch schier endlose Wälder. Vögel singen in den lichten Kronen der Birken und Buchen über uns. Gewusel erhebt sich im würzig duftenden Unterholz. Alles raschelt und ist in Bewegung. Es könnte eintöniger nicht sein. Dass wir nur Wege nutzen, deren einziger Sinn vermutlich darin besteht, Ameisen eine schnelle Reise durch den Wald zu ermöglichen, kommt nicht von Ungefähr. Da ich seiner Ansicht nach eine potentielle Gefahr für jeden Menschen bin, dem wir begegnen könnten, führt er mich wohl absichtlich durch diese trostlosen Landschaften... Nicht einmal eine Kutsche könnten wir so nutzen, um unser Ziel schneller zu erreichen. Die Wege hier sind einfach zu uneben. Mal abgesehen davon, dass er, so ärmlich alles an ihm wirkt, wohl kaum im Besitz einer Kutsche sein wird... oder eines Pferdes... oder... eines Handkarrens...? Vielleicht ist es aber auch ein sehr perfider Plan, um meinen Willen zu brechen? Langeweile ist eine schier diabolische Waffe. Wenn dem so ist, dann steht er jedenfalls kurz vor seinem Ziel...

„Zum Teufel nochmal, Levian! Ich kann diesen ganzen trostlosen Naturquatsch nicht mehr ertragen! Wer ist dieser Aaron eigentlich und wann kommen wir endlich, eeeendlich bei ihm an?!"

„Aaron ist ein sehr erfahrender Jäger, dessen Gebiet direkt an meinem grenzt. Da wir uns schon an der Grenze meines Gebiets befanden, als Mael und Traian auf uns gestoßen sind, dürfte es nicht mehr weit zu ihm sein."

Es kommt wahrlich nicht oft vor, aber ich bin sprachlos. Hat er gerade wirklich, ganz normal, völlig ohne arroganten Ton, absolut sachlich auf meine Frage geantwortet?! Erstaunt bleibe ich kurz stehen. Levian schaut mich plötzlich angespannt an, so, als würde er jeden Moment ein neues Meisterstück erwarten - als würde ich einem neuen Plan nachgehen, um mich von ihn und seinen fesselnden Bann zu befreien. Ja... wenn es doch nur so wäre...

Als ich mich nicht rege, hakt er nach: „Was ist?“ Eine Spur Unsicherheit mischt sich in seinen Tonfall. Mir liegt etwas auf der Zunge - ich schlucke es runter. Langsam und ohne ein Wort zu verlieren, drehe ich mich um und laufe den Weg weiter entlang. Levian folgt mir, ebenfalls schweigend.

...Bin ich selbsteingenommen? Ein wenig, vielleicht. Aber das ist nicht der Grund dafür, dass ich ihn nicht einschätzen kann. Der wahre Grund ist er. Noch nie habe ich einen Menschen getroffen, der so wenig von sich Preis gibt, wie dieser Jäger. Er redet gerade so viel wie nötig und zeigt so wenig Emotionen wie möglich. Einer kaputten Spieluhr gleich - ich drehe an der Kurbel, drehe... drehe... drehe... Was und wann, beziehungsweise ob überhaupt etwas passiert, weiß ich nicht...

5.

Irgendetwas hat sich geändert - sein Verhalten mir gegenüber ist anders als gestern. Ja, er nimmt mich noch als Bedrohung wahr… Er wäre bescheuert, wenn nicht. Aber das scheint ihn… weniger zu kümmern? Klar, ich habe mich nicht in den Kampf mit dem krächzenden Unsterblichen eingemischt - aber nur, weil ich meine Kräfte schonen wollte. Klar, habe ich ihn in der Nacht nicht angegriffen obgleich er verwundet war, geschlafen hat und darüber hinaus auch noch diese lächerliche Gestalt als Wache fungierte, die sicherlich einen schwächeren Gegner abgegeben hätte als ein Waschbär - aber nur, weil ich dann einen Kampf gegen das Frettchen hätte austragen müssen und die letzten Stunden davor schon öde genug waren…

Levian reißt mich aus meinem Gedankengang: „Wir überqueren gleich die Grenze zu Aarons Gebiet.“ Der Waldweg ergießt sich nun in eine weite, hügelige Weide. Ein Blick in die Ferne zeigt eine weitläufige Aneinanderreihung von Hügeln und Tälern, die vereinzelt noch von Laubbäumen umrahmt werden. Auf den Wiesen kann man langsam die ersten Blumen erahnen, die bunten Tupfen stechen zaghaft zwischen dem satten Grün hervor. Der Weg schlängelt sich zwischen den

Hügeln hindurch. Vor dem blauen Horizont hebt sich eine Stadt ab. Da diese jedoch vermutlich unter Aarons Schutz steht, werden wir wohl nicht in den Genuss kommen, sie genauer zu erkunden. Genauer gesagt ist es eher zu erwarten, dass Aaron uns als erfahrener Jäger bald entgegenkommen wird. Die Jägergabe verrät ihm, dass sich nun ein Unsterblicher in seinem Gebiet befindet… Ernst schaue ich in die blauen Augen, die stets auf mich gerichtet sind: „Was glaubst du, wie Aaron reagieren wird, wenn er auf mich stößt?"
„…"
Ja, dies bedarf keiner Antwort, es ist vorhersehbar…
Langsam laufen wir den Weg entlang und warten darauf, dass sich der für dieses Gebiet zuständige Jäger zeigt. Ich falte die Hände hinter meinem Rücken zusammen: „Ich hatte wohl recht, was meine Einschätzung betraf: Gnade ist euch Jägern vollkommen fremd. Sowohl uns als auch euch selbst gegenüber."
Levian atmet langsam aus und antwortet ehrlich: „Willst du denn tatsächlich den Rest deines… deiner Existenz an einen Jäger gekettet sein? Und ist es nicht nachvollziehbar, dass ich als Jäger versuche, einen Weg zu finden, meine Gabe wiederzuerlangen?"
Ist es das? „Was ist die Alternative - der Tod?" frage ich.
Levian starrt zu Boden: „Deine Existenz ist doch nicht…"

„Aber das meinte ich auch nicht.", unterbreche ich ihn, „Jedenfalls nicht nur... Es ist mir klar, wie du darüber denkst."
Erstaunt blickt er auf.
„Ich rede nicht davon, dass die Suche nach einer Lösung des Problems meinen Tod zum Ziel hat..."
Seine Stirn liegt in Falten, das Gesicht verkrampft. Ungeachtet dessen führe ich weiter aus: „...Ich rede vielmehr davon, welches Risiko du mit der Reise zu Aaron eingehst."
„Ich verstehe nicht..."
„Na dann frag dich doch einmal, wie Aaron auf DICH reagieren wird, wenn du einen ‚Dämon' in sein Gebiet bringst."
Mein Blick wandert zum Horizont. Die Sonne hat den Zenit schon überschritten. Die Stadt liegt immer noch weit entfernt.
Levian erwidert: „Ich werde es ihm erklären..."
„Wirst du die Zeit dazu haben?"
„Das weiß ich nicht."
„Wird er dir zuhören?" will ich wissen.
Keine Antwort.
„Wird er dir glauben?"
„Grrrrrrr, was ist die Alternative?!", wiederholt er meine Frage, „Sag du es mir! Sollen wir umkehren und alles schön so belassen, wie es ist?!" Seine Stimme geht in wütendes Geschrei über.

Ich könnte es aussprechen, aber es hat keinen Sinn. Sie sind so pflichtversessen... Eine andere Möglichkeit als die, mich auszulöschen, würde ein Jäger nicht zulassen. Selbst wenn es auch ihn in Gefahr bringt.

„Warum habe ich überhaupt erwartet, eine andere Antwort zu hören?“ schreie ich zurück. Weil er sich heute nicht mehr ganz so feindselig gibt? Wie naiv ich doch bin.

Mir bleibt keine Zeit mehr, mich dieser Frage zu widmen, denn in diesem Moment sehe ich ein kristallumschwungenes Messer auf mich zufliegen. Blitzschnell ducke ich mich noch - das wäre jedoch nicht nötig gewesen. Levians Waffe hat das Messer bereits abgewehrt. Er hat gewohnt schnell reagiert. Nur das, was er damit erreicht hat... Erschrocken schauen wir einander an: dieses fremde Messer war auf mich zugeflogen, ihn hätte es nicht getroffen... Trotzdem wehrte er es ab... Was stimmt mit dem blonden Jäger nicht?!

Diese Waffe gehört vermutlich Aaron, dies war sozusagen sein persönliches ‚Willkommen!‘. Der alte Jäger selbst ist nicht zu sehen. Levian ruft dennoch: „Aaron, ich habe Verständnis dafür, dass du uns als Bedrohung einschätzt. Aber lass mich dir das erklären. Seit dem Kampf mit diesem Dämon scheint mein Bann an ihn gekettet zu sein. Er lässt sich nicht lösen und führt dazu, dass ich den Schmerz des Dämons spüre. Bitte, greife vorerst

nicht mehr an! Ich versichere dir, dass ich den Dämon mithilfe des Banns unter Kontrolle halten werde!“
Schon wieder. Das hatte er auch schon Mael und Traian berichtet. Jetzt im Moment ist es wohl besser, meinen Mund zu halten. Also konzentriere ich mich auf den alten Jäger. Ich bin mir ziemlich sicher, dass er sich in der kleinen Gruppe von Buchen versteckt, die keine vierzig Schritte vom Weg entfernt auf einem flachen Hügel stehen. Lange Zeit sagt niemand etwas. Dann erscheint der Jäger namens Aaron zwischen den Bäumen. Seine stahlblauen Augen sind auf Levian gerichtet, als er uns entgegenkommt. In sicherer Entfernung bleibt er stehen und raunt: „Um dein Verständnis habe ich nicht gebeten. Was genau erwartest du von mir?“
Aarons Körpersprache wirkt ähnlich selbstbewusst und einschüchternd wie die von Mael. Levian meidet den Blickkontakt und antwortet kleinlaut: „Ich dachte, dass du…“
„Was?“ unterbricht ihn Aaron ungeduldig. Die alten Jäger scheinen sehr auf diese Autoritätsmasche abzufahren… Was gibt ihnen das? Können sie sich jungen Jägern nur so überlegen fühlen? Oder ist es die allzeit drohende Lebensgefahr, die sie so hart macht?
„…Ich dachte, du hättest eventuell schon einmal von einem solchen Fall gehört…“

„Tse, natürlich nicht!" Dabei wirkt dieser Aaron doch so überaus hilfsbereit... Gedanklich notiere ich mir, dass ich Levian später noch ein süffisantes ‚Ich hab's dir doch gesagt!' schulde.

„...Gut. Könnte ich die Nacht wenigstens bei dir verbringen? Ich brauche dringend etwas Schlaf, das geht aber nur, wenn jemand den Dämon bewacht..."

Levians Not ist wirklich groß, sonst hätte er trotz der deutlich spürbaren Sympathie nicht noch um diesen Gefallen gebeten. Er ist verwundet, sein Zuhause ist mehrere Tagesreisen entfernt.

Aaron zieht schweigend die faltigen Augen zusammen...

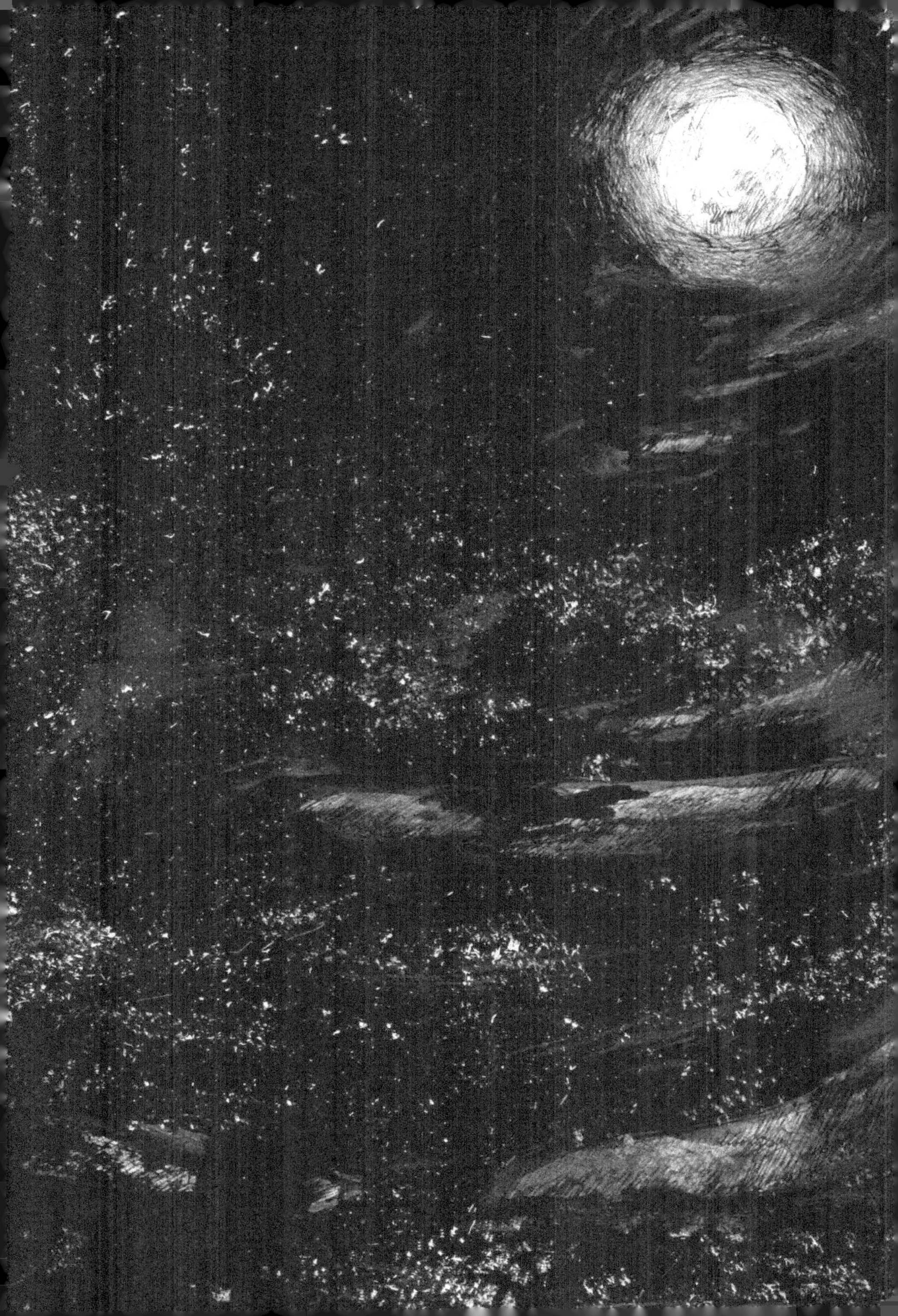

6.

So ein Idiot.

Der Rauch des Lagerfeuers steigt empor in den dunklen Himmel. Natürlich hat uns Aaron keine Unterkunft gewährt. Levian sitzt niedergeschlagen an einen Baum gelehnt. Die Knie angewinkelt und die Stirn darauf gelehnt schweigt er vor sich hin. Ich lege mich aufs feuchte Gras und blicke zu den Sternen. Nur vereinzelt werden sie von dünnen Wolkenfäden verdeckt. Der klare Wind lässt die Kälte wachsen, die in den frühen Frühlingsnächten noch vorherrschend ist. Nicht, dass es Meinesgleichen interessieren würde… Bei Levian sieht das schon anders aus.
Um diese ungemütliche Stille zu durchbrechen, erkundige ich mich: „Was hatte dieser Aaron für ein Problem? Er ist ein Jäger, du bist ein Jäger. Zumindest hattest du noch die Gelegenheit bekommen, ihm die Situation zu erklären. Du weißt, das hatte ich wirklich anders erwartet…“
Mir schien, als wäre Aaron weniger sauer darüber, dass Levian mich in sein Gebiet gebracht hatte. Nachdem der junge Jäger die Situation erklärt und Aaron sich daraufhin gezeigt hatte,

sprach seine Körperhaltung dafür, dass er keinen Kampf mehr erwartete. Das wäre gewiss anders gewesen, hätte er mich immer noch als Bedrohung wahrgenommen.
„Viele Jäger sind wenig begeistert, andere Jäger in ihrem Gebiet vorzufinden.“ nuschelt Levian in seinen Schoß.
Tatsächlich? Man sollte doch meinen, dass sie über ein bisschen Hilfe froh wären? „Warum?“ will ich wissen, bekomme jedoch keine Antwort. Vermutlich will er sich jetzt auch etwas ausruhen. Ich frage mich, wie er den Weg plant zu schaffen, wenn er mich weiterhin keine Minute unbeaufsichtigt lassen will.

Lange noch starre ich in den Himmel, beobachte, wie die mittlerweile dünnen Rauchfäden sich ihren Weg Richtung Mond bahnen. Ich setze mich aufrecht hin. Das Lagerfeuer besteht nur noch aus ein paar glimmenden Holzstücken. Mein Blick schweift zu Levian. Unser letzter Wortwechsel ist nun schon ein paar Stunden her, dennoch hat er sich seitdem nicht mehr gerührt. Immer noch sitzt er so mit angewinkelten Beinen da, den Kopf auf den Knien abgelegt. Ob er wohl doch eingeschlafen ist? Alles andere wäre schier übermenschlich… Gebannt versuche ich mich auf seine Atmung zu konzentrieren. Erst da bemerke ich, dass er sehr schnell atmet, eher einem Keuchen gleich.

„Levian?“ frage ich, doch keine Reaktion.
Ich überlege, ob ich zu ihm rübergehen und nachschauen soll, was los ist. Wenn er aber doch noch wach sein sollte und ich ihm zu nahe komme, dann werde ich den Bann… Hggg… der Gedanke schreckt mich ab, ich zögere. Dieses Gefühl der Auflösung ist doch derart unangenehm, dass ich ihm lieber aus dem Weg gehen würde. Eine Zeit lang sitze ich nur da und beobachte ihn, doch nichts ändert sich.
Hng…
Meine Neugier wächst…
Hngggggg…
Ich halte es nicht mehr aus! Mit einer für mich kaum aushaltbaren geringen Geschwindigkeit erhebe ich mich, um nicht bedrohlich zu wirken. Langsam, gaaanz langsam schreite ich zu ihm herüber. Er zuckt nicht einmal, als ich direkt vor ihm stehe. Jetzt bin ich mir sicher, dass irgendetwas nicht stimmt. Seine Haare kleben schweißgetränkt an seinem Kopf. Gedankenverloren streiche ich sie beiseite. Wenn überhaupt noch vorhanden, sind Erinnerungen an das Leben als Mensch in meinem Alter üblicherweise nur noch sehr blasse Gedankenfetzen. Dennoch bin ich mir sicher, dass Levians Körpertemperatur ziemlich unnormal für einen Menschen ist. Von ihm geht ein starker Blutgeruch aus. Um meine Vermutung zu bestätigen, hebe ich sein Shirt kurz ein Stück am

Kragen hoch und blicke seitlich auf den Verband. Er ist von einer braungelblichen Flüssigkeit getränkt. Die Wunde, die ihm der unbekannte Unsterbliche im Wald zugefügt hat, hat sich entzündet. Der Jäger liegt im Fieber.

Langsam setze ich mich vor ihm auf den Boden und lege die Stirn in Falten. Da hängt er, verwundet, fiebernd, bewusstlos, schutzlos. In meinem Kopf dröhnt es. Wie ein kitschiger Zusammenschnitt an Zukunftsprophezeiungen laufen Bilder über all die Möglichkeiten vor meinem inneren Auge ab, welche sich mir nun bieten. Das Leichteste wäre wohl, seine Bann-Hand zu zertrümmern… so dass sie auf Lebzeiten unbrauchbar wird. Der Kopf ist ebenfalls ein Punkt am menschlichen Körper, der durch einen gezielten Schlag effektiv Schaden nehmen kann und so den gesamten Organismus nachhaltig beeinträchtigt. Der Nacken, eigentlich die gesamte Wirbelsäule, der Bauch… das… Herz…

Das Problem lösen - um das zu vollbringen, müsste ich aber eigentlich nicht einmal selbst etwas unternehmen. So wie es aussieht, könnte ich ihn auch einfach nur hier im Wald liegen lassen und das Problem hätte sich sehr bald von ganz allein gelöst… Erst jetzt fällt mir auf, wie sein Körper unter dem Fieber zittert. Nochmals fahre ich mit meiner Hand durch seine Haare.

Auf sich allein gestellt, sagte er…

„Nun, kleiner Jäger… was mache ich jetzt mit dir?"

Irgendwo heult ein Wolf.

7.

Ein Keuchen ist in der Dunkelheit zu hören. Bald ist Neumond. Das wenige Mondlicht, das sich nun versucht zwischen den Wolken hindurchzudrängen, beleuchtet die Umgebung nur spärlich. Im Schatten zeichnet sich eine Gestalt ab. Sie hängt an der Zimmerdecke, genauer gesagt an der Deckenlampe, direkt über dem Bett. Sehr langsam beginnt sie nun, sich dem Bett zu nähern.

„Mh, da hat sich wohl eine Kakerlake ins Zimmer geschlichen…"

Die Gestalt erschrickt. Sie hatte meine Anwesenheit nicht bemerkt. Einen widerspenstigen Laut ausstoßend versucht sie, durch das offene Fenster zu entkommen. Ich springe hinterher, laufe ihr nach, durch den Garten, über das Feld… Sie ist schnell, doch ich bin schneller. Krächzend fliegen die Krähen an uns vorbei, die sich gerade noch auf dem Feld tummelten. Plötzlich spüre ich, wie mein Fuß von einer seltsamen Flüssigkeit umspült wird. Ich schaue hinunter: ein Messer steckt in meinem Schienbein. Mit einem wütenden Schrei ziehe ich es hinaus. Der Angreifer entkommt.

Schlecht gelaunt stapfe ich zu Levians Haus zurück. Ja, ich hatte ihn nach Hause gebracht… Es war gewiss ein surreales Bild, wie eine Unsterbliche sich ihren verwundeten Feind auf den Rücken hievt, um ihn in Sicherheit zu bringen. Obgleich ich mir ganz uneitel zugestehe, bisher niemanden Meinesgleichen getroffen zu haben, der es an Kampfkunst mit meiner stets barfüßigen Erscheinung hätte aufnehmen können, keimt nun der Gedanke in mir, dass etwas ganz Grundsätzliches mit mir nicht stimmt. Mein Überlebensinstinkt schaltet sich manchmal temporär ab. Oder ich werde ferngesteuert. Oder vielleicht teile ich mir meinen Körper auch mit mehreren Persönlichkeiten. Wie sonst ist dieses selbstzerstörerische Verhalten zu erklären? Wenn mich jemand danach fragen würde, warum ich unter den sich mir bietenden Optionen in dieser Situation gerade diese gewählt habe, in der ich ihm das Leben rette…

Lange habe ich für den Weg zu seinem Haus nicht gebraucht - ich musste mich schließlich nicht mehr dem ermüdenden Tempo eines menschlichen Jägers anpassen. Doch das Gefühl, den fiebernden Jäger auf meinem Rücken zu tragen… Diese Nähe… dies war eine schier kraftraubende Herausforderung… Es kostete mich einiges an Überwindung… Levian selbst hat von alldem nichts mitbekommen. Nileyn hat ihn Zuhause behandelt und halbwegs stabilisiert. Wie sich herausstellte, hat sie beachtliche Kenntnisse in der Kräuterkunde, die dabei hilfreich waren.

Als ich Levians Zimmer - dieses Mal durch die Tür - wieder betrete, schauen mich drei Jäger verschlafen an: der mittlerweile erwachte Levian und auch Nileyn und Traian halten ihren Blick starr auf mich gerichtet, als würden sie erwarten, dass ich nun eine festliche Ansprache abhielte. Ich ziehe meine linke Augenbraue nach oben und halte das blutbeschmierte, unscheinbare Wurfmesser hoch, das mich getroffen hatte: „Tja, ist entkommen."
Traian quittiert meine Anstrengungen mit einem verachtenden Blick und setzt an etwas zu sagen, da meldet sich Nileyn zu Wort: „Wer war der Angreifer? Hat ihn einer von euch erkannt?"
Alle Blicke sind nun auf Levian gerichtet. Er schweigt ein paar Sekunden, dann erwidert er mit matter Stimme: „Es war ein Dämon... Imee..."
Traians Frettchengesicht zeigt keine Regung, der Name scheint ihm also nichts zu sagen. In Nileyns Gesicht zeichnet sich hingegen Entsetzen, doch sie bringt kein Wort hervor. Es herrscht betroffenes Schweigen.
„Was, ist das alles?! Fragt denn keiner von euch, was diese Imee hier wollte? Findet es keiner seltsam, dass sie so gut vorbereitet

war, genau den Zeitpunkt zum Angriff gewählt hat, als euer blonder Jäger hier im Delirium weilte?“ will ich wissen. Doch ich merke, dass ich keine Antwort auf meine Fragen erhalten werde.
Stattdessen quakt nun Traian auf sehr unkonstruktive Art dazwischen: „Mich würde viel mehr interessieren, warum gerade du so schnell zur Stelle warst, Dämon?“
Ist das sein Ernst?!
Empört plustere ich mich auf und lasse meine Hand ein paar Mal umher schwenken: „Ich denke, was du eher sagen wolltest ist: Danke! Danke Eve, dass du so schnell reagiert hast, weil dein dir weit überragender Instinkt verraten hat, dass ein Angreifer im Haus ist und danke dafür, dass du ihn dann auch noch erfolgreich verjagt hast! Wir Jäger sind ja leider mit einem so überaus schwachen Gespür gestraft, dass uns die Anwesenheit eines weiteren Unsterblichen nicht einmal aus dem Schönheitsschlaf gerissen hätte, wenn er uns höchstpersönlich in der Nase gebohrt hätte!“
„Pah, ein Dämon bekämpft einen anderen Dä…“ versucht Traian noch zu entgegnen, da wird er von Levian unterbrochen: „Könnt ihr jetzt bitte wieder aus meinem Zimmer verschwinden?“
Nileyn streicht Levian über die Hand, dann machen sich Traian und sie auf den Weg zu ihren Betten - einer mit skeptischem,

der andere mit sorgsamem Blick. Als ich ebenfalls das Zimmer verlassen möchte, stoppt mich der blonde Jäger mit einem leisen: „Warte... kurz...“ Überrascht drehe ich mich zu ihm um und gehe ein Stück auf sein Bett zu. Ich betrachte sein Gesicht: er sieht blass aus. Nileyns Kräuter haben Wunder gewirkt, sein Fieber war schnell gesunken. Trotzdem wird es noch einige Zeit dauern, bis er seine Reise fortsetzen kann. Levians erschöpfte Augen sind auf mich gerichtet. Er liegt still und konzentriert da, als würde er vergeblich versuchen, meine Gedanken zu lesen. Schließlich spricht er aus, was ihn beschäftigt: „Warum hast... Warum nutzt du die ganzen Chancen nicht?“ Ich weiß was er meint. Seit wir uns kennen, haben sich mir zahlreiche Gelegenheiten ergeben, ihn zu töten. Jedes Mal habe ich mich anders entschieden... Auch dieses Mal treffe ich eine Entscheidung. Ich entscheide mich, nicht auf seine Frage zu antworten. Stattdessen stelle ich eine Gegenfrage: „Warum erzählst du deinem Mentor, du würdest angeblich Schmerzen empfinden, wenn man mich verletzt? Wir wissen beide, dass das nicht wahr ist.“

Damit hat Levian nicht gerechnet. Stumm blickt er zur Seite. Das Gespräch scheint damit beendet zu sein...

In den nächsten Tagen erholt Levian sich Stück für Stück, er verbringt diese jedoch im Bett, schlafend oder grübelnd. Die Tage vergehen nur langsam…

Die meiste Zeit sind Traian und Nileyn damit beschäftigt, ihre Nahrungsaufnahme vorzubereiten. Sie hantieren mit Gemüse, anderen Pflanzen, Fleisch… Sie schnibbeln, rühren, stampfen, schmieren, wenden, bröseln, hacken… Wenn sie das nicht gerade auf Trab hält, dann widmen sie sich der Pflege ihrer menschlichen Körper oder dessen Regeneration. Sie machen also dasselbe, was jeder Mensch so macht. Es scheint eine furchtbar schwere Last zu sein, diese jederzeit bedürftigen Körper am Leben zu erhalten.

Hinaus trauen sich die Jäger zurzeit nur selten. Es regnet fast ununterbrochen und sie scheinen aus einem unerklärlichen Grund wasserscheu zu sein. Mh… ich glaube mich zu erinnern, dass Menschen schneller erkranken, wenn sie nass sind.

Ich nutze die ersten Tage im Haus der Jäger, um das Gebiet zu erkunden, das Levian vor Meinesgleichen schützt. Zuerst nehme ich mir den Garten vor, der das Haus umgibt und in dem Nileyn entgegen meinem anfänglichen Eindruck sehr viel Mühe zu stecken scheint. Ich gehe den Trampelpfad rechts entlang, komme an hohen Beerensträuchern und wild wuchernden Rosenbüschen vorbei. Dann biege ich ab, treffe auf verschiedene Beete. Hier baut Levians Schwester vermutlich die seltsamen Wurzeln an, die in der Küche des Hauses hängen und welche so einen unnatürlichen Lilaton haben. Ich betrachte die zart blühenden Apfel- und Kirschbäume, die sich hinter dem Gebäude erstrecken. Als ich das Haus fast umrundet habe - ich befinde mich jetzt auf der rechten Seite - laufe ich noch an einer kleinen Holzbank vorbei, die unter dem Küchenfenster steht. Ich erkunde das Haus der Jäger von links, rechts, ...oben... Aber als ich auf dem Dach herumpoltere, wird die Stimmung im Haus unruhig. Also springe ich wieder herunter, bevor die Menschen nach draußen schauen und dort vielleicht nass werden. Sie sollen ja nicht gleich an einer schlimmen Krankheit verenden, nur weil ich das marode Dach kurz erkunden wollte... So komme ich schließlich auf den unregelmäßig gepflasterten Pfad zurück, der vom Gebäude und Garten weg, hinaus auf die freie Ebene führt. Langsam schreite ich den Weg entlang, aber da niemand aufgebracht herausgestürmt kommt, um mich aufzuhalten, laufe ich immer schneller und renne nun im Regen den Hügel hinunter, auf dem das Haus steht. Es ist so einfach... Einfach nur rennen. Dieses Gefühl, wenn man den Wind zu durchschneiden scheint... Der Regen, der an mir herunterrinnt... Das Gras, das an mir vorbei rauscht... So einfach... Ein paar Stunden streife ich durch das Gebiet... Levians Gebiet. Doch bis auf das Dorf und das Haus der Jäger scheint es hier keine weiteren bewohnten Areale zu geben und so wird mir die Erkundung schnell langweilig. Kurz überlege ich, ob ich nicht noch einen ganz kleinen Ausflug zum Dorf machen soll, um ein bisschen für Aufruhe zu sorgen. Aber hinter dem schweren Grau des Himmels verkündet die einsetzende Dunkelheit, dass nun der Abend dämmert… und… die Nächte verbringe ich lieber im Haus…

Als ich patschnass durch die Haustür schreite, sitzen Nileyn und Traian gerade vor dem Kamin. Obgleich der Frühling nun bereits mit den ersten warmen Tagen Einzug hält, will die Kälte aus den alten Backsteinen des Hauses noch nicht so recht weichen. Daher hat sich Traian während unseres Aufenthalts selbst die Aufgabe auferlegt, jeden Abend den Kamin anzufeuern. Wenn er und Nileyn ins Bett gehen und ich allein auf dem Sofa sitze, dann beobachte ich gern, wie die Glut noch etwas glimmt, bevor sie langsam erlischt und den Wohnraum in angenehmer Dunkelheit zurücklässt.
Die beiden Jäger schauen mich aus großen Augen heraus an. Ich gehe unbeeindruckt ihrer Aufmerksamkeit zur Küche herüber und schnappe mir ein frisches Handtuch. Niemand von ihnen sagt etwas. Traian schnauft lediglich einen undefinierbaren Laut, dann arbeitet er weiter daran, das Feuer im Kamin in Gang zu bringen - dies allein scheint seine volle Konzentration zu fordern. Nileyn schmunzelt still.

Anscheinend hatten sie sich schon irgendwie so ihre Gedanken gemacht, ob ich überhaupt zurückkehre.

Die wenigen Stunden, in denen der Himmel sich nicht in tosenden Schauern auf die Erde hier ergießt, verbringen Traian und Nileyn draußen. Nileyn beschäftigt sich oft mit den Pflanzen in ihrem wirren Garten. Sie hockt auf dem Boden und wühlt in der Erde… es scheint ihr Freude zu bereiten. Traian scheint hingegen nicht viel für den Garten übrig zu haben. Er hackt lieber Holz. Irgendwie ist es ein komisches Bild, ihn in seiner schicken weinroten Hose und dem beigefarbenen Langarmshirt die Axt schwingen zu sehen. Andererseits ist es schon verständlich, dass er sich dieser Tätigkeit widmet: er möchte so vermutlich sicherstellen, dass er auch wirklich jeden Abend die Gelegenheit hat, im Kaminfeuer herumspielen zu können. Und mit irgendetwas, denke ich, müssen die Menschen sich ja ihre Zeit vertreiben, wenn sie nicht gerade essen, waschen, schlafen…
Die nächsten Tage vertreibe ich mir jedenfalls meine Zeit damit, Traian zu lehren, wo sein Platz ist. Doch er ist kein gelehriger Schüler… Eigentlich war er nur gekommen, um nach Levian zu schauen. Das ist jedoch schon einige Zeit her. Seitdem schläft er im großen Gästebett, schräg gegenüber von Levians Zimmer. Warum ist Traian noch nicht abgereist? Hat

er sonst nichts Besseres zu tun, als Levian beim Suppe schlürfen zuzusehen? Eines Nachmittags spreche ich ihn darauf an, bekomme jedoch nur ausweichende Antworten zu hören, in denen er versucht, die Worte „Dämonenbrut", „Abschaum" oder „Untier" in einer möglichst hohen Zahl zu platzieren. Nileyn und er sitzen gerade am Esstisch. Vom Sofa aus schaue ich zu, wie sie gemeinsam Kartoffeln für das Abendbrot schneiden. Nileyns Blick wirkt ziemlich unerfreut ob seines Schwalls an Beleidigungen, aber Traian ist, und dies scheint mir eine übliche Angewohnheit bei ihm zu sein, zu sehr mit sich und seiner Kartoffel beschäftigt, um dies zu bemerken.

„Wird dir dieses Gefasel nicht langsam langweilig?" frage ich nun.

„Das fragst DU mich?! Au!..." giftet er zurück und schneidet sich dabei versehentlich in den Daumen.

Ich lache - ein wenig auch über mich selbst, denn diese Frage sollte ich zuallererst mir selbst stellen. Dass ich Levian hergebracht habe, ist eine Sache, aber, dass ich mich danach nicht davongemacht habe, ist eine ganz andere... Wenn ich zur Ruhe komme, grüble ich meist darüber, wie ich mich nun verhalten soll. Wäre es wirklich eine gute Idee, einfach zu verschwinden und zu hoffen, dass sich das Problem, an Levian gekettet zu sein, damit in Luft auflöst? Ich finde keine Antwort darauf... Oft beobachte ich die Jäger einfach nur bei dem, was sie so machen und hoffe, dass dies meine Gedanken irgendwie voranbringt.

Nileyn hat mir für unseren Aufenthalt das Sofa im Hauptraum zum Schlafen hergerichtet. Ich hatte ihr gesagt, dass sie sich die Mühe sparen kann, weil ich, a., kaum Nahrung und noch weniger Schlaf benötige und, b., ich in einem Haus voller Jäger nicht einmal Ruhe finden könnte, wenn Levian versuchen würde, mich unter Einsatz des Banns dazu zu zwingen. Aber sie wirkte in der Hinsicht ziemlich stur. Traians Einwürfe, sie solle nicht so fürsorglich zu einem Dämon sein, ignoriert sie mit einem charmanten Lächeln. Meine Nächte verbringe ich nunmehr ‚unbeaufsichtigt'. Nachdem ich Levian das Leben gerettet habe, sah wohl keiner mehr eine Notwendigkeit darin, mich jede Minute im Auge zu haben. Meiner Meinung nach ist das eine ziemlich naive Haltung, wenn man sich vor Augen führt, dass sich hier immerhin eine Unsterbliche zwischen einer ganzen Scharr von Jägern eingenistet hat. Aber ich beschwere mich nicht über den überraschend schnellen Meinungswandel. Er erspart mir lästige Konversationen…
Und so sitze ich nun eines Nachts auf dem dunkelgrünen Sofa, die Knie aneinander gewinkelt, und grüble darüber, wohin das hier alles führen wird. Abgesehen von derart grundlegenden Fragen, denke ich auch darüber nach, was es wohl mit dieser

Imee auf sich hat. Sie ist eine recht junge Unsterbliche, ihre Bewegungen waren noch sehr staksig. Von der Lampe an der Decke hängen und dann mit einem Sprung zum Fenster hinaus gleiten - das sind keine Bewegungsabläufe, die einem Menschen häufig abverlangt werden. Als jemand Unseresgleichen muss man sich an die Meisterung solch körperlicher Herausforderungen erst gewöhnen. Für jemanden, der einfach nur den Nervenkitzel sucht, einen Jäger zur Strecke zu bringen, wirkte alles zu durchdacht. Für derartige Aktionen macht man sich nicht solche Mühe. Ich lausche angestrengt, ob aus Levians Zimmer etwas zu hören ist, kann aber nichts vernehmen.

...

Oder...?

Hnnnnnnnn...

War da nicht... war da nicht gerade ein Knacken zu hören? Geschmeidig erhebe ich mich vom Sofa, durchschreite den Durchgang zum hinteren Trackt des Hauses und wandere zum Zimmer des verletzten Jägers. Als ich vor seiner Tür stehe, lausche ich. Levians Atmung ist langsam und regelmäßig - er schläft also. Zögernd lege ich die Hand auf die schwarz-metallene Türklinke. Dann drücke ich sie herunter und die massive Holztür öffnet sich mit einem leisen, vernehmlichen Knarren. Wieder konzentriere ich mich auf seine Atmung, um zu hören, ob ihn das Geräusch geweckt hat. Doch das ist nicht der Fall. Ich luge hinter der Tür hervor und werfe einen Blick auf ihn. Obgleich die Tür seines Zimmers zu beiden Seiten von hohen weißen Schränken flankiert wird, habe ich von hieraus einen guten Blick auf sein breites Holzbett. Das gardinenlose Fenster befindet sich an der gegenüberliegenden Seite des Raums, doch es scheint geschlossen zu sein. Lange betrachte ich sein Gesicht, dass er der Tür zugewandt auf ein durchgelegenes Kissen bettet. Er wirkt so ruhig und unbedarft wie sonst, wenn er schläft. Zügig bewegen sich seine Augen unter den Lidern. Anscheinend träumt er gerade. Auf sein Gesicht blickend lasse ich die Klinke los und mache einen Schritt ins Zimmer hinein.

„Was machst du da?“ ertönt plötzlich eine Stimme neben mir.

Für einen kurzen Moment haben sich meine Kampfreflexe gemeldet und meine linke Hand nach oben schnellen lassen. Gerade noch rechtzeitig fällt mir jedoch ein, dass eine Antwort durch Kinnhaken hier wohl nicht angemessen wäre. Darum kann ich nichts Anderes tun, als mich mit erhobener Hand, offenem Mund und geweiteten Augen umzudrehen.

Nileyn steht neben mir.

Als ich Nileyn auf dem graublau gestreiften Sessel im offenen Wohnzimmer gegenübersitze, habe ich den Schreck immer noch nicht überwunden. Schmollend schaue ich sie an. Warum war sie um diese Uhrzeit überhaupt noch wach? Eine kleine Kerze flackert in einem messingfarbenen geschwungenen Halter auf dem Wohnstubentisch. Nileyn hatte sie angezündet, als wir uns im Wohnzimmer niedergelassen haben. Ihre blauen Augen mustern mich eindringlich. Erst jetzt scheint ihr aufzufallen, dass ich mich umgekleidet habe. Levians Wunde, die Kämpfe… es klebte allerlei Schmutz und… irritierende Gerüche an meinen alten Sachen, also hatte ich mir in der ersten Nacht hier neue besorgt. Natürlich stehen mir die schwarze Bluse mit den luftig fallenden kurzen Ärmeln und die graugrünen Shorts perfekt und vor allem schränken sie mich im Kampf nicht ein. Der Kontrast zu Nileyns grauschimmerndem rüschigen Nachthemd ist fast schon schmerzhaft. Meine Sachen waren ein Glücksgriff, meine Auswahl ist ja leider immer etwas beschränkt. Die Frage, woher ich diese ihr unbekannten Sachen habe, steht ihr fast schon auf der Stirn geschrieben. Doch bedauerlicherweise entscheidet sie sich, lieber über das zu reden, was gerade vorgefallen ist. Grinsend erwidert sie nun meinen Blick: „Es ist schon lustig, dass du als Dämon auf einen Jäger aufpasst, nicht?"

Graaaaaa… Sie hat die Situation also durchschaut… Ich weiß zunächst nicht was ich sagen soll. Meine Augen verengen sich. Dann haue ich meine nackten Füße auf den truheähnlichen

Wohnzimmertisch und gehe zum Gegenangriff über: „Hnggg… Nein… Ich meine klar, wir verbringen ja auch viel Zeit miteinander…“ Honiggelbes Wachs kippt in kleinen Klecksen auf den Kerzenhalter.
Nileyn meint unbekümmert: „Das ist sicherlich eine dankenswerte Erfahrung für ihn.“
„Was zum…?! Siehst du das nicht ein bisschen zu locker, mh?!“
Sie antwortet nur: „Wie meinst du das?“
„Na, keine Ahnung… Ich meine, dass eine Unsterbliche Tag und Nacht an der Seite deines Geliebten weilt, scheint dich wohl nicht zu jucken. Woher weißt du, ob man mir vertrauen kann? Nur, weil ich ihn einmal gerettet habe? Wir sind ja mitunter auch für andere Taktiken bekannt…“
Das war eindeutig genug, denke ich. Doch die Jägerin mit den sonnenblonden Haaren sitzt mir nur schweigend gegenüber. Anders als bei ihrem Freund, kann man ihrem Gesicht eine ganze Fülle von Emotionen ablesen. Jetzt gerade vermischen sich derart viele, dass ich Schwierigkeiten habe, sie einzeln herauszulesen. Wenn ich raten müsste, würde ich sagen, sie ist erstaunt, nachdenklich, …amüsiert?
Genervt kratze ich am abgewetzten Stoff der Armlehne. Wie scheinbar alles hier im Haus, hat auch der Sessel, auf dem ich sitze, sicherlich bereits mehr Jahre hinter sich als seine Bewohner. Erst nach einer ganzen Weile scheint sie ihre

Gedanken geordnet zu haben. Sie lehnt sich vor und sagt schließlich: „Weißt du, Eve, Levian ist mein Bruder, also... naja... ich weiß nicht recht, worauf du hinauswillst?"
BRUDER?! Klar, jetzt wo ich drauf gestoßen werde, finde ich schon, dass sie sich ähnlich sehen... ziemlich ähnlich... Aber tun das nicht alle Jäger irgendwie? Aus meinem Mund sprudelt das erstbeste, was mir einfällt - wenn auch wenig geistreich: „...Tatsächlich? Ich meine ...bist du dir da ganz sicher?"
Nileyn lacht daraufhin nur...

In dieser Nacht unterhalten wir uns über alle möglichen Themen. Ich frage sie, was es mit den Gebieten der Jäger auf sich hat. Nileyn erklärt mir, dass die bewohnten Gebiete unter ihnen aufgeteilt sind. Den Jägern wird ein Gebiet zugewiesen, das sie dann vor Meinesgleichen beschützen sollen. Das war mir nicht wirklich neu. Interessant ist aber, dass sie von den Bewohnern dieses Gebietes im Gegenzug Lebensmittel, Kleidung und was man sonst noch so als Jäger benötigt, erhalten. Neben diesen ‚ansässigen' Jägern gibt es anscheinend auch welche, die aus den unterschiedlichsten Gründen kein eigenes Gebiet betreuen, sondern umherziehen, um etwas zu verdienen. Nileyn bezeichnet sie als Nomaden. Es versteht sich von selbst, dass ein ansässiger Jäger niemals überall sofort zur Stelle sein kann, sobald ein Unsterblicher irgendwo auftaucht.

Wenn der zuständige Jäger dann am Ort des Geschehens ankommt, hat dann halt manchmal jemand anderes seine Arbeit schon erledigt.
„Mh… oder alle Menschen wurden bereits umgebracht." werfe ich mit einem spöttischen Unterton ein. Ich starre auf den Beistelltisch, der neben dem Sessel steht. Auf der gesprungenen rundlichen Tischplatte sind verschiedene Bücher über Pflanzenkunde zu einem Stapel aufgeschichtet. Wenn ich ehrlich bin, hinterlässt die Ausführung über die Aufgabenverteilung der Jäger, die von allen Menschen als wahre Philanthropen verehrt werden, einen widerlichen Nachgeschmack. „Wenn also ein Jäger einen Mitstreiter in seinem Gebiet entdeckt, hat er wirklich keine anderen Sorgen, als dass dieser ihm ein Stück vom Kuchen klauen könnte?"
Nileyn wählt ihre Worte mit Bedacht: „Jeder Jäger reagiert anders darauf… Fakt ist jedoch, dass viele ansässige Jäger von der Hand im Mund leben. Vor allem in ländlicheren Gegenden kommen die Bewohner gerade so selbst über die Runden. Noch etwas an den Jäger abzutreten, erscheint dort besonders hart."
Ihre Augen fixieren die kleine Flamme, die auf der Kerze umhertanzt. Sie fährt fort: „Ich finde es verständlich, dass die Bewohner Nomaden beschenken, wenn diese ihnen gerade das Leben gerettet haben. Nichts auf der Welt ist wohl mit dem Dank für jemanden vergleichbar, der einem das Leben gerettet

hat.“ Nileyn schmunzelt. Angespannt versuche ich, das zu übersehen… Ruhig führt sie weiter aus: „Auch die Nomaden kann ich verstehen. Warum soll es falsch sein, einem Menschen das Leben zu retten? Was sollen sie sonst tun, einfach danebenstehen und nichts unternehmen, wenn Menschen in Gefahr sind - und das, obwohl sie die Mittel dazu haben? Und auch für die ansässigen Jäger habe ich Verständnis, die durch Nomaden um das Nötigste gebracht werden, was sie zum Leben brauchen.“

„Ist das nicht etwas viel Verständnis?“ lache ich.

Aber Nileyn bleibt ernst: „Angst ist ein starker Motor. Er treibt uns alle gleichermaßen an.“

Die Kerze auf dem Tisch flackert wild vor sich hin. Lange wird der Docht wohl nicht mehr brennen. Ich denke eine Weile über Nileyns Worte nach. Mein Blick schweift über die zusammengewürfelten Möbel, die den Wohnraum zieren, und wandert zu den dunklen Stellen an der Wand, wo früher einmal Bilder hingen. Levian und seine… Schwester… leben anscheinend schon lange Zeit allein in diesem Haus. Dann wandern meine Augen zurück zu Nileyn. Wie sie so da sitzt, mit diesem ernsten Blick… Heute Abend wirkt Nileyn fast schon eine Spur altklug… Mein linker Mundwinkel zieht sich nach oben. Ich denke daran, wie sie auf mich wirkte, als ich das erste Mal in diesem Haus auf sie traf. Da hatte ich einen ganz

anderen Eindruck von Nileyn. „Ha, ha, ha, du hast einen guten Durchblick, wenn man bedenkt, dass du selbst die Jägergabe nicht ausübst!“ bricht es nun aus mir heraus.
Mit großen Augen starrt Nileyn mich an und fragt: „Huh? Woher weißt du das, Eve?“
Ich grinse breit: „Das merke ich an deinem Auftreten, das du mir gegenüber an den Tag legst.“
Nun muss auch sie lachen: „Hi, hi, ja das stimmt wohl.“
„Aber in einem Punkt irrst du dich, Nileyn. Wie du weißt, ist es bei meiner Gattung eher der Rachewunsch, denn die Angst, die uns antreibt.“
Mehr als ein „Mh…“ mag Nileyn zu diesem Thema nicht beitragen. Es ist offensichtlich, dass ihr hierzu etwas unter den Nägeln brennt, aber sie spricht es nicht aus.

Nachdem sie sich wieder schlafen gelegt hat, spiele ich kurz mit dem Gedanken, nochmals nach Levian zu schauen. Aber diese Idee verwerfe ich schnell wieder. Es sind nur noch zwei Stunden bis zum Morgengrauen. Das bedeutet, dass die innere Uhr des blonden Jägers bald klingeln wird. Eine Zeit lang beobachte ich noch, wie die Flamme der mittlerweile sehr schrumpeligen Kerze gegen das Erlöschen kämpft. Immer mehr Wachs zehrt sie den Docht hoch, zieht es in sich hinein, doch es wird nicht genug sein. Schließlich erlischt sie. Ich stelle mich ans Küchenfenster und während ich die verwilderte Magnolie im Garten beobachte, deren Zweige im Wind langsam hin und her schwenken, denke ich über das Gespräch mit Nileyn nach. Ein schier zerreißender Rachegedanke... Ist das Herz eines Menschen im Moment des Todes von solchen Gefühlen überflutet, schafft es nicht einmal der Tod, diesen Gedanken zu löschen, dann wird der Mensch als Rachegeist wiedergeboren. Auch ich wurde auf diese Weise wiedergeboren... Dieses Gefühl... Es ist ein alles verzehrender Drang zu töten. Ein treibender Wille, Ungerechtes zu bestrafen. Nein, mit Angst hat das nichts zu tun...

Am nächsten Tag geht es Levian schon deutlich besser. Unruhig stromert er nach dem Aufstehen durch das Haus. Man merkt, dass er nichts so richtig mit sich anzufangen weiß. Als die drei Jäger versammelt am Tisch frühstücken, beobachte ich diese Alltagsszene vom Sofa aus. Morgen früh plant er bereits wieder abzureisen und lässt sich auch nicht von seiner Schwester davon überzeugen, noch ein oder zwei Tage zu warten: „Nileyn, ich bin kein Jäger, solange ich meinen Bann nicht einsetzen kann." Unruhig schmiert Levian mit seinem Besteck am Brot herum - es kommt einem Kampf gleich - das Brot wird wohl verlieren. Traian nickt ob Levians Einschätzung bekräftigend, bekommt aber selbst keinen Ton

heraus, weil er gerade damit beschäftigt ist, den großen Happen, den er aus einer Birne herausgebissen hat, durchzukauen. Nileyn sitzt Levian gegenüber. Bedächtig stellt sie ihre Teetasse auf den Esstisch ab und ergreift nun Levians Hand. Derartige Vorstellungen über die Daseinsberechtigung eines Jägers scheinen ihr fremd zu sein: „Leeve, du BIST doch ein Jäger! Egal was passiert - nichts kann etwas daran ändern."
„Hahahahahaha!" Ich sitze auf dem Sofa und beuge mich den Bauch haltend nach vorn. Mit einem verstörten Blick drehen die drei Jäger sich zu mir um. „Hahahaha, Moment mal, Moment mal!", werfe ich ein, „Leeve? Ernsthaft, LEEVE?!" Ich lache mir fast die Seele aus dem Leib, sofern meiner Gattung denn so etwas noch innewohnt, und mir laufen dabei die Tränen wie schon lange nicht mehr: „Ha... nein... wirklich, dir ist schon klar, wie ich dich von nun an nennen werde?"
Während Nileyn still grinst, sehen Levian und Traian mich verständnislos an, sagen aber nichts dazu. Anscheinend hat Traian seine Taktik angepasst und versucht nun sehr krampfhaft, nicht auf meine Sticheleien einzugehen. Ich weiß jetzt schon, dass dies erfolglos sein wird...
Levian verkündet, dass wir beide morgen zu einer alten Jägerin aufbrechen. Zwischen ihrem und Levians Gebiet liegt ein weites unbewohntes Areal, sodass wir vermutlich mehrere Tage unterwegs sein werden, um bei der Jägerin anzukommen.

Als der blonde Jäger später seine Reisesachen zusammenpackt, beobachte ich zufällig, wie er auch einen Schlafsack einpackt… Auch Traian packt derweil vor sich hinsummend seine sieben Sachen im Gästezimmer zusammen. Irgendwie hatte ich gedacht, dass er nach unserer Abreise noch ein, zwei Tage hierbleibt. Als ich versuche, einen Blick in Traians überfüllte Tasche zu werfen, die auf dem Gästebett steht, schmeißt er mich kurzerhand aus dem Zimmer und knallt die Tür zu.

Nileyn bereitet unterdessen Proviant für die Reise vor. Dafür nimmt sie einige der getrockneten Wurzeln und Kräuter von den Seilen, die überall im Haus verteilt hängen. Mit einer geradezu akademischen Genauigkeit schneidet sie gerade ein mir unbekanntes Wurzelgemüse in feine Scheiben. Dann gibt sie alles in einen weißbeschichteten Topf, füllt frisch gepumptes Wasser aus dem Brunnen hinein, der unter dem Haus entlangläuft, und stellt den Topf auf den Herd. Ich erspare mir ein Kommentar darüber, dass sie sich nicht so viel Mühe geben muss. Meine Gedanken wandern zu dem ersten Abend, den ich mit ihrem Bruder verbracht habe. Wir saßen am Lagerfeuer und ich versuchte seinen Namen herauszufinden. Das angeekelt wirkende Gesicht, als er in das Brot biss, das Nileyn ihm als Wegzehrung mitgegeben hatte, wird mir wohl lange in Erinnerung bleiben.

Nachdem ich in Nileyns Topf geschaut habe, in dem nun allerlei seltsame Dinge schwimmen, setze ich mich auf den hässlichen graublauen Sessel, der in der Ecke des großen Wohnraums steht. Sonst strahlt dieses Haus immer eine sehr einnehmende Ruhe aus. Doch nicht heute... Heute ist die Luft erfüllt von einer drängenden Geschäftigkeit. Ich beobachte, wie die Jäger ihren Tätigkeiten nachgehen: das Gewühle in Schubladen, das Umherdrehen des Kochlöffels im verbeulten Topf, das Überprüfen des Holsters für das kristallverzierte Messer. Solange meine Existenz nun schon andauert, definiere ich das typische Bild eines Jägers als verbissene, idealistische Tötungsmaschine. Alltagseindrücke, wie ich sie während dieser Zeit in Levians und Nileyns Haus erlebt habe, lassen dieses Bild nun irgendwie wirklichkeitsfremd erscheinen. Dass diese Jäger eine Bedrohung für mich darstellen, ist nur noch schwer vorstellbar. Und doch ist da dieser Widerspruch...

Am nächsten Tag brechen wir auf, um weiter nachzuforschen, wie das ‚Bann-Problem' gelöst werden kann. Wo dabei Levians Vorstellung von der Erreichung dieses Ziels liegt, kann ich mittlerweile nur noch schwer einschätzen...

8.

Während Levian und ich durch eine weite Ebene streifen, verdunkelt sich der Himmel immer weiter. Die Sonne geht langsam unter, doch das rosarote Licht wird von den tiefhängenden Wolken geschluckt. Der Wind peitscht die Gräser auf den Feldern nieder, lässt die einzelnstehenden Tannen hin und her schwingen. Bald wird es wieder regnen. Seit wir heute Morgen vom Haus der Jäger aufgebrochen sind, hat sich meine Laune deutlich gebessert. Statt mir die Langeweile mit Grübeln zu vertreiben, genieße ich es nun, wieder mit dem blonden Jäger allein zu sein. Während ich ihn Zuhause die meiste Zeit nicht zu Gesicht bekam, weil er auch am Tage im Bett ruhte, um seinen menschlichen Körper zu regenerieren, habe ich ihn nun den ganzen Tag um mich.
Die ersten Regentropfen fallen mir direkt auf die Nase. Ich stutze: „Mir macht es ja nichts aus, aber solltest du nicht mal langsam daran denken, dir einen Unterschlupf zu suchen? Es regnet bald und ihr schwachen Menschen erkältet euch ja schnell, wie du weißt, Leeve."
„...Was meinst du, was ich hier mache? Leider ist es sehr schwer in einer Gegend, die nur aus Wiesen und Felder besteht,

einen Unterschlupf zu finden… Und hör auf, mich Leeve zu nennen, *Dämon*."

„Ich höre auf, dich Leeve zu nennen, sobald du anfängst, mich beim Namen zu nennen."

Schweigend läuft er weiter… Wir laufen an einer hohen Tanne vorbei, da ziehen sich meine Mundwinkel nach oben… Schnell stelle ich mich ihm in den Weg: „Na schön, wenn du es nicht schaffst, dir etwas zu suchen, Leeeeeeeve, werde ich das jetzt übernehmen." Er weicht ein Stück zurück und hebt mit skeptischem Blick an: „Was ha-" Doch da packe ich ihn bereits an den Gurten seines Rucksacks und springe mit ihm im weiten Bogen auf die Spitze der Tanne zu. Als wir auf einem stabilen Ast ankommen, drückt er sich entrüstet von mir weg und brüllt gegen den Wind an: „Was zur Hölle sollte das?!"

„Was ist? Von hier oben hast du einen viel besseren Überblick." grinse ich breit und klopfe mir hastig das unangenehme Nähegefühl aus den Händen… Zumindest wertet er nicht mehr jede meiner Aktionen als Angriff. Sonst hätte er mich spätestens jetzt mit dem Bann Richtung Boden befördert…

Um den Baumstamm klammernd und vor sich hin maulend lässt er seinen Blick über die Ebene schweifen. Plötzlich konzentriert er sich auf einen großen eierförmigen Felsbrocken, der in einiger Entfernung mitten auf dem Feld

liegt: „Grrr... eventuell könnte dort eine geeignete Stelle sein..."
Ich blinzle überrascht: „Was? Dort auf dem freien Feld? Na du bist ja mutig."
Stumm schaut Levian mich ein paar Sekunden an, als würde er auf irgendetwas... warten? Dann brummt er abermals und macht Anstalten, den Baum wieder herunterzuklettern. Ich muss schmunzeln, jetzt verstehe ich... Erneut packe ich ihn und springe mit ihm von Ast zu Ast, bis wir wieder mit den Füßen auf der Erde sind. Mürrisch schiebt Levian noch ein „Das hätte ich auch allein geschafft..." hinterher.
„Sicher, hätte nur ein paar Stunden länger gedauert, mh?"

Als wir am Stein ankommen, ist es schon fast dunkel. Levian tastet am Boden herum. Als er schließlich findet, was er gesucht hat, bin ich hellauf begeistert: der Jäger öffnet eine bemooste Klappe, unter der ein verborgener Gang liegt. Dieser führt zu einem unterirdischen Versteck, dessen Wände und Decke mit Holzbrettern verkleidet sind. Und... uhhh! Sogar ein paar Kerzen und eine Laterne liegen hier neben dem Eingang! „Das ist ein unterirdischer Rastplatz für Jäger, oder? Hui, und der Stein ist das Erkennungszeichen, ja? Ha, ha, ha, ist ja gut zu wissen..." Levian greift sich gleich eine Kerze, zündet sie an und stellt sie in die Laterne. Ich schaue mir das Konstrukt

genau an, fahre mit den Fingern über die regelmäßige Maserung der Holzbretter. Einige Bretter wirken heller als andere. Vermutlich hat sich jemand die Mühe gemacht, alte kaputte Bretter an diesen Stellen auszutauschen. Hier und da stützen massive Balken die Decke. So etwas unter der Erde zu errichten, muss für einen Menschen ziemlich aufwendig sein. Wie viele solcher Verstecke es wohl geben mag?
Levian setzt sich an die hinterste Wand und kramt im Rucksack nach etwas Essbarem. Dabei murrt er: „Mir egal, ob ein Dämon mehr oder weniger davon weiß. Dieser Unterschlupf dient nur Nomaden als Schlafplatz."
Ich frage mich, woher diese Feindseligkeit gegenüber Nomaden rührt. Der blonde Jäger wirkt nicht gerade wie einer dieser aufgescheuchten Hähne aus Nileyns Geschichte, die sich in ihren Gebietsrechten von anderen Jägern bedroht fühlen könnten. Schließlich schlendert während unserer Reise sicherlich eine ganze Scharr fremder Jäger durch sein Areal. Da Nileyn nicht als Jägerin aktiv ist, sind die Menschen dort wohl gerade ohne Schutz. Sollte er da nicht dankbar sein, wenn wenigstens der ein oder andere Nomade einspringt, um seine Mitmenschen vor meiner Gattung zu beschützen?
Viele Fragen schwirren durch meinen Kopf, doch sie Levian zu stellen ist wohl zwecklos. Unterdessen ist er fündig geworden. Er zieht einen runden Behälter aus dem Rucksack. Zuhause bei

den Jägern habe ich gesehen, wie Nileyn eine gräulich-grüne... in jedem Fall undefinierbare Suppe dort hineingefüllt hat. Gespannt beobachte ich Levian. Er nimmt den kleinen Löffel aus dem Rucksack und stochert damit in der Suppe herum. Fast wirkt es, als sei er unschlüssig, die Pampe tatsächlich in sich hineinzulöffeln oder doch ganz ‚versehentlich' auf den Boden zu kippen. Dann entscheidet er sich doch fürs Löffeln, scheint es nach dem ersten Bissen aber schon wieder zu bereuen. Ich kann mir das Lachen nicht verkneifen: „Wenn ich dich so beobachte, wie du die Wurzelbrühe hinunterschluckst und dabei so ein Gesicht machst... bin ich froh, dass Meinesgleichen nicht viel Nahrung benötigt."

Levian schaut von seiner Suppe auf und kneift, teils skeptisch, teils beleidigt, seine tiefblauen Augen zusammen: „Nicht viel?" wiederholt er.

„Aber ja!", antworte ich, „Wusstest du nicht, dass wir auch ab und zu mal etwas essen? Die einen mehr, die anderen weniger. Ist wohl als eine Art Echo aus der menschlichen Vergangenheit zu sehen - denn biologisch notwendig wäre es ja nicht. Je älter man wird, desto mehr verliert sich das jedoch. Ich selbst habe nicht mehr das Bedürfnis, mich regelmäßig um meine Nahrungsaufnahme zu kümmern."

Levian ist nun dazu übergegangen, einzelne Wurzelscheiben mit dem Löffel zu angeln, um sich diese genauer anzusehen.

Ich werfe ein Steinchen in seine Richtung, um seine Aufmerksamkeit kurz von der Sezierung der Zutaten wegzulenken. „Mhrrrrg“ murrt er, doch ich fahre unbekümmert fort: „Was ich sagen wollte, ist, dass ich aber dennoch etwas essen KANN. Gib mir doch mal etwas von der Suppe ab, damit ich Nileyns Kochkünste beurteilen kann.“
Abwartend strecke ich ihm die Hand entgegen. Sein Blick wandert auf meine Hand, dann schaut er mir wieder ins Gesicht und meint: „Du meinst, damit du sie damit aufziehen kannst.“
Gut, vielleicht war das doch ein klein wenig zu leicht zu durschauen. Ich grinse. Dann fixiert er irgendetwas auf dem Boden, nimmt einen kleinen Stock, der neben ihm liegt, gabelt es damit auf und streckt es mir entgegen. Als ich sehe, was es ist… „IAAAAAHHHHHHH! Was soll das denn?!“ schreie ich und ziehe schnell meine Hand zurück. Levian hat einen Tausendfüßler aufgelesen, der sich nun, schwarz, glänzend und …zappelnd… am Stock hält. Nunmehr ist es an ihm, von einem Ohr bis zum anderen zu grinsen, als er sagt: „Ich dachte das wäre eher eine geeignete Nahrung für Dämonen?“
„WAS?!“ schimpfe ich und mir wäre ganz bestimmt noch eine geniale Erwiderung eingefallen, wäre nicht plötzlich ein Rütteln zu hören gewesen. Kam das gerade vom Eingang? Levian lässt die von Nileyn zubereitete Wurzelpampe stehen,

wirft den Stock mit dem schwarzen Zappelvieh zur Seite und nimmt seine Kampfhaltung ein.
Eine Stimme dringt vom Gang her zu uns: „So... Ich hätte nicht gedacht, heute noch einen Jäger hier vorzufinden...“ Rotleuchtende Augen blicken uns aus dem Zwielicht des Eingangs heraus entgegen. Ein Unsterblicher betritt den Verschlag. Sein blasses Gesicht wird umrahmt von schulterlangen, schwarzen Haaren. Er trägt bräunliche, recht altmodisch wirkende Kleidung. In Anbetracht der Tatsache, dass viele Unseresgleichen schon etliche Jahrzehnte auf dieser Erde wandeln, ist dies jedoch keine Seltenheit. Ebenfalls wenig überraschend ist es, dass es viele meiner Gattung gibt, die selbst regelrecht Jagd auf Jäger machen. Genauso verhält es sich mit dem Neuankömmling hier. Er widmet seine Existenz der Auslöschung von Jägern. Dass er bis heute überlebt hat, kommt nicht von ungefähr. Hinsichtlich Kampfkraft und Geschick ist er vielen Unseresgleichen überlegen. Ha, ha, naja - mir selbstverständlich nicht. Woher ich das alles über ihn weiß? Schnell stelle ich mich dem Unsterblichen entgegen und rufe überrascht: „Fior!“
Sein Blick wandert zu mir und schlagartig durchzieht ein breites Lächeln sein Gesicht. Fior läuft sofort auf mich zu und umarmt mich fest. Uhg... „Eve, ich habe dich so lange nicht gesehen... Wo warst du nur? Grrr, dieses Mal hast du es

wirklich übertrieben mit deinen Versteckspielchen…“ Seine Umarmung gleicht nun eher einer Umklammerung…
Ich habe Fior vor einiger Zeit zufällig kennengelernt, als er vor einem Jäger flüchtete. Damals half ich ihm zu entkommen, indem ich den Jäger mit einem überraschenden Schlag auf den Kopf ins Reich der Träume schickte. Es gibt auch Jäger, die nach einem solchen Schlag tatsächlich liegen bleiben… Seit da an hat Fior den Drang entwickelt, stets meine Nähe zu suchen. Fiors Anwesenheit erheitert mich an manchen Tagen. Doch diese ist in der jetzigen Situation eher kritisch, denn wünschenswert. Er muss so schnell wie möglich wieder verschwinden… Ich löse mich aus seiner Umarmung: „Fior, schön, dass du noch lebst. Aber - jetzt geh wieder.“
Eine Kerbe tritt zwischen Fiors Augenbrauen und er ballt die Hände: „Eve, was soll das? Und warum versteckst du dich in einem Jägerunterschlupf…“, ein drohendes Knurren vibriert in seiner Kehle, „… mit einem Jäger…?!“ Mit gefletschten Zähnen starrt Fior nun meine Begleitung mit den untrüglichen blauen Malen an. Levian steht immer noch an der hintersten Wand. Mit gezücktem Messer hat er die Szene verfolgt und wartet nun ab, was passiert. Ich kann sehen, wie er seine linke Hand anspannt - bereit, mich jederzeit außer Gefecht zu setzen. Ich seufze resigniert. Fest und mit einem stechenden Gefühl im Magen umfasse ich Fiors Arme und zwinge ihn, mich

anzusehen: „Hör zu: als ich gegen diesen Jäger gekämpft habe, hat mich sein Bann erwischt."
„N...nein... das kann nicht sein...", stammelt er, „...Du stehst doch hier... vor mir..." Er ist ehrlich entsetzt, denn er weiß, dass dies kein Scherz ist... Bei diesem Thema beliebt Unseresgleichen nicht zu scherzen...
Ich richte meinen Blick knurrend gen Boden: „Der Bann konnte mich nicht auflösen, aber ich bin dennoch durch ihn gefangen. Ich habe mehrmals versucht, den Jäger zu beseitigen, um mich zu befreien. Aber er ist schnell und durch den Bann auch klar im Vorteil."
Wütend starrt Fior den jungen Jäger an und macht Anstalten, sich loszureißen. „Grrrrr! Lass mich doch dieses Problem für dich lösen!!!" ruft er aufgebracht, während er sich windet. Doch gegen mich hat er keine Chance.
Noch fester umklammere ich seine Arme, starre ihn eindringlich an: „Ich sagte hör mir zu!!! Ich habe bereits alle Möglichkeiten getestet! Meinst du wirklich, du könntest mehr ausrichten als ich? Denkst du, du wärst stärker als ICH, Fior?! Wenn du ihn jetzt angreifst, dann setzt er sofort seinen Bann ein! Sobald er dies tut, durchzieht mich ein unendlich qualvoller Schmerz. Kannst du dir vorstellen, wie sich das anfühlt, von dem Bann eines Jägers erfasst zu werden?!"
Fior antwortet nichts darauf.

Ich schlucke und als hätte ich diese Frage mir selbst gestellt, bahnt sich ganz von allein eine Antwort in mir an. Ich kann nichts anderes tun, als sie herauszulassen: „Der Schmerz trifft dich nicht einfach, er überschwemmt dich, zwingt dich erbarmungslos in ihn einzutauchen. Der Bann umklammert dein Herz, zieht es heraus, damit er es langsam und genüsslich Stück für Stück zerbrechen kann. Es... ist...“ Ich schlucke nochmals... Eine bittere Erkenntnis macht sich in mir breit. Bis zu diesem Zeitpunkt war mir selbst ja nicht vollends bewusst gewesen, wie sehr mich der Gedanke... Hnnng.... „Diese Befürchtung...“, murmle ich mehr zu mir selbst, „...ob er es nicht beim nächsten Mal doch vermag, mich vollständig auszulöschen...“ In diesem Moment der Erkenntnis sollte ich eigentlich, so wie auch Fior, eine unbändige Wut auf den Jäger spüren... Ich sollte zu ihm springen wollen, ihm das Gesicht zerfetzten oder zumindest seine Hand. Selbst wenn er mich mit dem Bann jetzt außer Gefecht setzen würde, hätte Fior noch eine gute Chance, den Jäger zu beseitigen. Nur ein Wort, eine Geste von mir würde genügen und Fior würde sofort auf ihn zustürmen. Das Problem wäre damit gelöst... Abermals... derart viele Chancen... Ich beiße mir auf die Wange: „Du weißt nicht, wie es ist, dieses Gefühl, sich aufzulösen, Fior. Zwinge ihn nicht, seinen Bann einzusetzen...“ Ein unangenehmes Gefühl bildet sich in meinem Hals... Fior weiß nicht recht, was

er darauf sagen soll. So hat er mich noch nie zuvor erlebt...
Doch immerhin hat es gewirkt, er stemmt sich mir nicht mehr entgegen. Unschlüssig steht er vor mir und ringt mit sich, ob er nicht doch etwas, hier und jetzt, unternehmen kann, um mir zu helfen. Doch als ich seine Arme loslasse, bleibt er ruhig stehen.

Levians Kampfhaltung ist immer noch dieselbe. Und doch hat sich etwas geändert. Fior kann es nicht sehen, aber ich... ich kann es spüren... Levians linker Arm verkrampft sich nicht mehr...

Nach einer Weile lege ich meine rechte Hand auf Fiors Schulter: „Fior, bitte geh jetzt..."

Still steht er da und schaut in meine Augen. Ich kann es ihm ansehen... In seinem Kopf wirbeln die Gedanken... Immer wieder stellt er sich dieselben Fragen... Doch er kommt zu keinem Ergebnis. Das Ziel bleibt unerreichbar... Seine Augen nehmen schließlich einen resignierten Zug an. Er umarmt mich nochmals, nicht fordernd wie zu Beginn, aber so, als wolle er mir Trost spenden. Ich schiebe ihn sacht von mir.

„Ich kann bleiben... es..." meint Fior leise, doch er weiß anscheinend nicht recht, wie er den Satz beenden soll.

Ich schüttle den Kopf: „Bitte, Fior..."

Fior seufzt, seine Hand bewegt sich, doch bevor sie mich erreichen kann, lässt er sie wieder fallen. Er reibt sich nachdenklich über die Wange und geht ohne ein weiteres Wort.

Als von draußen nur noch das Sturmgeheul zu hören ist, weicht die Anspannung langsam aus Levian. Doch über den Vorfall reden mag er genauso wenig wie ich. Stumm sitzen wir uns gegenüber, doch unsere Blicke treffen sich nicht. Nach einiger Zeit breitet er seinen Schlafsack aus und legt sich mit dem Rücken zu mir hinein. Die Nacht verbringe ich damit, das Geschehene wieder und wieder Revue passieren zu lassen. Nach der Zeit beginnen Regentropfen über unserem Versteck auf den Boden zu prasseln. Es ist jedoch nur ein feines Nieseln, das wenige Wasser verliert sich in der Erde und erreicht das Versteck nicht.
Das unangenehme Gefühl, das ich seit meiner Schilderung habe, will nicht so recht verschwinden…
Ich bin mir ziemlich sicher, Levian hatte zumindest bemerkt, dass sich der Feind in der Nähe aufhält. Auch wenn sein Instinkt es nicht so genau meint, wie er sagt, sollte die unmittelbare Nähe eines weiteren Unsterblichen schon für ihn spürbar gewesen sein, oder? Er hatte sich dennoch nichts anmerken lassen…

9.

Am nächsten Morgen setzen wir unseren Weg zur alten Jägerin fort. Fior lässt sich vorerst nicht mehr blicken. So wie ich ihn allerdings einschätze, wird er auch weiterhin nach einer Möglichkeit suchen, mich zu befreien. Seit dem Vorfall mit Fior wirkt Levian noch nachdenklicher als sonst. Auf Sticheleien springt er nicht an. Fragen beantwortet er nur mit zustimmenden oder ablehnenden Lauten.

Als wir im Gebiet der alten Jägerin ankommen, kann ich in einiger Entfernung eine kleine Stadt erkennen. Sie ist günstig gelegen, wird von zwei fast parallelzulaufenden Felskämmen umrahmt. „Wohnt dort die alte Jägerin, nach der wir suchen?“ will ich wissen.

„Mh…“ antwortet Levian nur, so, wie auch die letzten Tage schon.

„Mh, mh“ äffe ich ihn nach, aber es interessiert ihn nicht.

Die sandige Straße, die wir nun einschlagen, scheint nicht so gering frequentiert zu sein wie die Wege, die er mich üblicherweise entlangführt. Ich kann frische Spuren von Rädern erkennen. Da höre ich weit hinter uns auch schon ein Pferd wiehern. Erwartungsvoll drehe ich mich um. Eine mit

Heu beladene Kutsche kommt direkt auf uns zu. Vermutlich ist auch ihr Ziel die Stadt der Jägerin. Mit strahlenden roten Augen wackele ich aufgeregt vor Levian hin und her: „Schau nur, Leeve! Die Kutsche fährt in dieselbe Richtung!" Bevor der mürrische Jäger Luft holen kann, um etwas einzuwenden, rufe ich auch schon: „Halloooo, guter Mann! Wie ich sehe, fahren Sie in Richtung Stadt! Könnten Sie uns für die kurze Strecke vielleicht mitfahren lassen? Meine Füße sind schon ganz wund, schauen sie nur!" Mit beiden Händen weise ich auf meine Füße. „Was soll das?" zischt Levian neben mir, aber ich merke, dass er nicht wirklich gegen diesen Vorschlag ist. Anderenfalls wäre sein Widerstand wohl wortreicher ausgefallen... naja... oder vielleicht auch nicht.
Der alte bärtige Kutscher kommt auf uns zugefahren, zieht seine schwarze labbrige Mütze hoch und sieht überrascht zu mir herüber. Ein Müh zu lang betrachtet er meine stets nackten Füße. Dann wandert sein Blick langsam hoch zu meinem Gesicht. Ich lächle. Levian seufzt.

Auf der Fahrt zur Stadt erzählt der Kutscher, dass er ein Bauerngut, nicht unweit von hier, besitzt und die Stadt besucht, um dort sein Heu loszuwerden. Nachdem ich mich mit ihm über ähnlich spannende Themen unterhalten habe, schaue ich zu Levian. Genau wie ich hat er sich einfach ins frische Heu gelegt,

selbstverständlich jedoch in einiger Entfernung zu mir. Vermutlich fragt sich der Kutscher, ob der junge Jäger überhaupt der Sprache mächtig ist, denn bis auf ein gemurmeltes „Danke…“ hat er bisher noch nichts von Levian gehört. Andererseits, in Anbetracht der Tatsache, dass der Kutscher sich generell wenig Fragen zu stellen scheint… „Was ist?!“ fragt Levian nun verdrießlich, offensichtlich leid, von mir beobachtet zu werden. Feine Heuhalme schmiegen sich zwischen seinen blonden Haaren. Wahrscheinlich gibt mein weißer Haarschopf ein ähnlich lustiges Bild ab.
Ich stecke mir einen Heuhalm in den Mundwinkel und frage grinsend: „Aaaaalsoooo ich habe während meiner langen Existenz ja schon Einiges erlebt. Soll ich dir eine Geschichte erzählen?“
Doch Levian wendet den Blick ab und mault: „Mach dir keine Mühe, ich höre eh nicht zu.“
„Das letzte Mal, als ich auf einer Heukutsche reiste, begegnete ich einem sehr, sehr schrägen Exemplar meiner Gattung.“
Trotzig dreht Levian sich von mir weg, doch darüber kann ich nur schmunzeln. „Die Straße, welche die Kutsche entlangfuhr, führte zu einem hohen steinernen Torbogen. Dort wartete der Unsterbliche. Sein Aussehen war nicht außergewöhnlich: rote Augen, wirres Haar, dunkle Sachen. Alles in allem sah er recht normal aus. Doch sein Verhalten war sonderbar.“ Da der

Kutscher sich trotz meiner Ausführungen nicht zu fragen scheint, wen er da auf seinem Karren mitfahren lässt, fahre ich unbeirrt fort: „Der Unsterbliche saß oben auf dem Torbogen und schien nicht die herankommende Kutsche, sondern irgendeine Stelle neben dem Tor zu fixieren. Das weckte natürlich mein Interesse. Also sprang ich von der Kutsche ab und stellte mich direkt auf den Weg - doch der seltsame Typ reagierte nicht. Ich bewegte mich auf die Stelle zu, die er fixierte - noch immer keine Reaktion. Die Kutsche war schon lange durch den Bogen durchgefahren und setzte ihren Weg ohne mich fort. Nachdenklich kniete ich mich ins Gras an der Stelle, wo ich vermutete, irgendetwas Besonderes zu sehen zu bekommen. Starr richtete ich meinen Blick aufs Grün, eine ganze Weile… Das Einzige, was ich sah, war eine Spinne, die zielstrebig auf den steinernen Bogen zu krabbelte. In dem Moment, als die Spinne den Bogen berührte, kam der Untote heruntergesprungen, packte die Spinne und…

…

…schluckte sie hinunter!!!“

Während der Kutscher ein lautes: „Ieehk!“ von sich gibt, zuckt Levian nicht einmal. Ich lasse den Heuhalm von einem Mundwinkel zum anderen wandern und fahre fort:

„Anschließend setzte er sich wieder auf den Bogen und wartete ab. Hahahahaha! Wer mich kennengelernt hat, weiß natürlich, was ich dann getan habe."
„Ey, ich würde davonrennen!" ruft der Kutscher herüber.
„Jaha, doch ich nicht, werter Herr! Ich stellte mich direkt vor den Bogen, nahm meinen Zeigefinger und führte ihn gaaanz langsam näher an die Steinwand heran - doch der Unsterbliche reagierte nicht. Noch näher, noch näher - nun blickte er starr auf mich runter. Als mein Finger den Stein des Bogens berührte, schoss er plötzlich zu mir hinunter und griff mich an! Haha! Er war ein guter Kämpfer, schnell und wendig. Er scheuchte mich kreuz und quer, ich hatte wahrlich Spaß dabei! Dann sprang ich auf den Torbogen hinauf und der Untote wurde fuchsteufelswild. Er jagte mich regelrecht auf dem Bogen, wie von Sinnen. Doch auf einmal… fesselte er mich mit seinem blauen Bann und fortan waren wir gezwungen, für immer schweigend aufeinander zu hocken."
„Hey!" protestiert Levian plötzlich, den Kopf zu mir gedreht.
Süffisant frage ich: „Hörst du doch zu?"
„…"
Eine Weile lang sagt Levian nichts mehr, dann nuschelt er kaum hörbar: „Das Ende…"
„Wie bitte?" hake ich nach.

„Wie…“ hebt er an, doch da meldet sich der Kutscher von vorn: „Wie ging die Geschichte denn aus, wertes Fräulein?“
Amüsiert über Levians plötzliches Interesse zwinkere ich dem Jäger neben mir zu und lasse mich schwungvoll ins Heu fallen. Den Unterarm dramatisch über meine Stirn gelegt, führe ich aus: „Der Untote hat mich besiegt und alle Welt hat um die wunderschöne und feinfühlige Eve getrauert!“
Levian schaut genervt zur Seite.
Ich lache über seine Reaktion: „Ha, ha, ha! Was meinst du, mit wem du hier umherreist, kleiner Jäger? Selbstverständlich war ich es, die als Gewinnerin aus diesem Kampf hervorging! Ich habe einfach einen Käfer an sein geliebtes Tor geschmissen, das hat ihn abgelenkt.“
Der Kutscher kann sich kaum halten vor Lachen. Doch Levian verzieht nur den Mund, als wolle er etwas erwidern. Bevor er dazu kommt, ruft der Kutscher: „Eyey, das Fräulein darf gern öfter mit mir mitfahren! Das versüßt einem die Reise! Wir sind auch fast da.“
Stimmt, wir fahren gleich an den ersten Häusern vorbei. Je näher wir der Stadt gekommen sind, desto mehr hat es mich erstaunt. Schließlich müsste die Jägerin doch mittlerweile gespürt haben, dass ein Unsterblicher fröhlich in ihrem Gebiet umherspringt. Dennoch lässt sie sich nicht blicken. Noch seltsamer ist jedoch, dass Levian mich zur Stadt geführt hat…

also… in zahlreich bewohntes Gebiet… Wo er gerade das doch stets vermieden hat. Für sein Verhalten kann es nur drei mögliche Erklärungen geben: entweder hasst er sämtliche Bewohner der Stadt und hofft, dass ich Amok laufe und sie alle auslösche. Oder meine Ansprache im Nomadenversteck hat ihn weichgeklopft und er sieht mich nicht mehr als Bedrohung. Oder…
Ok, vielleicht gibt es nur diese zwei Möglichkeiten…

Wenig später setzt der Kutscher uns ab und verabschiedet sich mit einem Zwinkern. Als wir durch das große Stadttor schreiten, schaue ich den erstbesten Bewohner, der uns entgegenkommt, grimmig an. Doch Levian wirkt weder erfreut darüber noch wütend. Vielleicht ist er auch einfach nur verrückt geworden… Oh! Das wäre dann Möglichkeit Nummer drei!
Der Bewohner, ein Mann mittleren Alters, nimmt jedenfalls ängstlich Reißaus. Generell scheinen die Menschen hier sehr misstrauisch gegenüber rotäugigen Frauen zu sein… Es ist keineswegs üblich, von jedem Passanten gleich als Unsterbliche entlarvt zu werden. Vielen Menschen ist gar nicht bekannt, dass rote Augen ein untrügliches Erkennungsmerkmal meiner Gattung sind. Es gibt aber auch viele, die von diesem Merkmal Untoter wissen und trotzdem nicht bemerken, dass ihnen einer gegenübersteht. Der Grund

dafür liegt in der Natur des Menschen: Menschen scheinen im Allgemeinen sehr desinteressiert an ihrem Gegenüber zu sein. Fragt man einen Menschen, welche Augen- oder Haarfarbe der Mann hatte, der einem vor zwei Minuten das Brot verkauft hat, können die meisten diese Frage nicht zutreffend beantworten.
In dieser Stadt hier scheinen die Menschen jedoch auf so etwas zu achten - es herrscht fast schon eine paranoide Gesamtstimmung… Als wir durch die Straßen laufen, tuscheln viele neben uns oder suchen sehr, sehr unauffällig schnell hinter der nächsten Ecke Schutz vor mir. Wäre Levian nicht dabei, würde ich mir einen Spaß daraus machen, brüllend und sabbernd durch die Straßen zu rennen. Hier besteht ja nicht einmal die unmittelbare Gefahr, von einem Jäger ins Visier genommen zu werden, wunderbar!
Unser Weg führt uns vorbei an schön verzierten Mehrfamilienhäusern. In den unteren Etagen reihen sich kleine Lädchen und Cafés aneinander. Sehnsüchtig starre ich zu einem der Cafés, an dem wir vorübergehen. Wie gern würde ich mich für ein kleines Weilchen hier niederlassen und einfach nur die vorüberziehenden Menschen beobachten, dem Klappern und Klirren des Geschirrs lauschen, die alltäglichen, uninteressanten Gespräche, das Lachen und Schmatzen hören und einfach in der Gesellschaft der Menschen untertauchen. Murmelnd betrachten uns die Gäste des Cafés. Die Kellner

bleiben ob meiner Präsenz gebannt stehen. Genervt werfe ich einen Blick zu Levian herüber, der den Weg vorbei an der angespannten Meute vollkommen desinteressiert fortsetzt. Ich seufze.

Als wir so durch die Stadt wandern, spüre ich eine immer stärkere Anspannung in mir auflodern. Wir erreichen einen weitläufigen Platz, dessen Mitte ein alter Springbrunnen ziert. Ich betrachte die Figuren am Springbrunnen genauer. Die Geschichten, die solche Kunstwerke darstellen, sind immer dieselben: Reiter mit Speeren oder Kämpfer mit Bändern stürzen sich auf ein teufelsgleiches geflügeltes Geschöpf. „Oft überlege ich, wie praktisch es für Meinesgleichen wäre, sich einfach in die Luft emporheben zu können.“ sinniere ich gedankenverloren vor mir hin.

Mir war nicht wirklich bewusst, dass ich diesen Satz laut ausgesprochen habe, bis Levian in einem sarkastischen Tonfall erwidert: „Mh, wäre praktisch für uns Jäger, wenn ihr euch in der Luft ohne störende Hindernisse auf dem Silbertablett servieren könntet.“

Erstaunt drehe ich mich zu dem blonden Jäger um, der dort hinter mir steht und mich mit hochgezogenen Augenbrauen mustert. Unwillkürlich muss ich lachen: „Ha, ha, naja, wäre wohl auch ein bisschen zu viel des Guten, wenn zu unserer

herausragenden Stärke und Schnelligkeit auch noch dieser Vorteil hinzukäme."
„Stärke und Schnelligkeit…", murmelt er nun, „…hat dir wohl auch nicht viel geholfen."
Ich stemme meine linke Hand in die Hüfte: „Wie meinst du das?"
Für einen kurzen Moment ziehen sich seine Augenbrauen tief zusammen. Dann dreht er sich langsam um, um den Weg zur Jägerin weiter fortzusetzen.
Na so gut müsste er mich schon kennen, um zu wissen, dass ich an dieser Stelle nicht lockerlassen werde. Kurzerhand geselle ich mich neben ihn. Ich beuge mich im Gehen ein Stück nach vorn und blicke ihn eindringlich in die Augen: „Sag schon!"
Er stöhnt gespielt. Dann brummt er: „Der Kampf, in meinem Dorf. Da habe ich wohl dennoch gewonnen."
Mein Nacken versteift sich. Meint er das tatsächlich und wahrhaftig ernst?! Angesichts dieser Aussage vermag ich mein grenzenloses Erstaunen nur durch ein langgezogenes „Wa… was…?!" zum Ausdruck zu bringen. Ich suche noch nach den passenden Worten, da spricht uns auf einmal eine seltsam vermummte Gestalt von der Seite an: „Macht euch keine Mühe, zu der alten Jägerin zu gehen." Augenblicklich verkrampft Levian. Seine Augen werden zu schmalen Schlitzen, sein Mund gleicht nun einem Strich. Erstaunt betrachte ich den

Unbekannten, der uns da so frei heraus von der Seite anspricht. In dem von einem grauroten Tuch verhüllten Gesicht prangen strahlend blaue Augen und ebenso blaue Male.
„Wie meinst du das?“ will ich wissen.
Doch Levian beginnt bereits, unruhig auf der Stelle zu wackeln.
„Komm jetzt weiter!“ mault er neben mir.
Der Unbekannte schaut mir ins Gesicht und hebt in einem belustigten Ton an: „Die alte Jägerin hier, sie wird keinen Nachfolger ernennen. Ihr könnt euch die Mühe sparen.“
„Oh, jetzt verstehe ich!“ Tatsächlich ist mir nun auch klar, warum Levian so mürrisch an mir herumzerrt und den Fremden keines Wortes würdigt. Vermutlich handelt es sich um einen Nomaden, also so einen gebietslosen Jäger, von denen Nileyn mir erzählte. Etwas irritiert schaue ich nun fest in seine blauen Augen. Er steht hier mitten in einer Stadt voller Menschen und redet mit einer Unsterblichen über das schöne Wetter.
„Wir sind kaum aus demselben Grund hier wie du!“ schnauzt Levian den Nomaden an und zupft nun sehr energisch an meinem Ärmel: „Los jetzt!“
Etwas überrumpelt ob der plötzlichen Nähe rücke ich hastig zur Seite und werfe Levian einen verständnislosen Blick zu.
Der Nomade schmunzelt über Levians Reaktion und blickt mir indessen noch ein Stück tiefer ins Gesicht: „Ihr reist

zusammen? Höchst sonderbar… Ist es Teil eines Schauspiels?"
„Vielleicht?" grinse ich. Mit einem stillen Lächeln und einer runden Handbewegung verbeugt sich der Unbekannte.
Er hat wohl endlich begriffen, dass der nervöse Jäger neben mir kein längeres Gespräch dulden wird. Ich lächle dem Nomaden nochmals zum Abschied zu, dann zieht er schweigend von dannen.
Levian und ich schreiten die Hauptstraße entlang. Als ich mich umdrehe, ist der Nomade bereits im Gewühl der Menschen verschwunden. Was für eine seltsame Begegnung das doch war…
„Warum nur hat er mich denn nicht angegriffen?" frage ich ehrlich verwirrt und reibe ein wenig über meine Arme.
„Opportunisten." erwidert Levian knapp.
Was? Das war der Grund? Er wollte mich nicht erledigen, weil er von der Jägerin eine Ablehnung bekommen hat, als Nachfolger einzutreten? Weil er keinen Nutzen für sich selbst darin sah, sich hier die Hände schmutzig zu machen? Diese Erklärung wirkt aber ziemlich… naja… mh… Ich beschließe, es dabei zu belassen. Levian zeigt nun stumm auf eine verlassen wirkende Villa, die sich am Ende der Hauptstraße befindet. Das Dach ist teilweise eingestürzt. Die ehemalige steinerne Terrasse ist von kleinen Bäumen durchzogen, deren Wurzeln sich ihren Weg zum Erdreich durch dicke Risse suchen. Die

früher vielleicht einladende große Treppe, die zum Eingang führt, ist mittlerweile hier und da abgetragen.
Als wir vor dem verbogenen Metalltor stehen, das den Eingang zum Grundstück der Villa darstellt, blicke ich Levian skeptisch an: „Hier soll eine Jägerin leben? Ich meine, hier soll überhaupt irgendwer leben?!"
„Jirah… ist schon ziemlich alt…"
„Bin ich auch, trotzdem wohne ich nicht in einer Bruchbude."
Überrascht zieht Levian eine Augenbraue hoch: „Soweit ich weiß, ‚wohnen' Dämonen üblicherweise nirgendwo."
Da hat er ärgerlicherweise Recht. Als Levian über das Grundstück läuft und auf die Villa zusteuert, bleibt er nach ein paar Schritten verdutzt stehen. Er dreht sich um - nach wie vor stehe ich am verrosteten Eingangstor und rühre mich nicht.
„Kommst du?" fragt er ungeduldig.
„Nachdem der letzte Jäger so einfühlsam reagierte, denke ich, dass ich besser hier warten sollte."
Levian kommt ein Stück auf mich zugelaufen: „Jirah ist anders als Aaron. Deine Anwesenheit wird keine… Sie wird dich nicht angreifen."
„Darum geht es mir gar nicht!" fauche ich zurück. Denkt er ernsthaft, ich hätte Angst, angegriffen zu werden?! In welchem Universum könnte mir eine Oma gefährlich werden?!
„Wirklich?" fragt Levian wieder.

Ich beiße mir auf die Unterlippe. Demonstrativ stapfe ich an ihm vorbei und nehme die zerbröckelten Stufen Richtung Villa in Angriff. Dann soll es mir egal sein, wenn er sich vor allen Jägern der Gegend als Freund der Untoten präsentiert! Als er schließlich neben mir vor der großen hölzernen Eingangstür zum Gebäude steht, ist mir, als könnte ich aus dem Augenwinkel ein Schmunzeln auf seinem Gesicht erkennen. Wenigstens gibt er sich nicht mehr so depressiv-grüblerisch.

Wir öffnen die schwere Tür. Das vielschichtige Gewirr aus Geräuschen strömt aus der Stadt an uns vorbei in die große verlassene Eingangshalle. Würden uns jetzt noch ein paar Fledermäuse entgegenfliegen, wäre das Bild perfekt. Innen bietet sich der Anblick, den man bereits von außen erwartet hat: abgedeckte urige Möbel stehen in der Halle kreuz und quer. Zwischen ihnen türmt sich allerlei Gerümpel: Kartons, Bücher, Geschirr, Kissen, zusammengerollte Teppiche… Ein muffiger Geruch bestimmt die Atmosphäre. In vielen Geschichten ist dies der Punkt, an dem ein Ungetüm aus einer Ecke hervorspringt und sich auf sein wehrloses Opfer stürzt. Ein Lächeln huscht über mein Gesicht. Levian schaut mich fragend an. Da ist ein betagtes Stimmchen von der oberen Etage aus zu hören: „Kommt nur hoch." Levian geht voran und läuft langsam die alte Treppe hinauf, die sich an der Seite der Haupthalle emporschwingt. Ich folge ihm. Die Treppe mündet im ersten

Stock in einer Art Galerie, von der aus man die Halle gut überblicken kann. Als ich mich ans staubige Geländer der Galerie stelle, schweift mein Blick über den Gerümpelberg im unteren Bereich, hinweg zu den vielen Fenstern, die sich oberhalb des Eingangs in langen Reihen über die gesamte Wand erstrecken. Mehr noch - von hier aus kann man nicht nur die Eingangshalle der Villa überblicken, man hat auch einen guten Ausblick auf die Stadt. Wie oft die Jägerin hier wohl schon gestanden hat und die wachsamen Augen über ihre Stadt wandern ließ?

Von der Galerie aus zweigen mehrere Zimmer ab, doch nur von einem steht die Tür offen. Als wir den Raum betreten, sitzt uns eine alte Frau in einem braunen Sessel gegenüber. Neben ihr steht ein Beistelltischchen, auf dem eine gläserne Schale steht. Außerdem ist dieser Raum noch mit einem alten hohen Metallbett und allerlei Schränkchen und Kommödchen ausgestattet. „Ist das die Alte, nach der du gesucht hast?!" raune ich Levian zu.

„Pssst!" gibt er zurück. Die Dame, die uns hier empfängt, unterscheidet sich in jeglicher Hinsicht von den taffen, mürrischen Jägern, denen ich bisher begegnet bin. Ihre weißen Haare hat sie zu einem Knoten hochgesteckt. Sie trägt ein altes graublaues Kleid, das gut mit den blauen Malen in ihrem Gesicht harmoniert. Über die Beine hat sie sich eine grobe

braunweiß-gestreifte Decke geworfen. Aus einem faltigen Gesicht lächelt uns ein schmaler Mund auffordernd zu. Ich weiß nicht warum, aber irgendwie erinnert sie mich an Nileyn. Während ich die alte Jägerin lieber aus sicherer Distanz beobachte, tritt Levian näher an sie heran. „Levian…“, lächelt sie ihm entgegen, „…was führt dich zu mir?“
Jirah bietet ihm einen Platz auf einem Hocker an. Als der junge Jäger sich setzt, beginnt er mit einer Entschuldigung: „Bitte verzeih, dass ich einen Dämon in dein Gebiet gebracht habe. Aber die Lage ist ernst und ich brauche dringend deinen Rat…“ Er erzählt von unserem ersten Kampf, wie er seinen Bann einsetzte und dieser sich seit da an nicht mehr löst.
Jirah lauscht der Geschichte aufmerksam.
Als Levian ausführt, dass Mael und die anderen bisher nicht viel zur Lösung beitragen konnten, wandert ihr Blick zur Glasschale, die auf dem Tisch steht.
„Mael sagt, der Dämon sei sehr alt? Wie alt?“ möchte sie wissen.
„Ziemlich alt, Ömchen!“ rufe ich ihr von der Tür aus zu. Levian blickt grimmig zu mir herüber, doch Jirah lächelt mir aufmunternd zu: „Tritt doch einmal näher heran, mein Kind. Meine Augen sind nicht mehr so gut.“
„Mein Kind - tse! Das könnte ich eher zu dir sagen…“ murmle ich und stelle mich neben Levian. Die hellen Augen der Alten

mustern mich. „Deine Situation ist ganz und gar außergewöhnlich, Levian. Noch nie habe ich von etwas Ähnlichem gehört. Maels Einschätzung ist richtig, der Dämon scheint zwar stark zu sein, aber es gab schon stärkere, die erlöst wurden."

„Grrrr... Was soll das heißen? Ich kann ja gern einmal demonstrieren, wie stark ich -"

Gerade als Levian sich blitzartig vom Hocker erhebt, lacht Jirah: „Weißt du, Kindchen, früher hätte ich dazu nicht nein gesagt, aber heutzutage bin ich des Kämpfens müde."

„Halt dich gefälligst zurück!" warnt mich Levian. Ich rolle zur Antwort mit den Augen. Die alte Jägerin greift in die Glasschale und hält mir etwas hin: „Wie ist dein Name?"

Ich betrachte ihre Hand. Ein grüner Drops liegt darauf.

„Ernsthaft?" frage ich sie. Doch Jirah überhört es, legt den harten Drops mit einem Lächeln neben die Glasschale und wendet sich wieder Levian zu: „Die anderen Jäger zu befragen, ist vielleicht eine Methode, eine Lösung für das Problem zu finden. Aber wichtiger noch ist, dass du ergründest, was in diesem Moment tatsächlich passiert ist... Stelle dir selbst Fragen dazu. Ich bin mir ziemlich sicher, dass du dann bald eine Lösung finden wirst."

Mehr als ein geschlagenes „Mh..." erwidert Levian nicht. Wieder hat er nicht die Art von Antwort erhalten, die er sich

erhofft hatte… Jirah scheint zu dem Thema nichts weiter beitragen zu können. Die beiden Jäger quasseln noch eine Weile über belangloses Zeug. Ich höre nicht wirklich zu. Es dauert eine schier endlos lange Zeit, in der ich unruhig neben dem Fenster stehe und den trostlosen Ausblick in den zugewucherten Innenhof auf mich wirken lasse.
Mit hängendem Kopf verabschiedet sich Levian schließlich von der alten Jägerin. „Falls du irgendetwas brauchst…“ hebt er an, doch Jirah lenkt ein: „Mach dir keine Sorgen, mein Junge. Ich habe alles, was ich brauche.“ Mürrisch winke ich der Alten noch vom Türrahmen aus zu, dann verlassen wir die Villa.

Die Sonne neigt sich langsam, ganz schwach sind bereits die ersten Sterne am Himmel zu sehen. Auf dem Weg aus der Stadt begegnen uns erneut skeptische Blicke. „Wasch hat esch eigentlisch mit den Bewohnern hier auf sisch?“ möchte ich wissen.
Mit zusammengezogenen Augenbrauen starrt Levian auf meinen Mund: „Was hast du denn da drin?!“
Ich strecke die Zunge heraus. „Nur einen grünen Drops“ grinse ich breit. „Ist dir aufgefallen, dass mich alle hier anstarren?“
„Ein weißhaariger Dämon läuft neben einem Jäger durch die Straßen…“

„Ja, ja, ich weiß! Aber glaube mir, es gibt wohl kaum eine Stadt, in der die Bewohner weniger sorglos wirken als hier.“ Nachdenklich lasse ich den Drops in meinem Mund hin und her rollen.
„Jirah ist schon lange nicht mehr als Jägerin aktiv. Da sie selbst keinen Jäger ausgebildet hat, konnte bisher auch keiner als Nachfolger ernannt werden.“
Im Gespräch mit dem Nomaden wirkte es eher so, als WOLLE sie gar keinen Nachfolger ernennen... Aber das erklärt natürlich diese ängstliche Atmosphäre. Die Leute sind auf sich allein gestellt, ein starker Argwohn gegenüber allen Fremden hilft da natürlich, Gefahren schneller aus dem Weg zu gehen. Vielleicht wirkt diese Furcht irgendwie ansteckend, denn nun sehe auch ich mich wieder unruhig um. Irgendetwas hier bereitet mir Unbehagen.
„Vielleicht...“, hebt Levian nach einer Weile an, „...liegt es aber auch nur daran, dass du ihnen absichtlich Angst einjagst.“
Der Drops fällt mir beinahe aus dem Mund. „...Nur einmal, am Anfang.“ gebe ich zurück. Aber da kommt mir auch schon ein anderer Gedanke: „Und sag mal, Leeve, woher bekommt die alte Dame dann eigentlich noch etwas zu essen? Geben die Leute den Jägern auch noch etwas, wenn diese wegen Altersschwäche die Bewohner eines Gebiets nicht mehr beschützen können?“

Plötzlich sehe ich aus dem Augenwinkel heraus etwas Rotes. Es war nur für zwei Sekunden, danach war es verschwunden, doch weiß ich nur zu gut, was das bedeutet. Levian scheint nichts bemerkt zu haben, er stöhnt: „Hör endlich auf, mich so zu nennen… Woher weißt du überhaupt über all diese internen Zusammenhänge so gut Bescheid?!"
Ich knacke den Drops und grinse erneut.
Dann sprinte ich los. Ich höre noch, wie er ruft: „Was zum… was ist los? Warte!" und mir folgt, doch seine Schritte sind zu langsam. Würde er den Bann einsetzen, hätte er mich binnen weniger Sekunden eingeholt, doch das macht er nicht… selbst jetzt nicht. Ein Jäger, der Mitleid mit einer Untoten hat… Wenn das nicht Ironie in ihrer reinsten Form ist… Vorbei an ängstlich ausweichenden Menschen bahne ich mir den Weg durch die Straßen. Es ist nur eine Intuition, der ich folge. Sie leitet mich zurück zum Springbrunnen, von dort aus führt mich mein Weg in eine kleine Straße. Immer weiter verzweigen sich die Wege, bis ich schließlich in einer schummrigen Gasse ankomme, in der bis auf eine alte zerzauste Katze niemand zu sehen ist - jedenfalls niemand, der noch am Leben ist…
Schritte kommen langsam auf mich zu: „Eve, endlich…" Eine Gestalt hebt sich aus der Dunkelheit ab. Ich sehe mein Gefühl, das mich während des Aufenthalts in dieser Stadt beschlichen hat, bestätigt. „Herrje, Fior… hast du mich verfolgt?" Der

Unmut ist meiner Stimme deutlich zu entnehmen. Es war klar, dass er nicht lockerlassen würde. Aber, dass er wohlmöglich so weit geht und sich ständig in unserer Nähe aufhält, um uns zu beobachten… Die Vorstellung bereitet mir Unbehagen. Genau wie ich kann auch Fior manchmal ziemlich impulsiv reagieren.
„Selbstverständlich habe ich das, Eve! Grrr… Nachdem du mir erzählt hast, wie sehr dich dieser Jäger gequält hat…“
Ich hätte ahnen sollen, dass meine Erklärung im Nomadenversteck doch etwas zu viel des Guten war. Es war ein Fehler, ihm einen so tiefen Einblick zu gewähren…
„Ich… wollte dich allein sprechen…“, meint Fior nun, bemüht seinen Zorn zu zügeln, „… darüber, was du bisher über diese… Verkettung… weißt. Und wie wir gemeinsam vorgehen können, um sie zu lösen.“
Ich will zu einer harten Erwiderung ansetzen, doch dann sehe ich in Fiors rotglühende Augen, die mich anschauen, als wäre ich das Einzige auf der Welt, was er mit diesen Augen zu sehen vermag. Nachdem ich Fior kennengelernt hatte, sind wir für eine Weile zusammen durch die Welt gezogen. Seine Anwesenheit half mir, der Schwermut zu begegnen, die mancher Tage auf mir lastete. Aber nach einiger Zeit habe ich mich von ihm entfernt. Die Gegenwart von Meinesgleichen halte ich nie lange aus… Dieser Durst nach Gewalt… Bin ich ihm zu lange ausgesetzt, beschleicht mich eine tiefe Angst, dass

auch ich ihm vollständig erliegen könnte… Seitdem treffe ich hin und wieder auf Fior - was vermutlich aber nicht so sehr dem Zufall geschuldet ist, wie ich bisher annahm. Meine Meinung über Fior ist zwiespältig. Ich habe seine Anwesenheit schon bis zu einem gewissen Grad genossen. Manchmal tut es gut, wenn jemand sich Sorgen um mich macht und… meinen Namen nennt…

„Fior…“, sage ich mit einem traurigen Seufzen, „…Ich weiß, dass du dich sorgst. Aber das ist noch lange kein Grund, mich zu verfolgen.“

Doch er lässt auch jetzt nicht locker: „Wie könnte DAS kein Grund sein? Du schwebst in ständiger Lebensgefahr!“

Hng… Mir fällt nicht viel ein, womit ich ihn beruhigen könnte, außer… „Ich werde dieser Zwickmühle entkommen. Gib mir nur ein bisschen Zeit…“

Wer mit etwas Weitsicht an die Sache ran geht, der kann dieser Einschätzung nur zustimmen. So oder so kann das Problem mit dem Bann nicht ewig bestehen bleiben. Irgendwann muss es sich lösen, auf die eine oder andere Art…

Etwas weniger angespannt ergreift er nun meine Hand. Körperliche Nähe bereitet mir im Allgemeinen Unbehagen und das weiß er auch… Mit einem ungeduldigen Seufzen befreie ich mich wieder. Sein Blick wird hart. Er starrt ein paar Sekunden lang auf meine Hand, die eben noch in seiner lag. Dann

plötzlich knurrt er auf eine beunruhigend entschlossene Art und Weise: „Ich werde unterdessen selbst nach einer Lösung suchen."
Sofort spannt sich mein Kiefer an. Das ist der wahre Grund, warum er mich heute treffen wollte... Vielleicht hat er nach unserem Treffen im Nomadenversteck eine Weile gebraucht, um alles zu verarbeiten. Anscheinend mündeten seine Überlegungen dann trotz meiner Ausführungen darin, dass er doch etwas unternehmen muss. Genau das wollte er mir heute nur mitteilen. Er fragt nicht um Erlaubnis, er stellt mich vor vollendente Tatsachen. Ich habe seinen ausgeprägten Beschützerinstinkt nicht einkalkuliert...
„Was genau meinst du damit?" frage ich nun skeptisch, doch er antwortet nicht. Ich kenne Meinesgleichen, ich kenne Fior, ich weiß, wohin ihn seine Gedanken bringen werden. Daher spreche ich aus, worüber ich bisher noch nicht wirklich nachgedacht habe, was jedoch wie ein hartnäckiger Widerhall durch meinen Kopf zieht: „Wenn der Jäger sterben sollte... wäre es nicht möglich, dass der Bann mich dann endgültig auslöscht?"
Entsetzt starrt Fior mich an. Es dauert eine Weile, bis er erwidert: „Wie... kommst du darauf? Wäre das wirklich möglich...?"

Ich drehe den Kopf gen Himmel. Bald wird der Vollmond zu sehen sein. „Wer weiß…" murmle ich.
Ja… wer weiß. Niemand hat bisher von einem ähnlichen Fall gehört. Mehr noch: niemand scheint zu wissen, wie diese Situation überhaupt eintreten konnte. Wie auch, denn selbst die Jäger wissen nicht, worauf sich ihre Fähigkeiten begründen. Sie werden einfach damit geboren. Ist die Jägergabe eine mentale Kraft, die sie konzentrieren können oder existiert etwas Greifbares, Körperliches in ihnen, das ihnen diese Kräfte verleiht? Vielleicht liegt das Problem ja auch nicht darin begründet, wie er versuchte mich zu bannen. Vielleicht… ist was mit Levian selbst nicht in Ordnung. Und was würde passieren, wenn dieses Hindernis wegfallen würde…
Schritte sind in der Gasse zu hören. Ich konzentriere meinen Blick weiter auf Fior, drehe mich nicht um. Das muss ich auch nicht, um zu wissen, wer da hinter mir steht. Ein metallenes *Kling* ist zu hören, als Levian sein Kampfmesser zückt. Der Jäger stellt sich abwartend in einiger Entfernung auf. Ich kann spüren, wie Fior von seiner Wut überrannt wird. Nur zu gerne würde er Levian jetzt entgegenspringen, um ihn für das zahlen zu lassen, was ich durchlitten habe. Und ich weiß, dass ich es an seiner Stelle nicht anders machen würde. Fior ist ein ausgesprochen guter Kämpfer. Er würde schnell reagieren, Levians Kampftechnik vermutlich ebenso schnell durchschauen

wie ich… Ohne den Bann wäre der Jäger keine Bedrohung für ihn. Mit dem Messer kann er ihn nicht so sehr schaden, dass es Fior wirklich von seinem Ziel abbringen könnte. Ich kann die Blutlust in seinen Augen sehen. Feuerrot scheint sie mir entgegenzuschreien. Doch Fior rührt sich nicht. Eine tiefe Erleichterung macht sich in mir breit. Der Schock, dass vielleicht mein Leben auf dem Spiel steht, macht ihn handlungsunfähig. Stattdessen wendet er sich mir wieder zu: „Ich werde auf dich aufpassen, Eve."
Es glich einer harten Verhandlung… So ist es bei Fior immer… Wenn man sich vor Augen hält, an welchem Punkt seine Überlegungen gestartet sind und was nun das Ergebnis ist, kommt man nicht umhin, zu sagen, dass ich als klarer Sieger hervorgehe. Ich bin froh, zu hören, dass seine Ambitionen sich nur auf meinen Schutz beschränken werden. Daher lächle ich matt: „Du weißt, wie sehr ich es verabscheue, beobachtet zu werden."
Er unterdrückt ein leises Seufzen. Wieder blickt er zu Levian. Dann läuft er betont langsam auf mich zu und umarmt mich zum Abschied, die Augen drohend auf seinen Feind gerichtet.

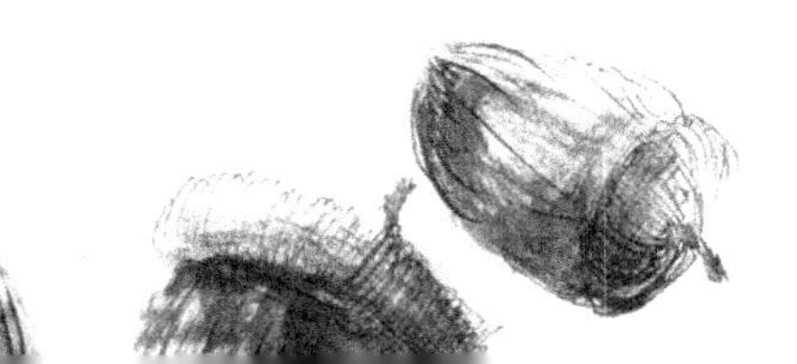

10.

Der Weg zurück nach Hause führt uns diesmal nicht an der Ebene vorbei. Stattdessen folgen wir dem Lauf eines Flusses, der sich wie eine Schlaufe um das felder- und wiesenreiche Gebiet zieht. Vermutlich möchte Levian so sichergehen, nicht nochmals in der Nähe des Nomadenverstecks auf jemanden meiner Gattung zu stoßen. Fior haben wir seit dem Aufeinandertreffen in Jirahs Stadt nicht mehr gesehen. Aber ich weiß, dass er sein Wort halten und mich aus der Ferne heraus beobachten wird.

Wieder hat Levian kein einziges Wort zu dem Vorfall verloren. Ich selbst möchte auch nicht gern darüber sprechen, aber ich finde sein Verhalten doch irgendwie eigenartig.

Gebannt schaue ich auf das tosende Wasser, das sich dort im Flussbett neben dem Pfad, den wir entlangwandern, seinen Weg bahnt. Unablässig fließt es vor sich hin, egal ob Tag oder Nacht. Große bemoste Felsbrocken ragen aus dem Wasser heraus. Die Wucht der Fluten hat sie nach der langen Zeit rund geschliffen. Vom Wegesrand lese ich eine alte Eichel vom Vorjahr auf und werfe sie ins Wasser. Sie wird sofort von der

Kraft der Strömungen gepackt und fortgerissen. Der Anblick fasziniert mich…

Nachdem wir einige Zeit gewandert sind, rasten wir an einer Stelle des Flusses, an der zahlreiche hochgewachsene Buchen stehen. Levian nutzt die Ruhepause, um sich im Fluss vom Dreck der vergangenen Tage zu befreien. Aus mir unerklärlichen Gründen wollte er dabei ausdrücklich „…Allein sein!!!". Auch wenn er immer den mürrischen, erwachsenen Jäger gibt, verhält er sich doch manchmal noch ziemlich kindisch… So sitze ich nun in einiger Entfernung zum Fluss auf der Spitze einer Buche und lasse den Blick über die Landschaft schweifen. Über die Felder und Bäume… Nicht über den Fluss…

…

Drei Jäger habe ich nun schon kennengelernt, die sich für den Schutz von Gebieten zuständig zeichnen, welche an Levians Areal grenzen. Ich stöhne bei diesem Gedanken. Wie lange er wohl noch gedenkt, diese unsinnige Reise fortzusetzen? Missmutig puste ich mir eine Haarsträhne aus der Stirn. Auf einmal entdecke ich etwas Ungewöhnliches… Schnelles… Doch bevor ich den Entschluss fassen kann, nachzusehen, schallt auch schon eine schrille Stimme vom Fluss herauf: „Grrrrg, was bist du ohne deinen Wachhund?!" Schon wieder hat Levian kein Wort darüber verloren, dass ein weiterer Unsterblicher in der Nähe ist… Es ist Imee… Verzweifelt versucht sie Levian in die Enge zu treiben. Er hatte jedoch schnell reagiert und seine Waffe gegriffen. Aber auch ohne sein Messer wäre er ihr überlegen, so ungeübt wie ihre Bewegungen sind. So… ganz genau kann ich das jedoch nicht beurteilen… Als ich vom Baum aus auf das Geschehen aufmerksam wurde und zum Fluss hinüberschaute, habe ich mehr Haut gesehen als erwartet…

„Zieh dir etwas an, sonst kann ich dir nicht helfen!“ brülle ich herüber.

Als er antwortet, kann ich förmlich hören, wie er rot anläuft: „Grahhh?! Hnn… ich BIN angezogen und außerdem brauche ich keine Hilfe von einem Dä-“ Im hohen Bogen komme ich schon auf sie zugeflogen und lande mitten neben Imee. Sie hat keine Zeit zu reagieren. Meine rechte Faust bohrt sich bereits tief in ihre Wange. Krachend schmettert sie gegen einen Baum. Ein Blätterregen umgibt sie, während sie hustend am Boden liegt. Langsam tanzen die Blätter auf ihren wirren Schopf nieder… Vor Zorn bebend richtet sie ihren Blick nun auf mich und spuckt mir entgegen: „Hngg… Was stimmt mit dir nicht, Dämonin?!“

Ich sehe ihr ruhig in die schmalen roten Augen. Auch wenn sie sich noch so sehr ärgert, der Kräfteunterschied ist einfach zu

groß - das weiß sie. Der letzte Angriff in Levians Haus, als er noch ohnmächtig war… Der erneute Versuch heute, bei dem sie abgewartet hat, bis ich mich von Levian entfernt habe… Das alles zeigt, dass diese Imee, trotzdem sie als junge Unsterbliche noch so stark von der Begierde nach Rache gelenkt wird, in der Lage ist, ihr Vorgehen strategisch zu planen. Auch wenn es selbstverständlich zwecklos war…
„Nein, was stimmt mit dir nicht? Du bist fixiert auf diesen Jäger, sage mir warum."
Levian schaut mich starr an. Was hat dieser Blick zu bedeuten? Es ist doch verständlich, dass ich diese Frage stelle - die Jäger wollen mir ja nicht sagen, was es mit dieser Irren auf sich hat… Mir fällt jetzt erst auf, dass Levian sein Shirt noch gar nicht übergestreift hat, was mich etwas irritiert. Es überrascht mich, auch auf seinem Rücken zahlreiche blaue Male zu entdecken, die dort eine Art Muster zu bilden scheinen… Aber mir bleibt gerade keine Zeit, diese genauer zu betrachten. Imee richtet sich auf und streicht sich eine ihrer halblangen, fransigen braunen Haarsträhnen aus dem Gesicht. Ihre ehemals schwarzen Sachen sind von grauen getrockneten Schlammresten bedeckt. Um ihren gesamten Körper zieht sich ein blutbeschmierter Verband. Er scheint weniger einen medizinischen Zweck zu erfüllen. Es handelt sich sicherlich eher um ein Überbleibsel aus ihrem früheren Leben als Mensch.

Ihre wachen Augen wandern zwischen mir und Levian hin und her, während ihre Zähne unruhig aufeinander mahlen: „Wie kann es sein, dass ein Dämon einen Jäger beschützt? Dafür muss es einen Grund geben... Sag ihn mir!"
Wie könnte ich, ich weiß es ja selbst nicht. Selbstverständlich ist mir bewusst, dass ich mich über ihren Angriff auf Levian eigentlich freuen müsste. Mehr noch - eigentlich müsste ich Imee mit ganzer Kraft unterstützen. Doch da ist dieses kleine widerspenstige *Aber*... Und so antworte ich nur: „Ich glaube kaum, dass du in der Position bist, Forderungen zu stellen. Warum bist du auf diesen Jäger fixiert? Ein weiteres Mal frage ich nicht..." Ich balle provokativ meine rechte Faust.
Urplötzlich wirft die Irre daraufhin ihre Hände nach vorn und schreit dabei: „Hnnnnnnaaaaaa! Er hat meinen Sohn ermordet!!!"
Levian hält ihrem Blick stand. „Er wollte dich töten..." verteidigt er sich mit matter Stimme.
Imees Zähne knirschen stärker, Tränen fließen in Strömen ihr Gesicht herunter. Das ist der Kern und es ist eine schier seelische Qual für Unseresgleichen, darüber zu reden. Die Jäger nennen es das ‚dämonische Trauma' - das Ziel, der Grund, der uns zu dem werden ließ, was wir sind - rachedurstige Untote.
„Hättest du ihn das doch nur tun lassen!" schluchzt sie. Ich weiß nicht, ob ich mich an diesem Gespräch noch beteiligen sollte

oder möchte. Die Vorstellung, dass Levian schon viele Meinesgleichen auf dem Gewissen hat, versuche ich meist zu verdrängen…

Levian wirkt unendlich erschöpft, als er antwortet: „Jetzt, da du selbst ein Dämon bist… Ich… hatte keine andere Wahl…“

„Keine andere Wahl? KEINE ANDERE WAHL?!“, keift sie wie von Sinnen, „So rechtfertigt ihr es immer, nicht wahr?! Eine bedeutungslose Phrase! Er hatte DICH nicht bedroht!!! DU HATTEST EINE WAHL!“

„Nein! So ist das nicht!“, ruft Levian, „Du weißt nun selbst, wie Dämonen denken, Imee! Sie sind nichts weiter als eine rachedurstige Laune des Schicksals, die mordend und folternd durch die Welt zieht! Es gab keine andere Lösung! Hätte ich ihn verschont, hätte…“, seine Stimme wird plötzlich leiser, „…hätte er nicht bei dir aufgehört.“

Stumm blicke ich Imee an.

Ihre Tränen versiegen augenblicklich. Sie grinst…

Nun weiß ich es. Ich weiß, was sie vorhatte. Ich weiß, dass sie Levian dazu bringen wollte, sein Handeln von damals zu erklären und dass diese Begründung nur auf dem Rollenverständnis eines Jägers fußen kann. Ich weiß, dass er als ausgebildeter Jäger, dem solche Dogmen seit Kindertagen eingetrichtert wurden, genau das über uns ‚Dämonen‘ denkt, was alle Jäger denken. Ich weiß, dass ihm ja noch nie jemand erzählt hat, dass dies nicht die ganze Wahrheit sein kann. Ja… das weiß ich… und trotzdem…

Um ihr nicht zu zeigen, dass sie genau das erreicht hat, was sie wollte, erwidere ich ihren Blick herausfordernd. Schließlich geht sie in die Hocke, springt blitzschnell in die Höhe und verschwindet zwischen den Baumkronen. Bewegungslos starre ich auf die Stelle, an der Imee gerade eben noch stand. Ich muss ihr nicht zeigen, dass Levians Worte ihre Wirkung nicht verfehlt haben. Das ahnt sie auch so…

Sie ist wirklich gut…

11.

An diesem Abend kommt mir das leise Knistern des Lagerfeuers im Wald wie ein hohnerfülltes Flüstern vor. Am Himmel leuchten schon die ersten Sterne, dabei ist die Sonne noch nicht einmal ganz untergegangen. Die Tage werden länger und länger... Der Sommer hat begonnen und die Sommersonne wärmt nicht nur die Tage - mittlerweile zirrt die Luft auch in den Nächten noch spürbar.

Still starre ich ins Feuer. Ständig fliegen kleine Funken nach oben und verglühen in der Nacht. Die meisten sind Insekten, die ahnungslos, angezogen vom schönen Lichtschein, ins Feuer fliegen und dort nichts als den Tod finden... Oh ich verabscheue derart melancholische Gedanken! Ich schaue zu dem Jäger hinüber, der nur Abscheu für Meinesgleichen empfindet... Seit dem Vorfall mit Imee wirkt er angespannt. Es wirkt fast so, als bereite er sich auf irgendetwas vor... Die Stille zwischen uns ist fast greifbar. Ich habe sie eine schier unerträglich lange Zeit ertragen. Schließlich aber habe ich genug von diesen unausgesprochenen Worten, die zwischen uns stehen... „Erzähl mir, wie Imee gestorben ist." fordere ich. Imee wird ihn auch in Zukunft nicht in Ruhe lassen und da ich

notgedrungen an Levian gekettet bin, bin ich indirekt davon betroffen. Ich denke, das ist Grund genug, Klärung zu verlangen.
Seitdem er das Lagerfeuer angezündet hat, sitzt er wie eine Statue auf seinem Schlafsack und betrachtet nachdenklich den Boden oder was auch immer er dort sehen mag. Er blickt mich nicht an, als er erwidert: „Ich weiß, dass dich das beschäftigt. Aber ich kann dir darauf keine Antwort geben."
Im ersten Moment bin ich überrascht, denn nachdem er die ganze Zeit so grüblerisch wirkte, dachte ich, dass die Antwort umfangreicher ausfallen würde - oder er sich zumindest etwas mehr Mühe geben würde, es zu erklären... Ich schnalze mit der Zunge und zische ihm ein verärgertes „Warum?!" entgegen.
Levian aber legt sich mit dem Rücken auf seinen Schlafsack und richtet den Blick auf seine linke Hand, die er angespannt den Sternen entgegenhält. Dieser nachdenkliche Ausdruck, wenn er seine Hand fixiert... Es ist fast schon wie ein Ritual. Immer, wenn er über etwas nachdenkt, starrt er auf seine nunmehr unbrauchbare Bann-Hand. Mit ruhiger Stimme führt er nun aus: „Weil ich nicht dabei war. Ich habe ihren Sohn... erlöst und bin gegangen. Lange schon war er vermisst gewesen und dann doch als Dämon wiedergekehrt. Anscheinend gab er Imee die Schuld an seinem Tod. Was die genauen Umstände dabei waren, weiß ich nicht. Er wollte sie in ihrem eigenen Haus

umbringen, hatte dort auf sie gewartet, als sie ausgegangen war. Als ich im Haus von Imee ankam, war dies die Wahl: einen Menschen sterben lassen oder einen Dämon erlösen. Ich entschied mich für Letzteres. Nachdem ich ihren Sohn erlöst hatte, brach Imee zusammen. Sie lag auf dem Boden, schrie und weinte… Ich konnte nichts tun… Sie hatte immer die Hoffnung gehabt, dass er eines Tages wiederkäme…“ Er macht eine kurze Pause, dann meint er schließlich: „…Vermutlich hat sie sich selbst das Leben genommen.“

Ihr Sohn war zurückgekehrt und Levian hatte ihn ihr erneut genommen. Klar, dass sich Imees Rachewunsch auf Levian fokussiert. Aber so, wie es sich anhört, hatte er keine andere Möglichkeit gesehen, um Imee das Leben zu retten. „Seit wann verfolgt sie dich nun schon?“ möchte ich wissen.

„Der Angriff in meinem Haus… das war das erste Mal, dass sie als Dämon in Erscheinung getreten ist…“

Ich bin mir ziemlich sicher, dass sie aber schon davor eine gewisse Zeit lang als Dämon durch die Welt gezogen ist, um sich einen Plan zu überlegen, wie sie den jungen Jäger ausschalten kann und um sich an den neuen Körper zu gewöhnen. Das hat ihr sicherlich Einiges an Disziplin abverlangt - und da denke ich nicht an körperliche Trainingseinheiten oder Ähnliches. Ich denke daran, wie ich mich… wie man sich nach der Verwandlung zum

Unsterblichen fühlt. Der Wunsch nach Vergeltung ist so alles verzehrend, dass man kaum einen anderen Gedanken fassen kann. Sich unter diesen Voraussetzungen zu beherrschen und nicht sofort auf gut Glück loszustürmen, um sich diesen Wunsch zu erfüllen, erfordert eine unglaubliche mentale Stärke...

Als mir diese Gedanken durch den Kopf schwirren, wird meine Wut auf Levian und sein ins Gehirn gewaschenes Bild über Meinesgleichen immer stärker. Gibt es denn gar keine Grenzen?! Interpretiert denn wirklich jeder Jäger seine Aufgabe so, dass er jeden Unsterblichen erbarmungslos auslöschen muss, dem er begegnet - unabhängig davon, ob es beispielsweise ein Kind ist?! Sieht er denn keinen Makel an diesem Bild?! Schließlich kann ich nicht anders, als ihm diese Frage zu stellen: „Was ist ein ‚Dämon' für dich?"

Reglos bleibt der blonde Jäger auf dem Schlafsack liegen. Sein Gesicht kann ich so von meiner Position aus nicht erkennen. Als ich die Frage gestellt habe, konnte ich jedoch sehen, dass seine Finger kurz gezuckt haben. „Willst du wirklich darüber sprechen?" fragt er nun zurück.

Ich weiß, dass das Thema unangenehm ist... Nicht nur für ihn... Und dennoch beharre ich: „Was macht einen ‚Dämon' aus?"

Er grübelt kurz, dann antwortet er: „Warum stellst du mir diese Frage? Das weißt du selbst doch am besten... Er ist nahezu unsterblich und sinnt nach Rache."
Im Vergleich zur niederschmetternden Definition von heute Mittag klingt das fast schon beschwichtigend. Aber ich lasse mich nicht einlullen: „Unsterblich, rachedurstig, mordend, folternd, eine Laune des Schicksals..." wiederhole ich seine Worte von vorhin.
Levian schweigt.
„Was bin ich?" frage ich weiter.
Wieder Schweigen.
„Ich habe eine Antwort verdient, findest du nicht?" frage ich barsch.
„Ein Dämon." antwortet er schließlich.
„So?", frage ich, „Bin ich das? Morde ich?!"
„Aktuell nicht, in der Vergangenheit sicherlich."
„Woher willst du das wissen?" hake ich nach.
Keine Antwort.
„Ich weiß was du denkst, Jäger. Alle ‚Dämonen' morden. Sie sind so vom Wunsch nach Rache getrieben, dass sie sich nicht beherrschen können und einfach alles und jeden niedermetzeln, der ihnen in die Quere kommt. Aber - weißt du das mit Sicherheit? Ist jeder ‚Dämon' so? Bin ich rachedurstig?"
„Sonst würdest du kaum existieren."

„Sicherlich hast du da recht, aber verfolge ich aktuell das Ziel, mich an jemanden zu rächen?“
„Woher soll ich das wissen…“ antwortet er irritiert.
„Ja, woher sollst du das wissen… Meinesgleichen redet nicht gern darüber, was der Grund dafür war, als Rachegeist wiedergeboren zu werden. Dies ist ein persönliches Trauma, das wir mit niemanden gern teilen möchten. Dies jemandem zu offenbaren, macht uns verletzbar, denn es ist der Schlüssel zu unserer Persönlichkeit… Trotz alldem möchte ich dir erzählen, wie ich zur Unsterblichen wurde, damit du lernst zu verstehen, dass es mehr auf dieser Welt gibt als das, was ihr Jäger seht.“
Levian erwidert nichts, aber seine Anspannung lässt erkennen, dass ich seine Aufmerksamkeit habe. Also fahre ich fort: „Meine Verwandlung ist einige Jahrhunderte her. Meine Kindheit verbrachte ich mit meinen Geschwistern in der Villa meiner Eltern. Es waren zwei Jungen, beide jünger als ich. Ihre Namen habe ich seit meiner Verwandlung nicht mehr ausgesprochen… Es fehlte uns wohl an nichts Materiellem, doch dort zu leben war… Es war, als würde jeden Tag ein Stückchen von mir sterben… So wohlhabend Mutter und Vater waren, so hoch waren auch ihre Erwartungen. Ich wuchs in einem Haus auf, in dem das versehentliche Auskippen eines Glases mit gebrochenen Fingern endete, in dem Barfußlaufen mit Verbrennungen bestraft und in dem Schwäche und Tränen mit

Schlägen begegnet wurde. Meine Eltern forderten absoluten Gehorsam und sie waren mehr als kreativ darin, diesen einzufordern. Die Zeichen waren zu sehen, jeder in unserem Umfeld wusste, was wir durchlitten. Aber ich wuchs nun einmal in Zeiten auf, in denen solche Erziehungsmethoden akzeptiert wurden.

Mein Bruder war zwölf und ich selbst war dreizehn Jahre alt, als unsere Eltern das dritte Kind bekamen. Wir waren alt genug, um zu verstehen, dass unserem jüngsten Geschwisterchen ebenfalls ein Leben in dieser Hölle drohte, wenn wir nichts unternehmen würden. Doch noch war ich zu jung, um uns ernähren zu können... Ich plante unser Verschwinden über Jahre hinweg. Der Weg würde uns durch dichte Wälder führen, bewohntes Gebiet mussten wir in der ersten Zeit dringend meiden. Später würden wir uns eine Stadt an der Küste suchen, in der wir unbehelligt leben konnten - fern ab von unserem Elternhaus. Uns war klar, wenn Mutter und Vater uns finden würden, wäre das, was wir bisher erlebt hatten, nur ein Vorgeplänkel gewesen...

Am Abend meines sechzehnten Geburtstags brach ich mit meinen Brüdern auf. Ich weiß noch, dass mein Geburtstag in einen Frühlingsmonat fiel. Vor allem für meinen jüngsten Bruder war es schwer, weite Strecken zu laufen. Er weinte häufig stundenlang... Aber wir gingen voran, schafften jeden

Tag ein weiteres Stück. Der älteste meiner Brüder zeigte gute Ambitionen in der Jagd von Tieren. Über den Frühling und Früh-Sommer hinweg ernährten wir uns von dem, was wir auf unserem Weg so fanden. Der Weg war weit und wir litten Hunger, aber die Angst trieb uns immer weiter voran. Schließlich sahen wir das Meer... Dieses Blau... es war so unergründlich, dass ich meinte, all mein Schmerz könnte einfach darin versinken. Ich habe das erste Mal in meinem Leben den tiefblauen Horizont gesehen und konnte nichts weiter tun als zu weinen.

In den ersten Monaten bewohnten wir eine alte Ruine am Rande eines kleinen Fischerdorfes, um die sich niemand kümmerte. Mein Bruder versorgte uns regelmäßig mit selbstgeangeltem Fisch. Ich hatte schnell eine Anstellung als Näherin gefunden und konnte mich und meine Brüder halbwegs über Wasser halten. Ich gab mir wirklich Mühe, um uns ein Leben zu schaffen, das es wert war zu leben. Wenn ich aufstand, ging ich zur Arbeit und wenn ich wiederkam, ging ich schlafen. Der älteste von beiden Jungen passte in der Zwischenzeit auf unseren jüngsten Bruder auf. Als wir genug zusammengespart hatten, konnten wir uns sogar eine kleine Wohnung dort leisten. Unseren Einzug feierten wir mit frischem Brot und guter Milch auf dem Boden sitzend. Unser jüngster Bruder sprang vor Freude um uns herum und verschüttete die teure Milch dabei. Wir lachten und tanzten, bis wir auf dem Boden einschliefen. Es schien, als hätten wir die vergangen Jahre einfach ausgelöscht. Aber heute weiß ich, dass ich damals die Einzige war, die so empfand…

In den darauffolgenden zwei Jahren veränderte sich mein jüngster Bruder zunehmend. War er während der ersten Zeit unseres Entkommens zu einer Frohnatur herangewachsen, die so einige Flausen im Kopf hatte, so schien er sich nach unserem Einzug mehr und mehr in sich zurückzuziehen. Da ich am Tag nie viel Zeit mit ihm verbringen konnte, habe ich das sehr spät bemerkt. Erst als ich eines Abends mitbekam, dass er nur ruhig in der Ecke seines Zimmers saß und sich nicht rühren mochte, wurde ich stutzig. Ich wollte wissen was los ist, wollte ihn umarmen, um ihm seine Traurigkeit zu nehmen. Doch er schien Schmerzen zu haben. Als ich seinen Pullover hochschob, um nachzusehen, war sein Oberkörper mit handflächengroßen Flecken übersäht, die in allen Nuancen zwischen rot und blau schimmerten. Ich schrie vor Verzweiflung. Ich wusste, dass es auch meine Schuld war. Schon immer war ich zu selbstbezogen, stellte meine Gefühle in den Mittelpunkt meines Denkens und hatte nie darüber nachgedacht, wie andere sich fühlen… wie meine Geschwister sich fühlten. Für mich fühlte es sich vielleicht so an, als wären die vergangenen Jahre ausgelöscht worden - für den ältesten meiner Brüder jedoch nicht. Und ich hatte die Zeichen nicht gesehen. Ich war nicht da gewesen. Rasend vor Entsetzen packte ich den Ältesten am Kragen, schrie ihm entgegen, ob die Jahre damals nicht schlimm genug gewesen wären, ob er denn die Misshandlungen genossen hätte, ob er sich kein neues Leben wünsche?! Doch er schaute mich nur desinteressiert an. Er war mir so fremd geworden. Die Nacht nach dem Streit verbrachte ich bei meinem jüngsten Bruder im Zimmer. Aus diesem Schlaf erwachten wir beide nicht mehr…“

Ich atme tief durch und starre zum Halbmond, der hinter den wankenden Baumkronen hervorlugt. Heute kann ich über all das reden… Aber es wird mir wohl niemals gelingen, dieses zerreißende Pochen dabei zu überhören, das ich in meinem tiefsten Inneren spüre.

Während ich Levian die Hintergründe meines Ablebens schilderte, hatte er den Blick die ganze Zeit über stumm gen Himmel gerichtet. Nun, wo ich schweige, regt er sich. Langsam steht er auf und kommt zu mir herüber. Er setzt sich direkt vor mir auf den Boden. Hn… diese plötzliche Nähe… Mein Herz bewegt sich mit einer Wucht, als wolle es mich daran erinnern, dass es immer noch da ist… trotzdem ich bereits vor Jahrhunderten gestorben bin… Seine blauen Augen scheinen meine roten fesseln zu wollen. Es kostet einige Anstrengung, diesem Blick standzuhalten. Als Levian anhebt zu sprechen,

klingt seine Stimme für mich so klar und deutlich wie noch nie zuvor: „Danke… Das alles lastet so schwer auf dir… Ich… bin dankbar für dein… Vertrauen."
Vertrauen… Es gibt nichts, was ich darauf erwidern könnte, also lächle ich traurig. Gern würde ich ihm ins Gesicht sagen, dass gerade er nicht von Vertrauen reden kann, denn er scheint ja nicht einmal zu wissen, was dieses Wort bedeutet… Er, der stets misstrauische Jäger, der mich niemals warnt, wenn sich ein anderer Untoter in unserer Nähe befindet… Aber ich bringe es nicht über die Lippen. Diese Gefühlskiste liegt mir nicht sonderlich… Doch seine Worte machen mir eines klar: er weiß genau, wie es sich für mich anfühlt, über dieses Trauma zu reden… weil er selbst eines mit sich trägt…
Einen Moment lang sitzen wir uns still gegenüber, dann wendet Levian den Blick ab. Für ihn scheint noch eine Frage offen zu bleiben: „Hast du dann… *jemanden* getötet?"
So, wie er diese Frage stellt… Sie zielt nicht nur darauf ab, zu erfahren, ob ich meinen Bruder auf dem Gewissen habe… „Ob ich meinen Bruder nach meiner Verwandlung ermordet habe… oder wie viele Menschen meinem Rachedurst zum Opfer fielen… darüber werde ich mit dir reden, wenn die Zeit gekommen ist." meine ich nur.

An diesem Abend vergeht einige Zeit, bis ich das gleichmäßige Atmen von Levian höre, das mich immer so beruhigt. Ich weiß nicht, ob er verstanden hat, was ich ihm mit dieser Geschichte sagen wollte. Aber ich konnte spüren, dass es etwas ausgelöst hat. Seit diesem Abend nennt er mich nicht mehr ‚Dämon'.

12.

„Dein Essen hat Leeve so gut geschmeckt, dass er sofort alles hinuntergeschaufelt hat, Nileyn! Für die nächste Reise solltest du ihm unbedingt mehr von der Wurzelbrühe einpacken!"
„Grrr... das stimmt doch... hng!" Beleidigt erhebt sich Levian vom Esstisch und setzt sich aufs Sofa. Nileyn und ich grinsen uns an.
Wir sind wieder Zuhause angekommen. Irgendwie ist es seltsam, wieder hier zu sein. Ich kann dieses Gefühl nicht beschreiben... Unsterbliche, die länger als nur ein paar Tage auf dieser Welt weilen wollen, werden üblicherweise nicht sesshaft...
Nileyn scheint wenig überrascht darüber zu sein, dass wir auch dieses Mal keine Antwort auf die Frage gefunden haben, wie wir das Bann-Problem lösen können.
Levians Schilderung über unsere Reise fiel wie immer ziemlich kurz aus. Er widmet sich lieber der Prüfung und sorgfältigen Reinigung seines Kampfmessers, denn der Konversation. Also erzähle ich Nileyn mehr von Jirah und der Stadt, von den misstrauischen Bewohnern und dem Nomaden, von der Heukutsche... Die Teile mit Imee und Fior lasse ich aus... Als

ich Jirahs wohnliche Situation beschreibe, fällt mir ein, dass sich ihre Villa ziemlich genau in der Mitte der Stadt befand. „Sag mal, Nileyn, eines habe ich mich schon gefragt, als dein Bruder mich das erste Mal hierhergeschleppt hat: wieso befindet sich euer Haus so weit abseits des Dorfes?“ Den Blick konzentriert auf die Gurte seines Holsters gerichtet, wirft Levian ein: „Unser Haus befindet sich an der optimalen Stelle.“
„Ja, wenn man sich möglichst großen Raum verschaffen will, um sich in sein Schneckenhaus zu verkriechen, hast du vermutlich recht.“ gebe ich zurück.
Er murmelt etwas Unverständliches vor sich hin. Nileyn lacht und erklärt: „Eigentlich stimmt es, was Levian sagt. Also wenn du nur das Dorf betrachtest, dann liegt unser Haus vielleicht wirklich etwas weit vom Schuss. Aber sein Gebiet umfasst ja nicht nur das Dorf, sondern auch ein weites Areal, das sich um das Dorf und unser Haus herumzieht. Wenn man also das gesamte Gebiet sieht, liegt unser Haus so ziemlich in der Mitte.“ Nileyn nippt zufrieden an ihrer weißen Teetasse. Ich schaue zum Küchenfenster hinaus. Mittlerweile ist es dunkel geworden. Dicke Wolken hängen über dem Dorf. Der kaum erkennbare Lichtschein in den Stuben der Häuser dort, das im Nachtwind rauschende Feld, das sich zwischen Dorf und Haus der Jäger erstreckt und der Weg, der sich zum Haus emporschlängelt, auf dem Levian mich vor einiger Zeit zum

ersten Mal hierhergebracht hat. Er war mir unter seinem Schweigen so furchtbar lang vorgekommen… So recht nachvollziehen kann ich Nileyns Erklärung immer noch nicht. Ihr Bruder verstaut sein glänzendes Messer sorgfältig im Holster.
„Es ist immer noch unlogisch." sinniere ich vor mir hin.
„Mh?" antwortet Nileyn, die von ihrer Tasse aufschaut und meinem Blick zum Fenster nun folgt.
„Ah… ich meine, die meisten meiner Art werden doch eh im Dorf zu finden sein, wo sie… entstehen… und nicht im umliegenden unbewohnten Gebiet."
Levian kommt zu uns herüber und lehnt seine Arme auf den Stuhl, der neben mir steht: „Die meisten deiner Art kommen tatsächlich eher von außerhalb in mein Gebiet…" Um seine blauen Augen ziehen sich dunkle Ringe. Bis jetzt war mir das noch gar nicht aufgefallen, aber er wirkt ziemlich geschafft von der Reise. Levian wirft einen kurzen Blick durchs Fenster, dann verabschiedet er sich mit Waffe und Holster in der Hand und geht in sein Zimmer.
Schweigend blicken wir ihm nach.
Als die Tür ins Schloss fällt, schaut Nileyn mich fragend an. Ich ziehe eine Augenbraue hoch und rücke automatisch ein Stück vom Tisch ab. So recht weiß ich nicht, was sie von mir will. Schließlich erhebt sie sich von ihrem Stuhl und beginnt, das

Sofa für mich herzurichten. Ich habe nicht vor, meine Nacht auf dem Sofa hier zu verbringen. Aber das muss sie nicht wissen. Nachdem sie Kissen und Decke drapiert hat, setzt sie sich schweigend auf den Sessel neben dem Kamin. Sie scheint Redebedarf zu haben, also tue ich ihr den Gefallen und setze mich kurz aufs Sofa. Mit eindringlichem Blick leitet Nileyn ein: „Etwas hat sich geändert, oder?“

Ihr ist es auch aufgefallen.

„Ich sagte doch, Meinesgleichen ist auch für andere Taktiken bekannt.“ grinse ich breit. Auch dieses Mal lässt sich Nileyn nicht auf das Spielchen ein. Ihre ruhigen blauen Augen schauen mich weiterhin auffordernd an.

Ich seufze: „Imee hat ihn erneut angegriffen, aber sie war erfolglos…“

Nileyn dreht den Kopf zum Kamin. In so lauen Sommernächten zündet dort niemand ein Feuer an. Vereinzelt liegen noch hellgraue verbrannte Holzreste in den Ecken des Kamins. Nileyn wirkt, als würde sie leiden. Ob es die Sorge um Levian ist oder ob sie an etwas anderes denkt, kann ich nicht sagen.

Ich räuspere mich: „Weißt du… nachdem der Bann mich gefesselt hatte und Levian mich drängte, mit auf die Suche nach einer Lösung zu gehen, hatte ich ziemliche Angst davor, dass er einen Weg finden würde, mich letztendlich doch noch auszulöschen…“

Ihr Blick wandert vom Kamin herüber zu mir: „Dieses Gefühl muss… furchtbar sein… Tut mir leid, ich finde nicht die richtigen Worte dafür…“

„Nein, ist schon gut.“, erwidere ich, „Ich wusste am Anfang nicht, wie ich mit der Situation umgehen sollte. Meine Versuche, das Problem selbst zu lösen, schlugen fehl. Er ließ mich um keinen Preis gehen. Ich hätte ihn schon umbringen müssen, um mich zu befreien…“

Sie verzieht keine Miene. Entweder hat sie sich schon vor langer Zeit damit abgefunden, dass ihr Bruder, der die Jägergabe ausübt, ständig in Lebensgefahr schwebt, oder sie traut mir nicht zu, so weit zu gehen…

Ich lasse das Gesagte kurz sacken, betrachte Nileyns weiche Gesichtszüge, ihre bewundernswert seidigen Haare, die ihr Gesicht umrahmen, die geschwungenen Male auf ihren Wangen… Dann richte ich den Blick auf eine dunkle Stelle über den Kamin, an der früher mal ein Bild zu hängen schien: „Nachdem Levian zusammenbrach und ich ihn hergebracht hatte, änderte sich euer Verhalten mir gegenüber. Ihr saht keine Bedrohung mehr in mir - das spürte ich und ehrlich gesagt überraschte es mich. Ich begann darüber nachzudenken. Ob mir eine Flucht wirklich etwas gebracht hätte? Auch wenn ich mich weit von ihm entfernt hätte, mit seinem Bann hätte er immer noch die Kontrolle über mich gehabt, hätte mich immer

noch außer Gefecht setzen können. Stell dir vor, ich wäre gerade auf der Flucht vor einem anderen Jäger und Levian entscheidet sich mal eben, seinen Bann einzusetzen… Er wäre eine ständige unberechenbare Gefahr für mich geblieben… Doch wenn ich ihn davon überzeugen könnte, den Bann nicht mehr einzusetzen… Ich begann, mit ihm zu reden. Er weiß nun, wie es sich für mich anfühlt, wenn er den Bann benutzt… wie furchtbar dieser Schmerz ist… wie sehr ich ihn fürchte… Und ich habe ihm erzählt, wie ich zu einem Rachegeist wurde… Es war schwer, darüber mit einem Jäger zu sprechen… Wenn du mit jemandem über das redest, was dich im tiefsten Inneren bewegt und du weißt nicht, wie derjenige reagieren wird… ob er nicht etwas sagen wird, das…“ Mein Hals fühlt sich seltsam trocken an. Ich beschließe, dieses sehr unangenehme Thema nicht weiter auszuführen.
Es ist auch nicht nötig, Nileyn versteht, was ich meine. Auf ihrer Stirn sind seichte Falten zu sehen. Sie starrt nun ebenfalls auf die dunkle Stelle an der Wand, als sie leise anhebt: „Hat er dir erzählt, wie er die Zuständigkeit als ansässiger Jäger für dieses Gebiet erlangte?“
Der abrupte Themenwechsel überrascht mich. Ich lehne mich ein Stück weit nach vorn und erwidere ein nachdenkliches „Nein“.

Den Blick weiter zur Wand geheftet, beginnt sie zu erzählen: „Das hier ist unser Elternhaus. Hier lebten wir bis vor zwölf Jahren gemeinsam mit Mutter und Vater. Beide übten die Jägergabe aus. Nachdem Levian zur Welt gekommen war, gingen sie aber nicht mehr gemeinsam auf die Jagd. Das Gebiet und das Haus hatte Mutter damals von ihrem Mentor übernommen, einige Möbel hier im Haus ebenfalls. Alles andere hatten sich unsere Eltern nach und nach zusammengesucht oder auch selbst gebaut, so wie unseren Esstisch. Es ist alles schon ziemlich in die Jahre gekommen, aber jedes Stück hier im Haus ist uns wertvoll.

Levian war sechs und ich vier, als Mutter eines Tages jemanden mit in dieses Haus brachte. Die Unbekannte hatte lange dunkelbraune Haare. Sie hieß Helen und war fast so groß wie Mutter. Ich weiß noch, wie sehr ich von ihren roten Augen fasziniert war. Als Mutter sie mitbrachte, stritten unsere Eltern sehr lange. Doch dann beschlossen sie, Helen bei uns Unterschlupf zu gewähren.

Helen hatte eine sehr aufgeweckte Persönlichkeit, mit ihr konnte man toll spielen. Es war, als wäre sie selbst noch ein Kind. Hinaus durfte sie jedoch nicht, das wollten unsere Eltern nicht. Sie hatten weniger Angst davor, dass Helen etwas anrichten konnte, als dass sie in Gefahr geraten könnte. Für jemanden wie Helen, die so abenteuerlustig war, war das jedoch die reinste Qual. Häufig schlich sie sich weg, wenn wir schliefen. Eines Abends weckte sie Levian und mich und nahm uns mit in ein etwas entfernt liegendes kleines Waldstück. Hier hatte sie zwischen den Birken aus alten Ästen ein Versteck gebaut. Wir waren begeistert! Bis zum Morgengrauen richteten wir unser neues Versteck mit weichem Moos und Blättern her und spielten gemeinsam darin. Als ich Hunger bekam, gingen wir drei zurück nach Hause. Auf dem Weg zum Haus trafen wir auf unsere Mutter, die uns mit tränenüberströmtem Gesicht entgegenrannte. Natürlich hatten unsere Eltern gemerkt, dass wir uns davongeschlichen hatten. Sie hatten uns überall gesucht und sich furchtbare Sorgen gemacht. Wir mussten ihnen versprechen, niemals wieder davonzulaufen. Zwei Tage später klopfte es an unserer Tür. Mael und zwei andere Jäger, an deren Gesichter ich mich nicht mehr erinnere, standen davor. Helen wollte sich zunächst verstecken, aber Mutter und Vater meinten, dass dies zwecklos sei… Sie redeten lange mit Mael und den anderen Jägern über Helen. Ich verstand damals nicht warum. Als die Jäger immer lauter wurden, drückte Helen Levian und mich fest an sich. Schließlich rief Mael uns beide zu sich. Er sagte zu uns, dass wir doch kurz nach unserem Versteck sehen sollten, er hätte dort etwas für uns hinterlassen. Fragend schauten Levian und ich uns an. Eigentlich sollte doch niemand von dem Versteck

wissen…? Ich rannte zu Helen und nahm ihre Hand, doch die Jäger wollten nicht, dass sie mit uns kam. Helen lächelte nur… Also lief Levian allein mit mir dorthin. Wir suchten eine Weile unser Versteck ab, doch wir konnten nichts Besonderes finden. Enttäuscht gingen wir zurück nach Hause. Mutter, Vater und Helen waren nicht mehr dort. Mael öffnete uns die Tür und erzählte uns, was geschehen war: Helen hatte unsere Eltern ermordet…"
Unfähig, etwas zu sagen, blicke ich Nileyn an. Tränen stehen ihr in den Augen. Ich bin unsicher, ob sie erwartet, dass ich zu ihr rüberkomme, um ihre Hand zu nehmen oder irgendetwas in der Art… Doch dann wischt sie sich mit dem Ärmel übers Gesicht und ringt sich ein Lächeln ab: „Eve, entschuldige, wenn dir das unangenehm war. Aber ich dachte, wenn du möchtest, dass Levian dich besser versteht, dann sollte dasselbe auch umgekehrt in Gang gebracht werden."
„Mh." gebe ich nur zurück. Ich weiß nicht recht, was ich darauf sagen soll…
Nileyns Redebedarf scheint nun gedeckt zu sein. Sie erhebt sich plötzlich vom Sessel, lächelt mich kurz an, wünscht mir im Gehen noch eine gute Nacht und huscht in ihr Zimmer. Sie war so schnell verschwunden, dass mir keine Zeit blieb, noch etwas zu sagen…

Ich denke einige Zeit über die Geschichte nach. Einen seltsamen Geschmack hinterlässt sie schon bei mir... Warum war Helen damals plötzlich so ausgetickt und hat Levians und Nileyns Eltern angegriffen? Wo sie es doch waren, die sie zuvor beschützt hatten... Aber nun verstehe ich, welche Rolle Mael im Leben der beiden spielt. Nach dem Tod ihrer Eltern wurde er wohl so etwas wie der Ziehvater für sie. Levian übernahm als Ältester dann sicher schon früh die Rolle des Jägers. Ich könnte mir vorstellen, dass ihn dieses Ereignis in den introvertierten, schweigsamen Jäger verwandelt hat, der er heute ist. Wie Nileyn und er damals als Kinder wohl so waren?
Ich blicke mich im Hauptraum um, der sowohl Küche als auch Wohnstube darstellt - betrachte die zahlreichen Blumentöpfe auf dem Fensterbrett hinter dem Sessel, die selbstgenähten Vorhänge, den Kamin, der von einem rundlichen Sims umrahmt wird, das nussbraune Schränkchen mit den Glastüren und Schubladen, in dem Flaschen, Körbe, kleine Kistchen und vielerlei mehr stehen, die große Vitrine hinter dem Sofa, von welcher der weiße Lack bereits großflächig abgeplatzt ist. Von den Büchern, die hier überall im Haus verstreut herumstehen, habe ich während unserer Aufenthalte bereits einen Großteil durchblättert. Sie behandeln Themen wie Kräuterkunde, allgemeine Pflanzenbestimmung, Anbau... aber auch historische Sachverhalte und einfache Geschichten. Nicht eines

davon beschäftigt sich mit Themen wie der Jägergabe oder der Ausbildung von Jägern. Langsam erhebe ich mich vom Sofa und laufe zur Küche hinüber, vorbei an den dicken unregelmäßigen Balken, die die holzbeschlagene Decke halten und zwischen denen Nileyn eine ganze Sammlung von frischen undefinierbaren Wurzeln und Kräutern neu zum Trocknen aufgehängt hat. Ich gehe zur Küchenzeile und betrachte das unregelmäßige gesprungene Fliesenmuster an der Wand. Nileyns weiße Tasse steht in der Spüle. Am Esstisch bleibe ich stehen, lasse meine Finger über die tiefen Rillen der Holzplatte gleiten. Jedes Stück im Haus ist ihnen wertvoll, sagte sie…
Mein Blick schweift zum Durchgang, der durch den Hauptwohnraum hin zum hinteren Teil des Hauses führt. Vier Türen gehen vom kleinen Flur dahinter ab. Die erste Tür links führt zu Levians Zimmer. Als ich davor angelangt bin, konzentriere ich mich kurz auf die Geräusche im Haus. Ich höre das gleichmäßige Atmen… aus zwei Richtungen diesmal. Also lege ich meine Hand auf die Klinke und drücke die Tür langsam auf. Leise trete ich hinein und mache sie hinter mir zu, bevor sich wieder jemand hinter mich schleichen kann, um unangenehme Fragen zu stellen.
Dieses Mal liegt Levian mit dem Rücken zu mir. Ich gehe ein Stück in den Raum hinein und setze mich auf den Boden vor dem großen Schrank, der links vom Eingang und somit

gegenüber dem Bett steht. Mit angewinkelten Beinen betrachte ich den Jäger. Seine blonden Haare schmiegen sich ins Kopfkissen. Die Decke hat er halb weggestrampelt, sodass sein Rücken frei liegt. Sein Shirt ist ein Stück hochgerutscht und ich kann einen kleinen Teil des blauen Musters erkennen, das seinen Rücken ziert. Als Imee uns am Fluss überraschte, konnte ich leider nur einen flüchtigen Blick darauf werfen. Es war mir neu, dass Jäger auch auf dem Rücken von Malen gezeichnet sind. Doch diese Erinnerung vermag es nicht lang, meine Gedanken einzunehmen… Dieses Geräusch… es summt in meinem Kopf… Ein letztes Mal noch blicke ich zu Levian… Sein Oberkörper hebt und senkt sich im langsamen Rhythmus. Ich lausche nur noch… seiner Atmung…

Dann schließe ich die Augen…

So verharre ich lange…

Genieße die …

Stille…

Die Stunden vergehen.

Als ich merke, dass sich das Zimmer ganz langsam zu erhellen beginnt, strecke ich meine Arme nach oben. Ein wenig ärgere ich mich über den Sommer, der so kurze Nächte bringt. Bedächtig stehe ich auf, öffne die Tür und gehe hinaus. Mit einem leisen Klicken fällt sie ins Schloss. Ich schreite den Dielenweg entlang, der sich durch den Hauptraum zieht und Küche und Wohnzimmer voneinander trennt. Quietschend öffne ich die grünlackierte Haustür und gehe nach draußen. Das feuchte Gras des Vorgartens kitzelt an meinen Füßen. Ich schlendere ein Stück durch den Garten, ums Haus herum, bis ich zu der kleinen Holzbank gelange, die unter dem Küchenfenster steht. Pfefferminzsträucher und Rosenbüschchen umringen die Bank zu beiden Seiten. Weiter hinten ragt eine alte verknorrte Magnolie über den Zaun hinweg. Als ich mich setze, lasse ich den Blick über die Landschaft schweifen, hinter der bald die rote Sonne den neuen Tag ankündigen wird…

13.

Katzengleich balanciere ich auf dem Dach entlang. Es ist Mitternacht und die meisten Menschen im Dorf befinden sich nun in ihren Betten. In nur wenigen Häusern brennt noch Licht. Ich nähere mich einer kleinen Gasse, die ich nur zu gut kenne. Hier hatten Levian und ich unseren Kampf ausgetragen, hier hatte er mir die blauen Fesseln angelegt, die er bis zum heutigen Tage immer noch nicht lösen konnte. Andächtig blicke ich zu der Stelle herüber, wo er darauf wartete, dass ich mich von seinem Bann erhole. Doch heute Nacht bin ich nicht hier, um in Erinnerungen zu schwelgen. Etwas anderes nimmt meine Konzentration in Anspruch. Angestrengt blicke ich in die Dunkelheit. Mehrere Wäscheleinen ziehen sich im Zickzack von einer Hauswand zur anderen. In den Spätsommernächten lassen die Bewohner keinen Platz mehr auf ihnen. Jeder noch so schmale Abschnitt ist verdeckt von noch klammer oder bereits getrockneter Wäsche. Hier reihen sich Shirts an Bettlaken, Socken an Hosen… Menschen schwitzen - im Sommer noch mehr als sonst. Sie müssen ihre Sachen häufiger waschen als in anderen Jahreszeiten. Wie auch schon bei unserem Aufeinandertreffen hier in der Gasse, weht nun ein

seichter Wind zwischen den Wäschestücken hindurch, lässt sie tanzen und trägt die zarten Seifendüfte hinauf. Lautlos springe ich in die Gasse hinunter. Weiße Laken scheinen mich wie Soldaten zu umzingeln. Meine Hand schnellt nach oben.
Einmal.
Dann wieder.
Dann klettere ich die Regenrinne hinauf, rauf auf das Dach des niedrigen Fachwerkhauses und presche davon.
Kein guter Fang dieses Mal. Ich habe mir eine beigefarbene kurze Hose geangelt. Sie ist einfach gehalten, mit wenigen Details. Dazu ein hellgraues feines Oberteil mit kurzen Ärmeln und einem V-Ausschnitt, der sich sowohl vorn als auch über den Rücken hinweg zieht. Das Grau des Oberteils hat einen leichten Rosa-Stich.
Nicht meine Farbe…

Nileyn besteht darauf, dass Levian sich ein paar Tage lang Zuhause ausruht, bevor er den nächsten Jäger aufsucht. Es scheint ihm schwer zu fallen, aber er willigt ihr zuliebe ein. Die meiste Zeit verbringt er mit Spaziergängen in der Umgebung. Das scheint wohl seine ganz persönliche Art zu sein, um zur Ruhe zu kommen. Heute schleiche ich ihm hinterher, nur um nachzusehen, was er so treibt. Aber auf seinen kleinen Ausflügen scheint gar nichts Spannendes zu passieren. Und

wirklich was Neues wird er in seinem ihm so vertrauten Areal wohl kaum entdecken. Er streift einfach nur ziellos umher… durch die Natur… Ich könnte mir keine langweiligere Methode vorstellen, die Zeit totzuschlagen.
Ich bin ihm bis zu einem kleinen Waldstück gefolgt, das in der Nähe des Hauses liegt. Vom Waldboden her strömt ein moosig-würziger Geruch herauf. Hochgewachsene Kiefern und Laubbäume reihen sich dicht an dicht, ideal um unentdeckt zu bleiben. Wenn ich doch nur unentdeckt bleiben könnte… Naja… vielleicht hätte ich in Betracht ziehen sollen, dass eine Untote einen Jäger nicht wirklich unentdeckt verfolgen kann, denn sein Instinkt sagt ihm ja, ob er sich von ihr entfernt…
„Was treibst du da?“ ruft Levian in die Stille des Waldes hinein. Von meinem Versteck auf einem hochgelegenen Ast aus schaue ich auf ihn hinunter, unsicher, wie ich reagieren soll. Plötzlich dreht er sich um und schaut hoch, direkt in meine Richtung. Ich gebe mich geschlagen und springe auf die Erde. Ein paar braune Tannennadeln, mit denen der Boden hier übersäht ist, wirbeln dabei durch die Luft. Ich klopfe mir den Staub und die Nadeln von meinem neuen Shirt. Dann neige ich meinen Kopf ein Stück nach links: „Na, ich verfolge dich, Leeve. Ist das nicht offensichtlich?“
„Das ist mir klar, aber warum?“ fragt er ungeduldig.

Mit einer gleitenden Handbewegung erkläre ich: „Ich würde mal gut und gerne sagen, so achtzig Prozent meines Handelns basiert auf der Intention, die Langeweile zu bekämpfen, die sich mir an jedem Tag meiner Existenz als hartnäckiger Gegner gegenüberstellt."
Resigniert starrt er mich an. Dann läuft er einfach weiter.
Als ich zu ihm aufschließe, um ihn bei seinem Spaziergang zu begleiten, seufzt er leise. Ich kann mir das Grinsen nicht verkneifen…
Der Weg durch den Wald führt uns vorbei an einer kleinen Lichtung, auf der die Brennnesseln fröhlich sprießen. Die ganze Zeit über halte ich konzentriert Ausschau nach dem Versteck, von dem Nileyn erzählt hat. Doch weit und breit gibt es nichts dergleichen zu entdecken. Mir fällt ein, dass es nach über zwölf Jahren durchaus auch sein kann, dass die Zweige und Äste schon gar nicht mehr dort liegen, wo Helen sie damals aufgetürmt hat. Vielleicht ist dies hier aber auch ein ganz anderes Waldstück als das, von dem Levians Schwester sprach. An kleinen Waldstücken mangelt es hier in dieser Gegend ja nicht und eines sieht aus wie das andere.
Seltsamerweise fühlt es sich anders an, ziellos mit Levian durch die Gegend umherzuirren, als durch die öde Natur zu wandern, um zu einem mordlustigen Kollegen zu gelangen. Worin dieses ‚Anders' genau besteht, kann ich nicht klar sagen.

Während ich neben Levian herlaufe, betrachte ich ihn ausgiebig von der Seite. Die dunklen Ringe, die noch auf unserer Reise seine untere Augenpartie zierten, sind verschw- „Warum machst du das ständig?“ unterbricht er auf einmal meinen Gedankengang und stiert skeptisch zu mir herüber.
„Mh? Was meinst du?“ will ich wissen.
„Warum…“, sein Blick wandert kurz zur Seite, dann seufzt er, „Hnn… schon gut…“
Die Unterlippe nach vorn schiebend schaue ich ihn noch eine Weile an. Aber er hat nicht das Bedürfnis, dies noch weiter auszuführen. Immer, wenn er so gespielt genervt reagiert, um seine Unsicherheit zu kaschieren, dann wird mir bewusst, wie jung er noch ist. Und immer dann denke ich an die Geschichte, die mir Nileyn erzählte und wie sie dabei die dunkle Stelle an der Wand fixierte…
„Leeve…“, frage ich mit ruhiger Stimme, „…kannst du dich eigentlich noch an die Gesichter deiner Eltern erinnern?“
Er bleibt abrupt stehen und schaut mich zunächst verwirrt an, dann verzieht er sein Gesicht, was ihm irgendwie einen schmollenden Ausdruck verleiht: „Ich weiß schon, dass Nileyn mit dir darüber gesprochen hat…“
„Das macht dich doch wohl nicht wütend?“ frage ich.
Levian blickt kurz auf den Boden, dann läuft er den Weg weiter entlang und antwortet: „Nicht wirklich…“

Nicht wirklich… Ich schließe abermals zu ihm auf und verschränke meine Hände hinter dem Rücken: „Mh, wäre auch ziemlich hässlich von dir. Ich meine, schließlich weißt du ja auch über mein Trauma Bescheid.“
Er lacht leise: „…Hässlich, ja?“
Eine Weile lang laufen wir schweigend nebeneinander her, dann murmelt Levian: „Erinnerst du dich denn noch an deine Eltern?“
Bedächtig lege ich den Kopf zur Seite: „Oh ja… Und ich bin mir absolut sicher, solange ich auf dieser Welt weile, werde ich ihre Gesichter bedauerlicherweise kaum vergessen können. Weißt du, es ist schon seltsam… Ich meine, sie sind schon vor mehreren Jahrhunderten gestorben, aber dennoch üben sie noch einen derart starken Einfluss auf mich aus, dass ich mich an jedes Detail ihrer Gesichter erinnern kann. Mein Vater mit seinen tiefliegenden Augen, der geraden Nase… Er war nicht gerade groß, trug sein helles Haar sehr kurz… Und ich erinnere mich an die grünen Augen meiner Mutter, die hohen Wangenknochen, der harte schmale Mund… Ihre kastanienbraunen Haare trug sie stets zu einem komplizierten Knoten gebunden. Als ich noch ein Mensch war… naja… Augen- und Haarfarbe hatte ich wohl von ihr geerbt.“ Ich schmunzle aufgesetzt und zeige auf meine roten Augen und meine glatten weißen Haare, die im Vergleich zu meinem

damaligen menschlichen Ich eine ganz andere Persönlichkeit anzukündigen scheinen... Doch Levian ist auch heute nicht sonderlich empfänglich für kleine Aufheiterungen... Sein Gesicht lässt keine Regung erkennen. Ich seufze: „Es sind keine schönen Erinnerungen und sind es nicht solche, die sich am stärksten ins Bewusstsein brennen?“

Er schluckt, hält seinen Blick weiter gen Boden gerichtet. Der Waldweg führt uns an knorrigen Eichen vorbei, deren unregelmäßiges Blattwerk spielerische Schatten auf den Boden werfen. Die alten runden Eicheln knacken unter unseren Füßen. Ich starre auf Levians abgetragene Schuhe.

„Muss ich das denn?“ ertönt es leise neben mir.

Ich schaue ihm direkt ins Gesicht. Die Schatten der Baumkronen tanzen über seine traurigen Augen hinweg. Nileyn und er waren noch so jung, als sie ihre Mutter und ihren Vater verloren haben und so, wie Levians Schwester es schilderte, hatten sie wohl sehr liebevolle Eltern gehabt. Wenn ich wirklich ehrlich sein soll... Mir zerreißt der Gedanke, dass die Erinnerung an sie einfach mit den Jahren ausgelöscht wurde, fast das Herz... Dass Levian und Nileyn so schmerzhaft an diesen Vorfall zurückdenken und dabei nicht einmal... nicht einmal sagen können, wen genau sie dort betrauern. Sie betrauern einen Verlust, dem sie keine Form mehr geben können... Ja... ich finde, dass er sich an ihre Gesichter erinnern müsste. Ich finde, dass es sein gutes Recht wäre… Aber das kann ich ihm nicht sagen… Wie könnte man es Levian zum Vorwurf machen, dass ihm das nicht geblieben ist, wo die Überzeugung der Jäger es doch verlangt, jegliche Erinnerung an die Toten regelrecht auszuradieren. Und so meine ich nur: „Es ist nicht deine Schuld, wenn du dich nicht mehr erinnern kannst…“

Er gibt ein leises „Mh…“ von sich.

Wir lassen das Waldstück hinter uns und biegen nun auf dem Pfad ein, der uns zurück nach Hause führt. Als wir am rostigen Gartenzaun ankommen, halte ich die Tür auf und verneige mich: „Danke, dass ich Sie auf dieser Partie beehren durfte, eure Lordschaft.“

Mit schmalem Mund läuft Levian an mir vorbei in den Garten und murrt: „…War ja nicht so schlimm…“

Ich schaue ihm mit einem Schmunzeln hinterher.

Er wirkt während der ganzen Zeit, die wir Zuhause verbringen, tatsächlich ausgeglichener. Ob das daran liegt, dass er hier auch mal die Freiheit hat, allein sein zu können oder daran, dass er hier fernab jeglicher Bedrohung einfach zur Ruhe kommen kann, weiß ich nicht genau. Vielleicht ist es auch eine Mischung aus beidem… Zwar mutiert er hier nicht zum Konversationsgenie, aber man kann sich normal mit ihm unterhalten. Gut… jedenfalls meistens…

Nach diesem gemeinsamen Spaziergang lasse ich ihn fortan allein losziehen. Ich habe das Gefühl, dass es ihm guttut, möglichst oft mit sich und seinen Gedanken allein sein zu können.
Da ich keine Lust verspüre, Nileyn bei der Hausarbeit zu helfen oder ähnlich sinnlose Aufgaben auszuführen, sitze ich nun häufig auf der kleinen Holzbank im Garten und blicke zum Dorf hinab. Da das Dach des Hauses ein Stück übersteht, bleibt man hier auch an Regentagen trocken. Dieser Platz avanciert bald schon zu meinem Lieblingsplatz. Ich weiß nicht, ob es an den duftenden Pflanzen liegt, die diese Bank umringen, oder an dem Ausblick, aber nirgendwo ist die Stille, die dieses Haus ausstrahlt, für mich so konzentriert zu spüren wie auf dieser Bank. Daneben amüsiert mich die Vorstellung, dass die Bewohner im Dorf nichtsahnend ihren alltäglichen Belanglosigkeiten nachgehen, während sie hier oben, vom Haus des Gebiets-Jägers aus, von ihrem Feind beobachtet werden.

Eines Morgens, nachdem Levian bereits zu seinem ‚ZeitfürsichalleinAusflug' aufgebrochen ist, kommt Nileyn in den Garten und setzt sich zu mir. Sie trägt ihr blütenweißes ausgestelltes Sommerkleid, das sie an warmen Tagen so gern anzieht. Genüsslich beißt sie in einen rotbackigen Apfel und meint: „Ich muss kurz runter ins Dorf, ein paar Vorräte besorgen. Magst du mich begleiten, Eve?“ Ich blicke auf das Stückchen Fruchtfleisch, das ihr im Mundwinkel hängt und überlege kurz. Da ich nichts Besseres zu tun habe, willige ich aber schließlich ein.

Im Dorf scheint es niemanden zu stören, dass Nileyn von einer Untoten begleitet wird. Wenn ich daran zurückdenke, wie ich vor einiger Zeit am helllichten Tage durch dieses Dorf gegangen bin, auf der Suche nach ein bisschen Abwechslung, finde ich das jedoch nicht überraschend. Damals wie heute wirken die Menschen hier im Großen und Ganzen sorglos bis hin zu naiv. Vielleicht liegt das aber auch an ihrem Vertrauen, das sie Levian gegenüber erbringen. Diese Verpflichtung, die ihm die Bewohner dieses Dorfes auferlegen, muss unglaublich schwer wiegen…
Wir laufen an dem Café vorbei, in dem ich bei meinem letzten Besuch diesen entsetzlich süßen Früchtetee getrunken habe.
An einem Sommertag wie diesem sind dort fast alle Stühle belegt. Ich frage mich, ob hier nicht schon die Hälfte der gesamten Dorfbevölkerung versammelt ist, um bittere braune Brühe oder ekelerregenden Tee zu schlürfen und Napfkuchen zu löffeln. Es kommt mir so vor, als wäre dieser Frühlingstag, an dem ich Levian kennenlernte, schon eine halbe Ewigkeit

her… Dass mir, einer Unsterblichen, dieser Gedanke kommt, amüsiert mich ein klein wenig…
Vorbei an den urigen breiten Fachwerkhäusern der Hauptstraße steuert Nileyn nun auf den Marktplatz zu, auf dem heute ein ziemliches Gewusel herrscht. Wenn ich mich gefragt habe, wo denn die andere Hälfte der Dorfbevölkerung zu finden ist, dann sehe ich eine Antwort darauf, wenn ich über diesen Platz blicke. Es ist Markttag und alles ist überfüllt mit kleinen Ständen und einer für dieses Dorf unfassbar hohen Anzahl von Menschen, die an den Verkaufstischen vorbei schlendern, sich gegenseitig zur Seite drängen oder herumstehen, um ein Schwätzchen zu halten. Diese Gerüche… mich umgibt eine Fülle von seltsamen Düften, die ineinander übergehen… Zimt mischt sich mit Heu, der Geruch frischer Backwaren mit würzigem Käse… Ich ziehe meine Nase kraus… Wie können die Menschen das nur aushalten?! Zuerst gehen wir zu einem Obst- und Gemüsestand. Neben den üblichen Sommerwaren bietet ein älterer Mann mit weißer Schürze und Glatze auch Sorten an, die hier und jetzt gerade nicht Saison haben. Zwischen Fallobst und Beeren entdecke ich Kürbisse, Weintrauben, Rote Beete… Nileyn packt zwei verschrumpelte Zitronen, einen Sack Kartoffeln und die seltsamsten Möhren ein, die ich je gesehen habe. Keine von den Dingern ist gerade gewachsen. Eine Möhre sieht gar aus wie ein Schweinekringel.

Der kahle Verkäufer lächelt Nileyn freundlich an und drückt ihr zum Abschied noch einen kleinen Apfel in die Hand. Danach drängen wir uns zu einem Bäckerstand durch, an dem sie Mehl und eine Papiertüte mit alten Brötchen bekommt. Zuletzt packt sie noch zwei Kerzen beim Imker und zwei Würste beim Fleischerstand ein. An keinem Stand muss sie bezahlen - die Verkäufer geben ihr einfach bereitwillig alles, wonach sie verlangt. Als wir die Hauptgasse entlanglaufen, die vom Markt herunterführt, frage ich Nileyn, wie oft sie denn so ‚einkaufen' geht. Ein besseres Wort fällt mir nicht ein... Sie meint: „Alle ein bis zwei Wochen nur. Das meiste versuche ich selbst anzubauen oder im Wald zu sammeln. Für den Winter lege ich von Frühling bis Herbst Vorräte an." Nachdem wir den Platz verlassen haben und ich endlich ein wenig durchatmen kann, fällt mir auf, dass sich Nileyns Schritte ziemlich verlangsamt haben. Von der Seite werfe ich einen Blick auf sie. Kleine Schweißperlen sammeln sich auf ihrer Stirn. Die Körbe sehen für einen Menschen ihrer Statur recht schwer aus. Kurzerhand greife ich nach einem der Körbe und nehme ihn ihr schweigend ab. Lächelnd bedankt sie sich. Während wir unseren Heimweg antreten, kommt uns auf dem holprigen Pflastersteinweg ein Junge entgegen, der mir aus irgendeinem Grund bekannt vorkommt. Als er auf uns aufmerksam wird, verlangsamen sich seine Schritte. Schließlich bleibt er stehen und blickt uns aus einiger Entfernung mit weit aufgerissenen Augen an. Genervt davon, auf so dümmliche Weise angestarrt zu werden, rufe ich herüber: „Glotz nicht so und scher dich weiter!" Plötzlich macht der Typ auf dem Hacken kehrt, rennt so schnell er kann davon und schreit dabei durch das ganze Dorf: „Aaaaahhhhhhhh, Eeeeeevvvvveeeeeeeeeee! Hilfeeeeee!" Er scheint ein guter Läufer zu sein, sein Geplärre verrinnt bereits in der Ferne. Da wir allein auf der Straße sind, stört sich zumindest in unserem unmittelbaren Umfeld niemand an seinem Geschrei... Ich stutze... Ahh! Nun fällt mir wieder ein, woher ich den Typen kenne! Nileyn schaut mich fragend an. Mein Mundwinkel zuckt nach oben und ich erkläre: „Ich weiß nicht, wer das war."

Die Abende verbringen Levian, Nileyn und ich meist am Esstisch. Levian bringt von seinen Streifzügen häufig Pflanzen mit, die seine Schwester dann, je nach Nutzbarkeit und Seltenheit, entweder zum Trocknen präpariert, zum Pressen in ein klobiges lederbeschlagenes Buch legt oder in eine schöne - oder weniger schöne - Vase stellt. Nileyn scheint eine Art wandelndes botanisches Lexikon zu sein. Nicht eine Pflanze, die Levian mitbringt, muss sie in ihren Bestimmungsbüchern nachschlagen. Anders als ihr Bruder, der nur die wichtigsten essbaren Pflanzen kennt, weiß sie den Namen von einfach jedem Grünzeug und kennt sich auch bestens damit aus, wie man dieses optimal nutzen kann. Doch als ich sie frage, welche einheimischen Pflanzen denn... mhhhhjaaaa sagen wir mal ganz wahllos... giftig für Menschen sind, lächelt sie nur ihr typisches Nileyn-Lächeln.

Die Nächte verbringe ich während unseres Aufenthalts in Levians Zimmer...

...

unbemerkt...

...

Als ich eines Morgens auf der Holzbank im Garten sitze und die tiefhängenden Wolken betrachte, die mir die Sicht auf den Sonnenaufgang versperren, öffnet sich die Haustür. Jemand schlurft durch den Garten und lugt um die Ecke. Es ist Levian.
„Hier versteckst du dich also immer..." Er setzt sich neben mir auf die kleine Bank und lässt den Blick schweifen.
„Ich verstecke mich keineswegs.", werfe ich ein, „Ich genieße nur den morgendlichen Ausblick."
Der blonde Jäger streckt sich gemächlich und lehnt sich zurück: „Heute gibt es da wohl nicht viel zu genießen."
„Leider." seufze ich.
Einen Moment lang sagt keiner von uns etwas. Die Wolken ziehen schnell vorbei, begleitet von böigen Wehen, die den Duft der Wegblumen zu uns herauftragen. Die wild wuchernden

Pflanzen in Nileyns Garten tanzen in dem Takt, den der Wind ihnen unablässig vorgibt. Nur das widerhallende Zwitschern der Vögel vermag dieses Rauschen zu übertönen.

…

Ein Moment… Er kommt mir so unwirklich vor. Wir sitzen einfach stumm nebeneinander und betrachten einen Sonnenaufgang, den wir nicht sehen können…

…

Dann schließlich offenbart Levian, warum er nach mir gesucht hat: „Morgen möchte ich die Reise fortsetzen."
Seine Hände verharren ruhig auf seinem Schoß, als er mich vor diese Tatsache stellt. Ich presse die Lippen zusammen. „Aha, natürlich… und welchen Jäger dürfen wir dann mit unserer unerwünschten Anwesenheit beglücken, Bursche?" frage ich mit einem herablassenden Schnaufen. Es ist wohl nachvollziehbar, dass diese Nachricht nicht gerade Glücksgefühle in mir auslöst… Nicht nur, dass wir nun wieder durch endlose Landschaften wandern werden, nur um jemandes Rat einzuholen, der mich mit an Sicherheit grenzender Wahrscheinlichkeit entsprechend seiner Natur begrüßen wird… oder Levian… oder uns beide… Mehr noch grämt mich, dass er nun doch diesen Weg weiter geht, um nach einer Lösung zu suchen. Nachdem ich ihm mein Trauma offenbart habe und wir uns näher kennengelernt haben, dachte ich…

Arr…! Ich weiß nicht genau, was ich dachte…! Aus den anfänglich von Nileyn geforderten paar Tagen wurden mehrere Wochen, die wir hier in diesem Haus gemeinsam verbracht haben. Diese Zeit, die wir hier verlebt haben… Dieser warme, friedliche Sommer… So lange… so lange hatte er Zeit und Raum, sich Gedanken zu machen. Aber vielleicht war es zu vermessen von mir, anzunehmen, ich hätte ihn mit meinen Worten irgendwie beeinflusst. Ist es denn immer noch sein Ziel, mich von dieser Welt zu tilgen? Warum gibt er keine Ruhe…? Die Entscheidung zur Weiterreise hat er ganz allein getroffen. Ich wäre lieber hiergeblieben…

Levian scheint bemerkt zu haben, dass sich meine Laune schlagartig verschlechtert hat. Fragend dreht er seinen Kopf zu mir herum. Jetzt erst fällt mir auf, dass er mir ziemlich nah ist. Verärgert über seine Entscheidung und die unbedachte Distanzlosigkeit stehe ich von der Bank auf und stelle mich vor das wirre Beet, das vor dem metallenen Zaun angelegt wurde. Thymian, gewöhnliche Zaunwicke, Bohnenpflanzen und vielerlei mehr scheinen sich hier unwillkürlich abzuwechseln. Zusammen mit den Rosen und Pfefferminzpflanzen hinter mir ergibt diese Kombination einen zwiespältigen Duft, der irgendwo zwischen zart und würzig angesiedelt ist.

Mit verschränkten Armen stehe ich mit dem Rücken zum blonden Jäger. Als er nun antwortet, klingt er höchst konzentriert: „Wir werden das Gebiet von Nathanel aufsuchen.“

Ich sage nichts mehr. Es interessiert mich auch nicht, wo dieser Nathanel überhaupt ansässig ist und wie lange wir dahin brauchen werden. Auf einmal steht Levian neben mir und schaut mich unverwandt an: „Hey… ich meine… mir ist wichtig, dass du weißt: ich wähle mit Bedacht, welche Jäger ich um Rat frage. Was ich damit sagen will, ist… von Nathanel geht keine Gefahr aus… für… dich. Und wenn doch…

dann…

…

…stelle ich mich ihm entgegen…“

Meine Wangen glühen. Dies ist schätzungsweise eine der nettesten Sachen, die er je zu mir gesagt hat. Und genau diese bringt mich nun vollkommen aus der Fassung. Meine Augen verengen sich zu roten Schlitzen, während ich ihm entgegenspucke: „Nachdem ich dir - wie oft? Vier oder fünf Mal das Leben gerettet habe, habe ich wohl ein wenig Respekt verdient, findest du nicht?! Rede mich also nie wieder mit ‚Hey‘ an, Bursche! Ich habe einen Namen, den du verdammt nochmal endlich mal benutzen solltest! Und es interessiert mich nicht im Geringsten, was du dir einbildest, für mich als gefährlich einschätzen zu können!“

Wie kann er davon reden, dass diese Reise nicht gefährlich wird, wenn er doch weiterhin danach trachtet, mich auszulöschen?! Warum sieht er diesen Widerspruch nicht?
Er ist doch so offensichtlich...
Energisch drehe ich mich um und gehe. Egal, wie verwirrt er mich anstarrt... ich lasse ihn stehen...

Nachdem ich eine Weile allein durch denselben Wald gestreift bin, durch den ich auch schon mit Levian spazierte, und dabei meinem Frust freie Bahn gelassen habe, beschließe ich, den letzten Tag, der mir im Haus der Jäger bleibt, mit Nileyn zu verbringen. Ihre Anwesenheit ist weitaus weniger unerträglich als die der meisten anderen Menschen und ich weiß nicht genau, wann ich sie das nächste Mal wiedersehen werde. Wir reden viel miteinander: über ihr tägliches Leben, über das Dorf und ich erzähle ihr kuriose Geschichten und Begegnungen mit Jägern, die sich in meiner Vergangenheit ereigneten. Dabei beobachte ich sie vom Esstisch aus bei der Erledigung der einen oder anderen Aufgabe. Levian ist mit den Reisevorbereitungen beschäftigt. Doch an diesem Tag wechsle ich kein Wort mehr mit ihm. Niemand von uns spricht die Auseinandersetzung nochmals an...
Da dies vorerst die letzte Nacht Zuhause sein wird, schleiche ich mich auch dieses Mal in Levians Zimmer, um meine ganz

persönliche Ruhezeit zu genießen. Als ich lautlos ins Zimmer trete, liegt er auf dem Rücken quer über der Matratze. Seine Decke liegt auf dem Boden und das Kissen wird auch bald seine Reise dorthin antreten. Das Fenster steht offen und von draußen weht ein angenehm seichter Sommerwind hinein. Das Zirpen, das in Nileyns Garten erklingt, ist auch hier allgegenwärtig.
Wütend starre ich von meinem Platz vor dem Schrank aus auf Levians schlafendes Gesicht, das so entspannt daliegt, als wäre heute ein Tag wie jeder andere.
In dieser Nacht finde ich keine Ruhe…

14.

Dies wird die letzte Reise sein, die wir antreten, um den Rat eines Jägers einzuholen.

Wie gewohnt brechen wir am nächsten Morgen in aller Frühe auf. Nileyn überrascht mich zum Abschied mit einer festen Umarmung. Eine derartige Nähe ist für mich wirklich unbehaglich, aber ich lasse sie gewähren, denn es scheint sie glücklich zu machen. „Bis zum nächsten Mal, Eve. Ich freue mich darauf." Mit einem Lächeln löst sie sich wieder von mir. Ich weiß, dass ihre Worte ernst gemeint sind. Ein unangenehmes Ziehen geht durch meinen Brustkorb.
Als wir das Backsteinhaus hinter uns lassen, fällt es mir schwer, zurückzublicken. Der Gedanke daran, dass Nileyn nun wieder allein dort haust, stimmt mich missmutig. Mir fällt auf, dass während der ganzen Zeit, die wir dort verbracht haben, kein einziger Untoter in Erscheinung getreten ist. Oder… mit Gewissheit kann ich so eine Aussage ja nicht treffen. Vielleicht war dies doch der Fall und Levian hat sich wieder einmal nichts anmerken lassen… Selbst wenn es so wäre, ohne Bann könnte

er eh nichts ausrichten. Und Nileyn wäre auch eher eine Bürde, denn eine Hilfe im Kampf.

Auf der Reise durch Nathanels Gebiet, das wohl an der Grenze zu Levians und Maels Gebiet züngelt, durchqueren wir üppig grüne, bergige Landschaften. Als wir einen kleinen Hügelkamm erklimmen, bleibe ich kurz stehen, um meinen Blick schweifen zu lassen. Niemals hätte ich gedacht, dass die Gebiete hier so unterschiedlich beschaffen sind. Waren die bisherigen Landschaften von dichten Wäldern bestimmt, so wie Aarons Gebiet, von weiten, unendlichen Ebenen, so wie Jirahs Gebiet, oder von beidem, so wie Levians Gebiet, so erstrecken sich in dieser Gegend hier zahlreiche Hügelketten, von denen ein, zwei Spitzen sogar in einem zarten Weiß getaucht sind. Bis vor kurzem hätte ich auf so etwas kaum geachtet. Diese naturfixierten Jäger haben wohl doch einen schlechten Einfluss auf mich…

Wie schon so oft heute bemerke ich nun wieder, wie Levian mich anstarrt. Seitdem wir gestern von Zuhause aufgebrochen sind, haben wir nur noch das Nötigste miteinander geredet. Immer, wenn ich ihn anblicke, spüre ich die Enttäuschung darüber, dass er zu dieser Reise gedrängt hat. Keine zwei Worte kann ich mit ihm wechseln, ohne dass diese Wut in mir wieder aufkocht. Da er selbst auch nicht gern die Initiative ergreift, um ein Gespräch in Gang zu bringen, herrscht nun eine einträchtige Stille zwischen uns. In Momenten wie diesen, wenn er mich so mit seinen blauen Augen fixiert, merke ich, dass er sich Gedanken darüber macht, warum ich so reagiere. Aber es entspricht nicht seinem Charakter, Probleme direkt anzusprechen. Ich weiche seinem Blick aus und laufe weiter den Weg entlang. Kleine Steine knirschen leise unter meinen Füßen.

Als der sandige Trampelpfad beginnt bergabzuführen, kann ich in weiter Entfernung einen gemauerten Tunnel erkennen, der sich zwischen zwei steilen Felswänden erstreckt. Nahe werden wir diesem Ort auf unserem Weg nicht kommen, aber ich bin dennoch erstaunt, ihn in dieser Situation heute zu erblicken. Ob Levian weiß, dass wir gerade fröhlich durch das Gebiet wandern, in dem Hunter‘s Hell liegt?

Hunter‘s Hell… Ich war ein einziges Mal an diesem Ort. Bis dahin hatte ich immer nur Geschichten davon gehört. Einige Meinesgleichen hatten mir erzählt, was es damit auf sich hat. So wie das Gerücht über die Wirksamkeit der Kampfmesser der Jäger, hielt ich auch diese Geschichten immer für maßlos übertriebene Hirngespinste. Aber als ich Fior davon erzählte, amüsierte er sich köstlich über meine Ahnungslosigkeit: „Ha, ha, ha, Eve! Da bist du schon so viele Jahrhunderte auf dieser

Welt und hast doch von solchen Dingen, die uns Dämonen ausmachen, gerade einmal so viel Ahnung wie ein Menschlein!" Erbost über seine Anmaßung forderte ich ihn auf, mich dorthin mitzunehmen. Wie ich zugeben muss, spielte aber auch meine Neugier eine gewisse Rolle dabei. Wie sich herausstellte, weilte Fior wohl häufiger an diesem Ort. Seine Augen leuchteten regelrecht, als er mich durch den hohen steinernen Tunnel führte. Als wir hindurch liefen, konnte ich das Ende des Tunnels aus der Dunkelheit heraus nur als weißes Fenster in der Ferne erkennen. Es war eine seltsam stille Atmosphäre. Als wir uns dem Ausgang jedoch näherten, beschlich mich eine Ahnung, dass die Geschichten über Hunter's Hell weitaus weniger übertrieben waren, als ich angenommen hatte. Schließlich trat ich aus der Dunkelheit heraus. Licht flutete das vor mir liegende Gebiet, alles schien regelrecht in einer unnatürlichen Helligkeit zu schreien. Ich stand nur da, unfähig mich angesichts meines Entsetzens zu rühren. Millionen und Abermillionen von steinernen Gesichtern schauten zu mir herab, die Münder weit aufgerissen, die Augen vor Angst geweitet. Sie waren in die klippenartigen Felswände geschlagen worden, die aus dem Boden ragten und diesen Ort so unwirklich erscheinen ließen. Was Fior aufgeregt neben mir herumplapperte, konnte ich in diesem Moment nicht hören. Aber ich sah, was er mir zeigen wollte: dies war ein Ort des

Triumphes - des Triumphes meiner Gattung… Die Gesichter zeigten Jäger, die im Kampf gegen Meinesgleichen ihr Leben gelassen hatten.
Ich erschauere unwillkürlich, als diese Erinnerung in mein Bewusstsein tritt. Hastig reibe ich über meine Arme, um dieses Gefühl unter Kontrolle zu bekommen, dann schaue ich zu dem Jäger herüber, der mich gerade durch dieses Gebiet geleitet. Doch er bemerkt nichts von alldem. Nathanel ist also der zuständige Jäger für dieses Areal… Es überrascht mich, dass dieser Ort überhaupt unter dem Schutz eines Jägers stehen soll. Andererseits liegt Hunter's Hell vermutlich derart fern von jeglicher menschlichen Anwesenheit, dass Nathanel sich nicht groß um diesen Bereich kümmern wird… oder aber er meidet es bewusst. Wenn sein Überlebensinstinkt auch nur zu einem Minimum ausgeprägt ist, dann wird er sich dort jedenfalls nicht blicken lassen. Ich denke darüber nach, wie stark der Überlebenswunsch bei einem Jäger wohl im Allgemeinem ist. Bei Levian erscheint es mir manchmal so, als wäre dieser bei ihm nur im geringen Maße vorhanden… wenn überhaupt… Die Ausübung seiner Jägergabe hat nach meinem Verständnis höchste Priorität. Und doch empfindet er Mitleid mit mir und versucht mich zu beruhigen, meint, dass er sich vor mich stellen würde… Hn! Verärgert darüber, dass mich meine Gedanken abermals zu diesen einen Moment auf der Holzbank in Nileyns

blühenden Garten geleitet haben, in dem er so dicht neben mir saß und dies zu mir sagte, beiße ich mir kräftig auf die Lippen…

Levian führt mich zu einem Dorf, das weit entfernt von Hunter's Hell auf dem Plateau eines Hügels liegt. Die terrassenartige Beschaffenheit des Hügels wurde von den Menschen für landwirtschaftliche Zwecke optimiert. Auf jeder Ebene, die zum Dorf hinaufführt, wurde eine andere Art Nutzpflanze angebaut. Seichte Bäche münden an den Kanten der Ebenen in kleine Wasserfälle, ergießen sich so über den gesamten Hügel hinweg. Es ist ein steiler Pfad, der hoch zum Dorf führt. Und obwohl wir bereits an den ersten Bewohnern dieser Gegend vorbeilaufen, die sich eifrig um die Bewirtschaftung der Terrassenfelder kümmern, ist uns Nathanel noch nicht entgegengekommen. Ich muss mich schon ziemlich darüber wundern, wie einfach es manchmal scheint, in von Menschen bewohntes Gebiet einzudringen. Und dies ist ja nicht das erste Mal, dass Levian und ich einfach so in eine Menschensiedlung einmarschieren… Als ich noch ohne Jäger im Schlepptau umherreiste, habe ich mich solchen Orten stets auf Schleichwegen genähert. Auch in den Dörfern und Städten selbst musste man mittlerweile ziemlich aufpassen. Am sichersten war es, einen Menschen aufzugabeln, von dem man sich herumführen ließ. Seltsamerweise schöpfen die Bewohner dann am wenigsten Verdacht. Vielleicht liegt es darin begründet, dass man es Meinesgleichen nicht zutraut, sich mit einem Ihresgleichen zu unterhalten, ohne gleich mit schäumendem Maul auf ihn zuzurennen, um ihn ins Jenseits zu befördern. Selbstverständlich lassen sich Jäger jedoch von derartigen Tricks nicht täuschen. Hätte ich aber gewusst, dass man als Unsterbliche einfach auf der Hauptstraße in die bewohnten Orte hereinspazieren kann, hätte mir dies einiges an Aufwand erspart… Nachdenklich schaue ich mich um. Anders als in Jirahs Stadt wirken die Bewohner, die uns bisher begegneten, nicht übertrieben misstrauisch. Daraus schließe ich, dass Nathanel schon noch als Jäger aktiv ist. Vielleicht liegt es aber auch nur daran, dass sie so mit der Feldarbeit beschäftigt sind. Gerade schweift mein Blick über eine Terrassenebene, auf der eine ganze Schar von Menschen gerade dabei ist, bodennah wachsende rote Beeren zu ernten, da löst sich eine Gestalt aus der Menge und kommt freudestrahlend auf uns zu gerannt. Es ist ein Mädchen, etwa vierzehn oder fünfzehn Jahre alt. Von ihren schulterlangen blonden Haaren hat sie einen Teil seitlich zu einem feinen Zopf geflochten. Ihr hellbraunes Kleid zieren dicke rosa Flecken, ebenso ihr Gesicht. Mit rotglühenden Wangen steht sie atemlos vor uns. Als sie den roten Mund öffnet, bricht ein ganzer Wasserfall an Sinnlosigkeit aus ihr heraus: „Ohhh, ein Jäger! Wie bin ich froh,

dich kennenzulernen! Es kommen so selten andere Jäger hierher! Mein Name ist Alecia und wie heißt du? Woher kommst du und was führt dich denn zu uns? Sicherlich bist du auf der Suche nach unseren Jägern! Soll ich dich zu ihrem Haus führen?“ Mit offenem Mund starre ich das Mädchen an. Nachdem Levian die vielen Fragen verarbeitet hat, beschließt er, nur die letzte zu beantworten: „Äh… sehr gern, Alecia.“
Ich kann es nicht fassen…
Wir laufen keine drei Minuten mit dem Mädchen den Weg entlang, da hat es uns schon seine halbe Lebensgeschichte erzählt: „Weißt du, Levian, dir ist es vielleicht noch nicht aufgefallen, aber ich bin sooo fasziniert von Jägern!“
„Wie hätte man das auch ahnen sollen…“ stöhne ich. Doch das Mädchen überhört meine Spitze einfach. Wahrscheinlich fällt es auch schwer, sich auf das zu konzentrieren, was andere so sagen, wenn man selbst unablässig vor sich hin quasselt.
„Ja, stell dir vor, Levian! Ich wurde einmal von einem Jäger gerettet! Es ist etwa zwei Jahre her. Damals hatte mich ein blutrünstiger Dämon angegriffen. Man weiß ja, dass die meist auf Mädchen lauern, die sie dann mit in ihre Gruft ziehen, um sie selbst zu Dämonen zu machen. Gerade, als der Dämon mich am Bein gepackt hatte, um mich mitzuschleifen, blendete ihn ein warmes blaues Licht. Es war das Licht meines Retters. Er

war ein umherreisender Held und ungefähr in deinem Alter, Levian! Wie alt bist du eigentlich, wenn ich fragen darf?"
Ich kann nicht anders als lauthals loszulachen: „Ha, ha, ha, ha!"
Überrascht blickt das Mädchen zu mir herüber. Es ist gewiss nicht einfach, sich unter einem Lachanfall verständlich zu artikulieren, dennoch schaffe ich es den Bauch haltend klarzustellen: „Ha, ha, ha, sind wir ‚Dämonen' das? Ha, ha, auf Mädchen aus?! Ha, ha, ha... Ich sag dir eines, dich... ha, ha, dich würde ich nicht einmal mit meinem kleinen Zeh berühren wollen! Wir üblen ‚Dämonen' stehen nicht so auf Butterlämmchen, die sich uns bereitwillig auf dem Silberteller servieren! Ha, ha, das ist uns eine Spur zu einfach, verstehst du, Mädchen?"
Erst jetzt scheint das Mädchen in ihrer unglaublichen Besessenheit für Levian zu realisieren, wer sie hier eigentlich noch begleitet. Mit angsterfüllten Augen ergreift sie nun Levians rechte Hand und versteckt sich hinter seinem Rücken: „Du... du bist ein Dämon?" Glücklicherweise scheint das niemand in der Umgebung gehört zu haben oder es interessiert einfach niemanden, was mit dem Mädchen passiert. Zweites wäre nur verständlich...
Wütend meldet sich nun Levian selbst zu Wort: „Mach doch dem Mädchen nicht solche Angst! Was ist nur los mit dir?!"

Irritiert schaue ich ihn an. Ich verstehe nicht recht, was hier gerade passiert.
„Warum bringst du einen Dämon in unser Dorf?“ fragt das Gör, während sie seine Hand fester drückt. Auf meiner Stirn beginnt eine Ader zu pochen…
Levian schaut zu ihr hinunter: „Du musst dich nicht fürchten. Sie…
manchmal…
…
Mng…
Sie ist sonst immer ganz umgänglich. Wir haben eigentlich nach Nathanel gesucht, um ihn um Rat zu fragen… bei… einem Problem. Es betrifft meine Begleitung und mich.“
„Was?“ werfe ich verwirrt ein, doch da redet das Mädchen schon wieder darauf los: „Aber, wenn du nach Nathanel suchst, Levian, dann wirst du ihn hier nicht mehr finden. Weißt du, er ist vor etwa einem Jahr von hier fortgegangen und hat die Betreuung unseres Dorfes an Joran und Inran abgetreten. Ich habe ja vorhin gesagt, dass ich dich zu unseren Jägern führen kann, denn es sind jetzt zwei, die sich um den Schutz unseres Dorfes kümmern!“
Doch gerade als das Mädchen diesen Satz ausgesprochen hat, kommen zwei Frauen auch schon energisch den Weg heruntergerannt.

„Da kommen sie, schau!“ ruft das Gör freudig.
Schnell stelle ich mich neben Levian, denn so, wie diese Jägerinnen auf uns zu preschen, werden sie wohl kaum friedlich gestimmt sein… Doch anstatt sein Messer zu ziehen, hält Levian nur die freie Hand beschwichtigend von sich weg. Manchmal treibt er mich in den Wahnsinn!!!
Als sie sehen, dass das Mädchen seine andere Hand fest umklammert - warum zum Teufel schüttelt er sie nicht ab?! - werden ihre Schritte langsamer, bis sie schließlich zum Stehen kommen. „Was hast du hier zu suchen, Nomade?“ schießt die erste Jägerin los. Ihre mittellangen graublonden Haare sind streng nach hinten gekämmt. Ihre Jägermale und ihre Augen sind von einem Blau, das schon fast ins Violett geht.
„Und warum bringst du einen Dämon mit in unser Gebiet?!“ spuckt die andere uns abschätzig entgegen. Die dunkelbraunen Haare trägt sie kurz, ihre Male sind vom gleichen Violett-blau wie das ihrer Partnerin. Nachdem ich von Levian und Nileyn gelernt habe, dass Jägergeschwister meist einen identischen Blauton vererbt bekommen, nehme ich an, dass es sich auch bei diesen beiden Furien um Geschwister handelt.
„Weder bin ich ein Nomade noch habe ich die Absicht, euch oder den Bewohnern hier einer Gefahr auszusetzen. Wir haben uns noch nicht kennengelernt. Mein Name ist Levian. Ich bin

ein ehemaliger Schüler von Mael und für das Gebiet nordöstlich eures Bereichs zuständig."
Abschätzig mustern uns Joran und Inran. Ich kann spüren, dass sie nicht bereit sein werden, uns hier zu dulden. Ihre Körpersprache strahlt etwas Streitsüchtiges aus. Daher halte ich mich weiter kampfbereit. „Hörst du das, Inran?" ruft nun die Jägerin mit dem Pferdeschwanz, vermutlich Joran. Die kurzhaarige Inran antwortet: „Ja, Joran! Er meint, er würde diese Bewohner keiner Gefahr aussetzen wollen und doch bringt er einen Dämon mit hierher!"
Dieses Auftreten ist mehr als peinlich… „Lass uns einfach verschwinden! Hier wirst du keinen konstruktiven Ratschlag einholen können." werfe ich Levian von der Seite zu, doch das scheint er bereits selbst eingesehen zu haben. Eine Hand weiterhin nach oben gerichtet, hebt er an: „Wir wollen nicht gegen euch kämpfen. Ich war auf der Suche nach Nathanel. Doch da er nicht mehr für dieses Gebiet zuständig zu sein scheint, werde ich euch nicht weiter mit meinem Anliegen belästigen. Wir werden euer Gebiet schnellstmöglich verlassen."
Die beiden Jägerinnen tauschen vielsagende Blicke aus. Auch wenn sie noch so sehr auf einen Kampf aus sind, einen Jäger anzugreifen, der für das benachbarte Gebiet zuständig ist, stellt eine Grenze dar, die sie nur ungern überschreiten möchten.

Daher erwidert Joran nun laut, damit es auch wirklich alle Umstehenden hören: „Verschwinde aus unserem Gebiet, Dämonenfreund, und lass dich hier nie wieder blicken! Wenn wir dich noch einmal hier sehen, dann vergessen wir jeglichen Kodex!"
Schweigend löst Levian seine Hand aus der Umklammerung des Mädchens und macht sich langsam auf den Weg hinunter. Ich folge ihm im selben Tempo. Als ich mich nochmals umblicke, sehe ich, dass die Menschen, die sich in der Nähe befanden und Zeuge dieses Geplänkels waren, immer noch gebannt auf uns herunterschauen. Nur die Augen des Mädchens, das wir dort zurücklassen, wirken als würde sie jeden Augenblick anfangen zu heulen.

15.

Auf der Rückreise schlägt Levian eine Route ein, die uns auf kürzestem Wege aus Jorans und Inrans Gebiet herausführt. Unser Ziel ist es, zunächst Maels Gebiet zu erreichen und danach von dort aus weiter Richtung Levians Bereich zu ziehen.

Als wir das Dorf und die terrassenartigen Felder hinter uns nicht mehr ausmachen können, hören wir schnelle Schritte auf uns zukommen. „Hallooooo, Levian! Du warst so schnell weg, dass ich mich gar nicht von dir verabschieden konnte! Joran und Inran sind wirklich zwei ganz furchtbare Personen! Ich habe mich sehr lange mit ihnen unterhalten, das kannst du aber glauben! Ich hörte, sie kamen gerade selbst von der Dämonenjagd, haben den Dämon aber nicht erwischt. Trotzdem müssen sie ihren Frust nicht an dir auslassen, oder was meinst du?"

Ich kann es nicht fassen: „Wie - um alles in der Welt - kommst du auf die grenzenlos dämliche Idee, uns nachzulaufen, Mädchen?!!!" Doch mit meinem Wutausbruch erreiche ich nur, dass sie sich abermals hinter Levian versteckt und ich seinen

‚Böse, aus!'-Blick zu spüren bekomme. Stöhnend verdrehe ich die Augen.
„Schrei mich gefälligst nicht so an, Dämon! Ich bin gekommen, um an Levians Seite zu sein, hörst du?! Und nenn mich nicht Mädchen! Ich heiße Alecia!"
Als ich Levians hilflosen Blick sehe, erwidere ich ihn triumphierend. Er zieht das Mädchen hinter sich hervor und schaut ihr eindringlich in die Augen: „Hör zu, Alecia… Unsere Reise ist gefährlich. Ständig treffen wir auf Dämonen, die es auf uns abgesehen haben oder auf Jäger, die uns zum Feind erklären… Da kann ich dich nicht mitnehmen."
Ihre Augen nehmen eine beachtliche Größe an: „Aber… du hast doch etwas, wobei du Hilfe brauchst… Ich wollte nur…"
„Geh zurück ins Dorf! JETZT!!!" setze ich nach. Einem Sturzbach gleich kullern nun dicke Tränen über ihre Wangen. Doch wir haben erreicht, was wir wollten: weinend - naja, auch wenn wir sie nicht unbedingt zum Weinen bringen wollten… zumindest Levian nicht - rennt sie die Richtung zurück, aus der sie gekommen ist. Levian wirft mir abermals einen bösen Blick zu, doch ich zucke nur mit den Schultern: „Was ist? Du wolltest doch, dass sie verschwindet."

Der Weg zu Maels Gebiet führt bergauf, dann wieder bergab, in Serpentinen um große Felskämme herum… Nach einigen

Stunden Marsch über das bergige Gelände habe ich langsam die Nase voll davon. Dabei sollte dieser Weg doch wesentlich kürzer sein…? Schließlich legen wir eine kurze Rast ein. Ich setze mich neben Levian auf einen eierförmigen Felsen. Das nervtötende Pochen in meinem Inneren überhöre ich dabei bewusst… Immer noch lässt er enttäuscht den Kopf hängen. Meine Wut auf ihn ist noch nicht verraucht - Das wird sie auch nicht von allein… Aber wie er so trübsinnig da sitzt… da ist es mir schier unmöglich, ihn noch weiter so abweisend zu behandeln. Es ist nicht das erste Mal, dass ihm ein Jäger mit einer derart feindseligen Haltung gegenübertritt. Warum nimmt ihn das dieses Mal so mit?

„Wenn wir Zuhause angekommen sind… Wohin wird unsere Reise dann anschließend gehen?“ taste ich mich sachte vor.

Levian schaut in die Richtung, die wir auf unserem Rückweg ansteuern. Hinter einer zerklüfteten Felskette, durch die der Wanderweg sich schlängelt, flacht die hügelige Landschaft langsam ab. Vereinzelt sind die ersten Ausläufer von üppigen Wäldchen zu erahnen. Bis wir jedoch Maels Gebiet erreichen, werden wir noch über einen halben Tag unterwegs sein…

Nachdem er seine blauen Augen lange über die Landschaft wandern ließ, antwortet er: „Ich weiß es nicht…“

Ich schaue auf seine linke Bann-Hand, die er nun schon seit einiger Zeit nicht mehr benutzt hat. „Vielleicht wäre es besser,

wenn wir… wenn du dich eine Weile lang Zuhause erholst. Ich meine längere Zeit…"
„Mh…" murrt er nur. Ob dieses „Mh" nun als Zustimmung oder Ablehnung zu werten ist, bleibt offen. Ich kann mich dieser Frage auch nicht mehr stellen, denn ich bemerke nun, dass jemand uns beobachtet. Als ich mich vorbeuge und zum struppigen Gebüsch herüberschaue, das die wuchtigen Felsen drüben am Wegesrand umgibt, krampfen sich meine Finger unwillkürlich zusammen. Zwei Hände ragen aus dem Gebüsch hervor. Sie schwanken langsam hin und her. Dann treffen sich Zeigefinger und Daumen beider Hände, sodass sie ein…………… ein……… Herz bilden?!!!!!!!!
„BIST DU BLÖÖÖÖÖÖÖÖÖÖÖÖÖD?!!!!!!!!!!" keife ich, außer mir vor Wut und unfähig, mich angesichts derartiger Idiotie gewählter auszudrücken.
„Was?" fragt Levian verwirrt neben mir. Als er meinem Blick folgt, sieht er jedoch, wen ich meine. Prompt erhebt er sich: „Alecia, was suchst du noch hier?!"
Nun klettert das Mädchen aus dem Busch hervor und rennt freudestrahlend auf ihn zu. Mit einem „Levian!!!" wirft sie sich ihm um den Hals. Wieder beginnt meine Ader zu pochen, doch ich widerstehe dem Drang, der in mir hochkocht…

„Ich habe dir doch gesagt, dass ich dir zur Seite stehen will! Habe ich einmal einen Beschluss gefasst, so gehe ich nicht mehr davon ab, nein, nein!"
Levian drückt das Mädchen von sich weg: „Alecia, ich habe dir doch erklärt, dass du uns auf unserer Reise nicht begleiten kannst. Stell dir vor, uns greift ein Dämon an. Du könntest dich nicht einmal verteidigen und würdest uns nur in Gefahr bringen."
„Aber, aber, du hast mir ja noch nicht einmal erzählt, warum du diese Reise machst und was du von Nathanel wolltest und warum du diesen Dämon dort mit dir ziehen lässt!" jammert das Mädchen nun, zu dumm, um zu begreifen, welche Bürde ihre Anwesenheit bedeutet.
Erschöpft schaut Levian zu mir herüber: „Wir müssen sie zurückbringen."
„WAAAS?!" rufen das Mädchen und ich wie aus einem Mund.
Abermals fassungslos beginne ich wieder zu brüllen: „Hast du den Verstand verloren?!!! Du hast doch gehört, was diese Drachen vorhin gesagt haben! Die warten doch nur darauf, dass sie sich mit uns messen können!"
„Bitte bring mich nicht zurück!" bellt das Gör dazwischen.
„DU hast jetzt Pause!" blaffe ich sie an.

Levians ruhige Augen fixieren mich: „Wir können sie nicht den ganzen Weg allein gehen lassen. Was ist, wenn ihr etwas passiert?"
„Was soll schon passieren?! Sie hat den Weg doch auch allein auf sich genommen, um hierher zu kommen! Wo ist da der Unterschied, wenn sie ihn auch allein zurückläuft?!"
Doch er lässt nicht locker: „Ich werde sie zurückbringen. Diese Verantwortung will ich nicht auf mich nehmen..."
Ich lasse mich auf dem Stein nieder und fahre mir mit beiden Händen durch meine weißen Haare. Wieder einmal stellt er derartige Verpflichtungen über sein eigenes Leben. Was stimmt mit ihm nicht?!
„Du Idiot..." murmle ich vor mir hin.
„Aber Levian, ich will wirklich bei dir bleiben! Ich werde euch auch keine große Last sein! Ich... ich kann mich ja verstecken, wenn jemand angreift! Außerdem bist du doch auch noch da..."
Wie ein bettelndes Kind zupft sie ihm am weißen, etwas löchrigen Shirt, dabei ist sie nur einen Kopf kleiner als er.
„Alecia, ich werde dich morgen zurück nach Hause bringen. Was werden deine Eltern sagen, wenn ihr Kind einfach davonläuft? Außerdem... wenn es zu einem Kampf mit dämonischen Angreifern kommt... habe ich nicht wirklich die Fähigkeiten, die es braucht, um dich zu beschützen. Es geht einfach nicht." Eindringlich legt Levian ihr die Hand auf die

Schulter… Ihren runden Hundeaugen kann man ansehen, dass sie es nun langsam einsieht. Dass das Gör Eltern hat, die sich um sie sorgen… daran hat sie wohl nicht gedacht. Oder sie scheint es wissentlich in Kauf zu nehmen… Vielleicht ist es auch so… mit einem Jäger umherzuziehen, sieht sie vielleicht als besser Alternative zu dem, was sie Zuhause erwartet… Welches Kind würde sonst einfach so von Zuhause ausreißen, um sich einem Wildfremden anzuschließen… Dieser Gedanke weckt ein Quäntchen Mitleid in mir…

„Du willst mich nicht bei dir haben…“ sagt sie nun traurig. Bevor er etwas Falsches antworten kann, übernehme ich das für ihn: „Jetzt lasst uns endlich etwas Sinnvolles in Angriff nehmen und ein Lager für die Nacht suchen. Hier auf der freien Ebene bieten wir ein zu leichtes Ziel.“

Geknickt tappelt das Mädchen neben uns her, bis wir einen Felsvorsprung erreichen, unter dem wir uns niederlassen. Levian breitet seinen Schlafsack für sie aus, doch sie kauert sich nur mit angewinkelten Knien darauf zusammen. An Schlaf wird sie wohl nicht so schnell denken. Ich seufze.

Nachdem er eine Weile in seinem Rucksack gewühlt hat, vermutlich auf der Suche nach dem am wenigsten ekelerregenden Stück Proviant, das ihm Nileyn eingepackt hat, hält er ihr einen Apfel entgegen. Eine gute Wahl, denke ich. Dabei stutze ich: ich selbst habe ja noch nie von Nileyns Essen probiert. Während unserer Aufenthalte hat sie mir nichts angeboten. Ich hatte ihr mal erzählt, dass ich keine Nahrung benötige. Einmal hatte ich Levian gefragt, ob ich mal etwas von seinem Proviant probieren kann. Das endete jedoch in einem Insektenangriff, an den ich heute noch häufig zurückdenken muss. Infolge der Tatsache, dass ich Levian auch oft dabei beobachten konnte, wie er beim Genuss ihres Essens angewidert das Gesicht verzogen hat, war ich nicht mehr wirklich erpicht darauf, meine Kostprobe erneut einzufordern. Wenn wir wieder Zuhause sind, sollte ich das aber vielleicht nachholen. Der Gedanke ekelt mich und zugleich zeichnet er auch ein Grinsen auf mein Gesicht. Ein seltsames Gefühl…

Beherzt beißt das Mädchen in den roten Apfel hinein. Da fällt mir wieder ein, dass ich während ihres Redeschwalls an einem Punkt gestutzt habe. Wo war das noch…?

Zwischen zwei Happen hebt das Mädchen zu einer Entschuldigung an: „Levian… es tut mir leid, wenn ich dir Schwierigkeiten bereite…“

„Schon gut.“ murmelt er gähnend. Da er ihr den Schlafsack überlassen hat, hat er sich nun mit dem Kopf auf seiner dunkelblauen Jacke aufs Gras gebettet. Hungrig ist er nach all der Aufregung anscheinend nicht, dafür umso müder.

Ich hebe ein Steinchen auf und lasse es zwischen den Fingern kreisen: „Naja… Nachdem du ihn wissentlich der Gefahr

aussetzt, sich morgen mit zwei Jägern herumprügeln zu müssen…"
„Aber daran…! Daran habe ich doch nicht gedacht…"
Automatisch wandert meine linke Augenbraue nach oben: „Schon klar."
„Levian, bist du mir böse deswegen?" will das Gör noch wissen.
Keine Antwort.
„Levian?" fragt sie wieder.
„Grrrr, Anischka, lass ihn jetzt in Ruhe! Siehst du denn nicht, dass er versucht zu schlafen? Wehe du weckst ihn auf!" zische ich ihr entgegen.
„Alecia." verbessert sie.
„Wie auch immer."
„Wie ist denn dein Name?"
Was zum…?! „Dir ist es nicht vergönnt, mich beim Namen zu nennen. Und jetzt Klappe zu, Annixa!"
„Alecia."
Grrrrr… Jegliches Mitleid, das ich in Begriff war, für dieses idiotische Mädchen zu empfinden, löst sich in Rauch auf. Wild lasse ich das Steinchen über meine Handfläche rollen. Es beruhigt mich jedoch nicht. Wie auch… „Warum reist du zusammen mit dem Jäger?" meldet sich die Nervensäge erneut zu Wort.

„Alina, hast du plötzlich keine Angst mehr vor mir? Warum quatschst du mich die ganze Zeit an? Ist es deine Todessehnsucht, die dort aus dir spricht?!“
„Alecia. Ich habe schon noch Angst, aber andererseits sagte Levian auch, dass ich mich vor dir nicht fürchten muss.“
Wütend werfe ich das Steinchen nach Levian, aber er regt sich nicht.
„Das hat er so nicht gesagt.“ gebe ich zurück.
„Aber so ähnlich.“
Grrrrrrrrr… Ich suche mir ein neues Steinchen und knirsche es wütend zwischen den Fingern umher…
„Wie wurdest du zum Dämon?“ trötet es neben mir. Ich habe genug! Alenia wird nicht aufhören, mich mit dümmlichen Fragen zu löchern, bis ich ihr eine davon beantworte. Also beschließe ich, etwas zu unternehmen, bevor das noch die ganze Nacht so weitergeht.
„Wenn ich es dir erzähle, gibst du dann endlich Ruhe?“ frage ich genervt. Eifrig nickt das Mädchen. Levian dreht sich nun mit dem Rücken zu uns. Die Art, wie er es macht, verrät mir, dass er doch noch nicht eingeschlafen ist. Sicher wollte er so nur verhindern, sich dem Interview dieser Irren stellen zu müssen. Ich seufze erneut. Warum bin ich nicht auf diese Idee gekommen? Eingeschnappt schnipse ich das zweite Steinchen in seine Richtung und beginne zu erzählen: „Es ist einige

Jahrhunderte her, darum kann ich mich nicht mehr an jedes Detail erinnern. Eines weiß ich jedoch noch ganz genau: als ich starb, fingen gerade die Magnolien an, ein zweites Mal zu blühen. Es war Herbst, doch der Wind war noch nicht eisig genug, um die Blätter von den Bäumen zu fegen. Gold, Rot, Orange… in allen erdenklichen Farben leuchteten sie. Jeden Tag beobachtete ich das kleine Wäldchen hinter unserem Garten und wartete darauf, dass die Blätter endlich ihre Reise antreten würden. Damals wohnte ich zusammen mit meinem Ehemann in einem kleinen Haus am Rande eines ländlich gelegenen Dorfes. Ich war früh verheiratet worden. Es war eine Vernunftheirat, Liebe war damals nicht im Spiel gewesen. Er arbeitete in der Verwaltung unseres Dorfes, hatte also ein passables Auskommen. Sein ehemaliges Elternhaus, in das er mich nach der Hochzeit gebracht hatte, war klein, aber gemütlich. Es hatte einen schön angelegten Garten, durch den ich oft spazierte. Mein Leben war einfach, aber mir fehlte nichts. Und doch war dort diese Leere, die nichts zu füllen vermochte. Nicht die prächtigen Bäume, nicht die bunten Blumen im Garten, nicht die gemütliche Einrichtung unseres Hauses. An einem frühen Herbsttag begegnete mir ein Jäger auf der Straße. Seine Augen waren so tiefblau, wie ich es noch nie gesehen hatte. Ha, ha, als ich noch ein Mensch war, war ich unglaublich schüchtern gewesen. Und doch wusste ich, dass ich in diesem

einen einzigartigen Moment nur eines tun konnte, um noch ein wenig Glück in meinem Leben zu finden. Ich sprach ihn an, fragte ihn, wohin er wollte. Im Dorf kannte man sich. Wenn ein Fremder hier seines Weges ging, erkannte man ihn sofort als solchen. Er erzählte mir, dass er vor Kurzem erst bei unserem ansässigen Jäger in die Lehre getreten sei. Ich lud ihn zum Essen ein. Schnell wurde daraus ein regelmäßiges Treffen. Mein Mann kam immer erst sehr spät nach Hause. Er bekam nichts davon mit. Und doch bemerkte er, dass ich mich verändert hatte... Ich wusste nicht, was mein Mann sich als Begründung für meinen Gemütswechsel zusammenrechnete. Zwischen dem Jäger und mir war nie etwas passiert. Es war eine Verliebtheit, die unerwidert blieb.
Dennoch...

...

Dennoch... sah mein Mann einen derartigen Betrug in diesen Treffen... Eines Tages, als der Jäger wieder an meinem Tisch saß und gierig das Essen herunterschlang, das ich mit viel Mühe zubereitet hatte, kam mein Mann früher nach Hause als üblich. Heute denke ich, dass er alles schon im Vorhinein geplant hatte. Ich versuchte noch, ihn zu beruhigen, doch da griff er völlig unerwartet nach einem Küchenmesser und stach den Jäger nieder. Schreiend flehte ich ihn an, er solle damit aufhören, doch er hörte nicht auf, bis er auch mein Leben beendet hatte.“

Nach einer langen Pause lehne ich mich zurück und ergänze: „...Und dann wurde ich als Rachegeist wiedergeboren.“

Tatsächlich hat meine Geschichte ihre Wirkung nicht verfehlt: Accena sitzt mit nassen Augen vor mir, atmet schnell und ...schweigt - für ungefähr zwei Minuten: „Darf... darf ich fragen, wann genau...“

„Wann genau das passiert ist?“ ergänze ich ihren Satz.

Sie nickt konzentriert.

„Ha, ha, ha, natürlich niemals! Ich habe gelogen! Warum sollte ich dir von meinem Trauma berichten?! Ich kenne dich doch überhaupt nicht und obendrein, unter uns gesagt...“, gespielt hebe ich meine Hand neben den Mund und flüstere, „...ich kann dich nicht ausstehen!“

Avelias Stimme bebt, ihr ganzer Körper zittert vor Entrüstung, als sie hervorpresst: „Du... du... herzloses Monster!“

Lachend werfe ich meinen Kopf nach hinten. Aus dem Augenwinkel heraus sehe ich, dass Levian sich aufgerichtet hat und mich wortlos ansieht. Was hat dieser Blick nun wieder zu bedeuten?

16.

Nachdem Aselia sich beruhigt hatte, hatte sie sich in den Schlafsack gekuschelt und war schnell eingeschlafen. Auch von Levian ist nach einer Weile ein rhythmisches, langgezogenes Atmen zu hören. Nachdem ich sein undurchdringliches Gesicht ausgiebig betrachtet habe, wende ich mich den Sternen zu, die in dieser Nacht besonders klar vom Himmel herabscheinen. Der Anblick erinnert mich an die lauen Sommernächte, die ich Zuhause verbracht habe. Ich denke an Nileyns weißes Kleid, das ihre blauen Male so strahlen ließ… und diese seltsame Duftmischung des Gartens…

„Eve, Vorsicht!“ schreit es auf einmal… über mir?! Reflexartig rolle ich mich nach hinten, doch nichts passiert. Der nach dieser Warnung erwartete Angriff bleibt aus. Der Ruf hat nicht nur mich geweckt, auch Levian nimmt sofort seine Kampfstellung ein. Neben mir rappelt sich das Mädchen langsam auf und murmelt schlaftrunken: „Is‘ was passiert?“

Vorsichtig luge ich unter dem Felsvorsprung vor. Plötzlich fallen mir lange schwarze Haare entgegen.

„Fior?“ frage ich überrascht.

„Es war eine Dämonin." erklärt Fior seine Warnung, während er zu mir herunterspringt. „Sie hatte braunes fransiges Haar und eine weiße Bandage wickelte sich um ihren Körper."
Imee…
„Sie hatte dich beobachtet, Eve. Als sie sich dir dann schnell näherte, schienst du das gar nicht zu bemerken… Was war los?"
Verlegen ziehe ich meine Stirn in Falten: „Ich hätte es sicherlich noch bemerkt…"
„Ist sie noch in der Nähe?" will Levian wissen. Doch Fior würdigt ihn keines Blickes. Seine blutroten Augen heften auf mir, als würden sie mich durchbohren wollen: „Warum hat es diese Dämonin auf dich abgesehen, Eve?"
Diese Geschichte zu erläutern, würde nur noch mehr Unverständnis bei Fior hervorbringen. Schlimm genug, dass ein Jäger mich an der Leine durch die Gegend führt. Wenn ich ihm dann noch beichten würde, dass ich seine Feinde abwehre…
„Sie hat noch eine Rechnung mit mir offen." erwidere ich matt. Fior betrachtet mich skeptisch, dann berührt er für einen kurzen Moment meinen Arm: „Sie ist nicht mehr in der Nähe. Wie lange sie dich schon beobachtet hat, weiß ich nicht genau. Ich selbst habe über einen Tag damit verbracht, den hiesigen

Jägerinnen zu entkommen. Jetzt, wo sie zu zweit sind, ist es ziemlich schwierig sie zu bekämpfen…“
Das war es, was mich die ganze Zeit gewurmt hatte. Alesia hatte doch erzählt, dass die Jägerinnen einen meiner Gattung verfolgt hatten, der ihnen jedoch entwischt war. „Das warst du…“ bringe ich meine Überlegungen auf den Punkt, auch wenn niemand meinem Gedankengang folgen kann, da ich ihm ja keine verbale Form verliehen habe…
„Was war ich?“ fragt Fior zurecht verwundert. Ich schaue hinüber zu Levian und Asettia, welche sich angesichts des unbekannten dämonischen Überraschungsbesuchs wieder auf die altbewährte Taktik beruft, sich hinter Levian zu verstecken… Die Ader beginnt wieder auf meiner Stirn zu pochen.
„Immer, wenn du den Jäger ansiehst, ist es Zeit für mich zu gehen.“ stellt Fior fest.
Überrascht drehe ich mich zu ihm. Ich weiß nicht, was ich dazu sagen soll. Er hat vollkommen recht. Aber, wenn ich ihn in meine Nähe lasse, wächst die Gefahr, dass er Levian angreift oder andere… Meine Gedanken schweifen zu den zwei Jägerinnen und zur Frage, was uns morgen bevorsteht… Ich kann es nicht riskieren, dass er in diesen Kampf verwickelt wird… Wer weiß bei Fior schon, wie er diese Gelegenheit nutzen würde… Es gibt eine Möglichkeit, ihn wenigstens

diesen einen Tag weit entfernt von mir zu wissen. Fior hat sie mir gerade selbst präsentiert...

„Wenn du diese Nacht hierbleiben darfst, versprichst du mir dann, dass du dich morgen von mir fernhältst?"

Verdutzt neigt Fior den Kopf: „Warum morgen? Was passiert dann?"

„Versprich es einfach." fordere ich ihn auf.

Fiors Augen verengen sich. Er wirkt als würde er darüber nachdenken, nicht darauf einzugehen... Aber es ist ein zu lockendes Angebot, ich weiß, dass er es nicht ausschlagen kann.

„Ja." seufzt er schließlich resigniert.

Meine Augen suchen Levians, aber er hält seinen Blick gesenkt. Als Fior und ich den Pfad zu einer nahegelegenen Klippe einschlagen, von der aus ich den Felsvorsprung ideal einsehen kann, sehe ich, dass er und das Mädchen sich wieder schlafen legen. Nachdenklich beobachte ich die beiden.

Es tut gut, sich mal wieder mit Fior zu unterhalten. Nach den ganzen Geschehnissen der letzten Monate fühlt es sich an, als würde dadurch wenigstens ein kleines Stück Normalität für mich zurückkehren. Fior erzählt mir, was er in der letzten Zeit so getrieben hat, bis er im Nomadenversteck auf uns traf. Er hat einige Gebiete bereist, die ich in dieser Gegend noch nicht erkundet habe. So scheinen mindestens vier weitere Gebiete an

Levians Bereich zu grenzen, die unter dem Schutz von Jägern stehen, welche wir jedoch noch nicht besucht haben. Eines davon wird von einer Jägerin mittleren Alters verwaltet, die Fior ziemlich gut zugesetzt hat. Aber ihren Namen hat sie ihm natürlich nicht verraten. Dafür erzählt er, dass er in einem anderen Gebiet auf einen alten und einen jungen Jäger gestoßen ist. Der Alte sei seltsamerweise nicht in Aktion getreten, sondern habe den Jüngeren kämpfen lassen. Als ich Fior frage, wie die beiden aussahen, passt die Beschreibung auf Mael und Traian. Ich schmunzle: „Du hast dem jungen Jäger hoffentlich ordentlich zugesetzt?"

„Warum fragst du?" will Fior wissen.

Aber ich entgegne: „Ach, nur so..."

Wahrscheinlich ist es ein Teil der Ausbildung. Wenn Mael sämtliche Kämpfe in seinem Gebiet allein bestreiten würde, könnte der kleine Lehrling ja nichts dazulernen.

Ich lehne mich interessiert nach vorn: „Wie ist es ausgegangen?" Hätte Fior Traian ernsthaft verletzt, hätte er diese für ihn rumreiche Tatsache vorn angestellt.

„Der junge Jäger wollte bereits nach kurzer Zeit schon seinen Bann benutzen. Wenn sie diese Geste machen, ist dies meist der Zeitpunkt, an dem ich mich zurückziehe."

Viele Jäger warten auf einen bestimmten Augenblick, bis sie ihren Bann benutzen, die richtige Distanz, den richtigen

Winkel… Damit erhöhen sie die Wahrscheinlichkeit, den Feind auch tatsächlich zu treffen und ihn nicht nur zu verjagen. Manche benutzen ihn aber halt auch sehr impulsiv...
Meine Erlebnisse schildere ich nur lückenhaft, nenne keine spezifischen Personen. Aber ich erzähle ihm davon, wie unterschiedlich die Menschen auf mich reagieren, seit ich mit einem Jäger durch die Gegend ziehe. Fior meint, dass es als Taktik für die Zukunft vielleicht nicht schlecht wäre, um sich ohne Aufwand in größere Städte zu schleichen. „Ein Jäger als Haustier…" sinnt er. Die Vorstellung bringt mich zum Lachen. Langsam beginnt der Morgen zu grauen. Auf diesen Augenblick habe ich mich nicht gerade gefreut. Nicht nur, dass mir ein langer Marsch zurück zum Dorf der Jägerinnen bevorsteht, den ich in Kauf nehme, um den so ziemlich nervigsten Menschen zurück nach Hause zu bringen, dem ich je begegnet bin. Insbesondere beunruhigt mich, dass ich nicht einzuschätzen vermag, wie Levian reagieren wird, sobald Joran und Inran ihn angreifen werden.
Fior schaut in mein besorgtes Gesicht: „Danke… Es war schön, sich mal wieder ausgiebig mit dir unterhalten zu können."
„Ja… das geht mir auch so…" Ich würde lügen, wenn ich etwas anderes behaupten würde.

„Ich halte mein Versprechen, Eve. Heute werde ich mich weitestmöglich von dir entfernen. Sollte irgendetwas sein, kann ich dir nicht beistehen."

So wie er es sagt, klingt es wie eine düstere Prophezeiung...

„Ich weiß."

Zum Abschied streicht Fior über meine Wange - flüchtig, damit ich nicht die Gelegenheit habe, ihn daran zu hindern...

Einen kurzen Augenblick lang schaue ich ihm noch nach, dann laufe ich zum Felsvorsprung. Levian ist wohl schon lange wach, denn er vertilgt gerade die letzten Reste seines Frühstücks. Hat er überhaupt noch geschlafen? Alenna schnarcht hingegen noch glückselig, eingekuschelt in Levians Schlafsack. Als ich dem Jäger einen guten Morgen wünsche, ignoriert er mich. Betrübt setze ich mich auf einen Stein und warte, bis die beiden Menschen zum Aufbruch bereit sind.

Ein einzelner Regentropfen fällt auf meine Wange...

17.

„Ohhhhhhh, schau doch nur, Levian! Hier sind zwei kleine Marienkäfer auf einer wilden Rose! Ist das nicht wunderschön? Wie auf einem Gemälde, meinst du nicht?“ Das Mädchen hockt am Wegesrand und schwärmt grenzdebil vor sich hin.
Stöhnend laufe ich zu ihr hinüber. „Schnips!“
„Hey, was soll das denn?!“, empört sie sich, „Wieso schnipst du denn den armen kleinen Käfer weg?! Wie grausam!“
„Hör auf hier herumzutrödeln! Abmarsch, weiter! Je eher wir dich zurückgebracht haben, desto eher können wir endlich diese furchtbare Einöde verlassen!“
Assella zieht eine dicke Mädchen-Schnute, doch sie läuft weiter. Die erneute Reise zu ihrem Dorf gestaltet sich erwartungsvoll schwierig. Das bezieht sich nicht etwa auf die steilen Hänge und die schmalen Pfade, dich sich an tiefen Klippen entlangdrücken und die es zu meistern gilt. Die bedrückte Stimmung zwischen Levian und mir ist deutlich spürbar. Doch dem Mädchen scheint die nötige Schärfe der Sinneswahrnehmung zu fehlen, um dies zu realisieren. Als käme sie von einer anderen Welt, plappert sie trotz alledem weiter fröhlich in einem fort. Meine Meinung zum erneuten Aufeinandertreffen mit Röschen und

Gänseblümchen - diese Namen empfinde ich irgendwie als passend für Joran und Inran - hat sich mittlerweile ins Gegenteil gekehrt. Ich hoffe, hoffe, hoffe inständig, dass wir bald auf sie treffen und dieses Gör an sie abliefern können. Anderenfalls wird es bald nicht mehr nötig sein, den Weg weiter fortzusetzen… Dem Gedanken nachhängend lecke ich unbewusst über meine Zähne, als das Mädchen seine Endlosschleife auf mich zu richten beginnt: „Ach, das wollte ich dich die ganze Zeit schon fragen! Sag mal, Dämon, wie hieß der andere Dämon, der uns diese Nacht beschützt hat? Warum hat er das getan? Ist er dein Partner? Gibt es sowas bei Dämonen überhaupt? Wo ist er jetzt hin? Und warum wolltest du nicht, dass er bei dir bleibt?“
"KYIIIAAAA?!!!!“ Ich kann regelrecht spüren, wie mein sonst so blasses Gesicht sich fast weinrot färbt! Entsetzt presse ich hervor: „Wa… w… wahas ist nicht in Ordnung mit dir?!“
Doch da lenkt etwas anderes meine Aufmerksamkeit auf sich. Bestimmend ziehe ich Levian kurz am Zipfel seines Shirts und zeige den Weg entlang: „Dort.“ Wo der Weg auf einem weitläufigen, ebenen Hügel trifft und über diesen hinwegführt, stehen sie: „Röschen und Gänseblümchen warten dort auf uns.“ erkläre ich mit ernster Stimme. Levian sieht mich einen Augenblick lang stumm an, dann läuft er weiter, den Jägerinnen entgegen. Das Mädchen folgt ihm.

Als wir den beiden gegenüberstehen, stürmt Amenia aufgeregt auf sie zu und versucht die Situation zu klären. Eines muss man ihr lassen, Obsession für Levian hin oder her, aber ich finde, man kann ihr schon zugutehalten, dass sie sich wirklich für ihn einsetzt. Ich beiße mir auf die Zunge, um diesen grausig versöhnlichen Gedanken aus meinem Kopf zu wischen. Nachdem das Mädchen wirklich überschwänglich detailliert erläutert hat, warum sich Levian genötigt fühlte, erneut in Richtung ihres Dorfes zu reisen, schauen Röschen und Gänseblümchen stumm zu uns herüber.

„Ihr müsst mir wirklich, wirklich glauben, Joran und Inran! Levian trifft keine Schuld, er wollte euch nicht herausfordern oder euer Gebiet wegnehmen oder euch ärgern oder … all das! Bitte lasst ihn einfach gehen! Er hat mich gerettet, versteht ihr? Ist so etwas denn ni-“

„Schweig!“ herrscht sie Inran an. Ahenias Mund schließt sich prompt und… bleibt geschlossen. So einfach geht das?! Es muss eine Art Hundekommando sein… „Jäger, natürlich sind wir dir dankbar, dass du dieses Mädchen sicher zurückgeleitet hast! Da stimmst du mir doch zu, Schwester?“ ruft Inran an Joran gewandt.

„Tatsächlich? Ich wäre es nicht…“ murmle ich.

„Aber, wie du weißt, liebe Schwester…“ meldet sich nun Joran zu Wort. Die Art, wie sie so darstellerisch ihren Dialog über die Ebene brüllen und dabei übertrieben gestikulieren, zeigt mir eines: sie werden es nicht auf sich beruhen lassen...

„...hatten wir dem Jäger eine Sache wirklich mehr als deutlich gemacht!"

„Oh ja, Schwester! Wir hatten ihm gesagt, er solle aus unserem Gebiet verschwinden!" Hämisch grinst Inran zu uns herunter, die Zähne bleckend.

„Jetzt wo Alecia in Sicherheit ist, werde ich mein Versprechen einlösen. Ihr habt mein Wort." ruft Levian beschwichtigend zu den Jägerinnen herauf.

„Dein Wort? Hna, hna, hna, ha, ha, ha! Hörst du das, Schwester?" ruft Inran im lauten Tonfall ungeachtet der Tatsache, dass ihre Schwester direkt neben ihr steht.

„Haha, ja, Schwester! Sein Wort hat er doch schon einmal gebrochen, oder?"

Mit verbitterter Miene wendet Levian sein Gesicht von den beiden Schwestern ab: „In eurer Blindheit wollt ihr doch gar nichts sehen, in eurer Taubheit nichts hören. Alles, was euch interessiert, ist es zu kämpfen..."

Doch bevor sie noch etwas entgegnen können, bin ich binnen weniger Sekunden bei ihnen angelangt und lasse meine Finger durch die Luft sausen. Überrascht beugen sie ihre Knie, lassen ihren Rücken Richtung Boden fallen - die eine nach links, die andere nach rechts - und ziehen in dieser Bewegung ihre

Kampfmesser. Ihnen bleibt keine Gelegenheit zum Gegenangriff. Mein Fuß berührt den Boden kurz und wirft mich sofort nach links, wo ich Joran meinen rechten Ellenbogen entgegenschleudere. Sie rollt sich aus der Rückenlage heraus zur Seite. Während sie das tut, fliegt mein Knie auch schon Inrans Bauch entgegen. Sie hatte sich nach dem Überraschungsangriff gerade erst wieder in den Stand gebracht. Nun dreht sie sich zur Seite und versucht, mich mit ihrem linken Ellenbogen abzuwehren. Sie trifft mich nicht. Schon rase ich zurück zu Joran. Obgleich ihr idiotisches Gehabe und ihre Gewaltlust anderes erwarten lassen - so dumm, wie sie anfangs gewirkt haben, sind Röschen und Gänseblümchen nicht. Anstatt ihre ganze Kraft nun in eine Attacke gegen mich zu legen, rennt Joran, während ich mich auf Inran konzentriere, nun den Hügel auf der anderen Seite hinunter und bringt so viel Abstand zwischen ihre Schwester und sich wie nur möglich. Das macht es für mich natürlich schwieriger, beide gleichzeitig zu beschäftigen. Mir bleibt jedoch keine andere Wahl, als Joran hinterher zu sprinten. Kurz bevor ich bei ihr angelangt bin, dreht sie sich zu mir herum und hebt ihr Messer zur Abwehr. Ihr Gesicht ziert ein breites, hässliches Grinsen. Ich ziele auf ihren Kopf in der Intention, sie möglichst schnell auszuknocken, doch den schützt sie natürlich besonders gut. Meinen Arm wehrt sie gekonnt ab, dreht sich herum und

wirbelt dabei mit dem Messer in meine Richtung. Ich weiche nach unten aus, sehe dabei aus dem Augenwinkel, dass das obsessive Mädchen sich hinter einem hohen, weit vom Kampfplatz entfernten Felsen flüchtet. Und... dass Inran nun in einiger Entfernung mit einem kleinen Messer auf mich zielt. Es handelt sich nicht um das übliche Jagdmesser, um das sich dieser seltsam schimmernde Kristall fast wie ein Parasit um den oberen Teil der Klinge schwingt. Vielmehr kann ich es als einfaches Wurfmesser identifizieren. Natürlich kann Meinesgleichen ein Treffer mit einer derart läpperlichen Waffe nicht ernsthaft gefährlich werden. Im Kampf hinderlich wäre es allerdings doch schon, wenn sie eine ungünstige Stelle treffen würde... Aber darüber mache ich mir zu Unrecht Sorgen, denn Inrans Messer fällt bereits auf den Boden. Levian steht vor ihr. Ich stoße ein wütendes Schnaufen aus... Zeit, die beiden beim Kampf zu beobachten, gönnt mir Joran nicht. Ihr Messer saust nun abermals auf mich zu. Ich ducke mich erneut und presche mit dem Ellenbogen voran nach oben. Die Jägerin hat mitbekommen, dass sich ihre Schwester nun ihrem eigenen Gegner gegenübersieht. Sie lässt sich seitlich wegkippen, um meinem Angriff zu entkommen. Fast im selben Atemzug versucht sie schnell, wieder zu ihrer Schwester zu sprinten.
„Herrje, kannst du dich mal entscheiden, Röschen?!" maule ich, springe auf sie zu und lasse meinen Fuß auf sie niedersausen.

Leider erwidert sie nichts... Dass während eines Kampfes nicht geredet wird, scheint so eine Art Jägertaktik zu sein. Mir würde es den ganzen Spaß am Kampf nehmen, wenn ich meinen Gegner dabei nicht einmal verspotten dürfte, aber gut... Joran dreht sich unter meiner Offensive zur Seite weg und versucht erneut, sich davon zu machen. Auch jetzt kommt sie nicht weit, aber jeder Versuch bringt sie ein kleines Stückchen näher an Inran heran. Welche Strategie sie wohl verfolgen mag? Der Kampf gegen derart eingespielte Gegner ist wirklich unglaublich aufregend! Ja... so aufregend, dass meine Fingerspitzen regelrecht kribbeln! Dieses Gefühl... Der Spaß am Kämpfen... wäre hier nicht Levians Leben als Hauptpreis ausgeschrieben, würde ich es überaus genießen, dieses Spiel...

Langsam nähern Joran und ich uns den ebenfalls im Kampf vertieften Levian und Inran. Nun, da ich mich in Hörweite befinde, lässt er seiner Wut über meine Aktion freien Lauf: „Hng... was sollte das?! Warum?! Erkläre mir, warum du sie angegriffen hast!" Während er sich duckt, rollt und springt, knirscht er aufgebracht mit den Zähnen.

Gerade als ich Jorans Messer ausweiche, rufe ich herüber: „Ihr einziges Ziel war der Kampf! Du hast es... hng... selbst eingesehen, Levian! Wäre ich nicht auf sie zugerannt...", ich wische mit der rechten Hand auf Jorans Bann-Hand zu, sie dreht sich weg und lässt das Messer blitzen, „...dann hätten sie

den ersten Schritt gemacht und ich bin mir ziemlich sicher, dass du dich dann anders als jetzt NICHT verteidigt hättest!“
Da erwidert er nichts mehr.
Was auch immer die beiden Jägerinnen vorhaben, ich konzentriere mich nun darauf, Joran von Inran wegzudrängen, doch es gelingt mir nicht. Einem Wiesel gleich weicht sie meinen Angriffen flink aus, kontert kurz und schlängelt sich ihrem Ziel entgegen. Wir bewegen uns immer weiter den Hügel hinauf. Nachdem wir ihre Schwester erreicht haben, greifen sie uns abwechselnd an. Nicht ein Wort der Verständigung benötigen sie, um den Strategiewechsel abzustimmen. Alles in ihrer Taktik scheint ganz automatisch aufeinanderzufolgen. Levian und ich kämpfen nunmehr Seite an Seite gegen sie. Zuerst ist Inran am Zug, wischt mit dem Kampfmesser über uns beide hinweg, dann springt sie zur Seite und Joran versucht, uns mit ihrer Waffe zu treffen. Es ist ein ausgeklügeltes System, das sie meiner Vermutung nach über Jahre hinweg perfektioniert haben.
Ohne Vorankündigung macht Inran nun auf einmal zwei Sätze nach hinten. Jetzt erst erkenne ich, was die beiden im Schilde führen - aber nun ist es bereits zu spät, um zu reagieren. Während Joran Levian und mich in Schach zu halten versucht, zieht ihre Schwester die Bann-Hand nach oben und…

„NEEEEEEEEIIIIIIIIIIIIIN!“

Es ist Levian, der dort schreit. Mit unnatürlich weit aufgerissenen Augen, aus denen einem das Entsetzen nur so entgegenzubrüllen scheint, schaut er auf das blaue Licht, das sich langsam von Inrans ausgestreckten Zeige- und Mittelfinger aus materialisiert.

Sie zeigt auf mich.

Es benötigt nicht mehr als einen Herzschlag.
Ich sehe Inrans Gesicht, in das sich die Lust des Auslöschens wie eine grässliche Fratze einfräst, Jorans Kampfmesser, in dessen Verzierung sich das Sonnenlicht verfängt und in einem unnatürlich grellen Lilaton wieder heraustritt, es gleitet in dieser Sekunde auf Levian zu. Und ich sehe mich, wie meine Haare vom Wind heraufgewirbelt werden, der mich umgibt, weil ich genau in diesem Moment im Begriff war, geradewegs auf Inran zu zurennen.
Nicht mehr als einen Herzschlag…

…und Levian wirft sein Leben fort. Sein Messer, mit dem er eben noch Joran in Schach gehalten hat, saust auf Inrans Hand zu, durchstößt sie mit einer solchen Wucht, dass sie davon zur

Seite gerissen wird. Jorans Messer bohrt sich im selben Moment in Levians Brustkorb.

Entfernt höre ich ein wildes Kreischen.

18.

Ein lautes Krachen ist zu hören. Mehrmals. Es stammt von einem Knochen ....

„KRAAAAAAAAAAAAAARGGGGGGGGGGG!" klingt es vibrierend neben meinem Ohr. Dann lasse ich sie fallen. Nun liegen sie beide am Boden, Joran und Inran. Eine mit einem Messer in der Bann-Hand, das sich offensichtlich an irgendeiner Stelle eingehakt hat und so nicht herausziehen lässt, die andere mit einem mehrfach gebrochenen Arm. Wild schreiend wälzen sie sich auf dem Boden. Hören kann ich es nicht, nur sehen. Ihre Münder reißen sie weit auf, weinen, zappeln ....Das Rauschen in meinem Ohr ....

....Es ist zu laut. Kaum etwas kann es übertönen, nicht einmal die schmerzerfüllten Schreie der Jägerinnen. Es ist so drängend, pulsierend .... Unter dem Rauschen mache ich einen Schritt auf Joran zu........

....

.........................Ja...

....Das Rauschen wird lauter ....

....mhhh.....

....

Doch ich werde zurückgehalten. Jemand versucht, mich von ihr wegzudrehen. Als ich mich umdrehe, um das, was mich daran hindert, dem Rauschen nachzugeben, beiseitezufegen, sehe ich ein tiefes Blau: „Lass uns gehen."
„Ja…" antworte ich.

19.

Unendlich hoch… Ich habe selten Tannen gesehen, die so eine Größe erreichen. Ehrfürchtig bleibe ich vor einer stehen und blicke gen Himmel. Die Spitze kann ich von hier unten aus gerade so erahnen. Ob sie wohl schon annähernd so lange auf dieser Welt weilen wie ich? Aber nein… Nadelbäume wachsen ja verglichen mit Laubbäumen relativ rasant.
Lange sind wir gewandert, nun ist die Grenze zu Maels Gebiet in Sichtweite. Ich schaue zu Levian herüber. Gerade fixiert er einen Punkt in der Landschaft, wo der Felskamm, auf dem wir wandern, steil bergab fällt. So gesehen ist der Schnittpunkt zwischen Maels und Jorans und Inrans Gebiet auch eine Art geografische Grenze.
Zwischen den Wolken neigt sich die Sonne langsam, Stück für Stück, dem Horizont entgegen. Schon bald wird es zu dämmern beginnen. Den ganzen Tag lang sind wir ohne Rast marschiert, um dieses feindselige Gebiet schnellstmöglich hinter uns zu lassen. Levian war der Meinung, dass den beiden Schwestern durchaus auch zuzutrauen sei, dass sie uns trotz der schweren Verletzungen verfolgen. Mit einem verkrampften Gesicht dachte ich an den fast schon mordlustigen Ausdruck in ihren

Augen und konnte ihm in seiner Einschätzung nur zustimmen. Wenn nötig, würden sie vermutlich auch jenseits jeglicher Vernunft den Kampf fortsetzen wollen, nur, um uns zahlen zu lassen für das, was wir ihnen angetan haben.

Levians Verletzung war weniger tief als ich befürchtet hatte. Notdürftig hatte er sich auf dem Weg einen Verband um Brustkorb und Shirt geschlungen, damit die Blutung stoppt.

Kurz hinter der Gebietsgrenze erreichen wir einen großen See, der sich bestimmend zwischen dem dichten Wald seinen Platz behauptet. Er ist umringt von hohen Bäumen. Seine spiegelglatte Oberfläche gibt das Bild des sich verdunkelnden Nachthimmels wieder. Die Wolken, die sich eben noch orange getupft vor dem dämmernden Himmel abhoben, fügen sich nun in einem zarten Graublau harmonisch ins Bild. Diese Unendlichkeit... der sich im Wasser spiegelnden Sterne... sie bannt mich regelrecht...

Auf einer kleinen Lichtung am Ufer des Sees zündet Levian ein Lagerfeuer an. Nun, da er endlich zur Ruhe kommt, will er sich die Zeit nehmen, seinen Verband ordentlich anzulegen. Er holt eine kleine Ledertasche aus dem Rucksack und breitet das dafür nötige Material säuberlich auf einem Tuch aus. Dann zieht er sein nicht mehr ganz so weißes Oberteil aus und beginnt mit der Säuberung der Wunde...

...

Verlegen schmule ich zu ihm herüber. Da er seitlich zu mir sitzt, kann ich die blauen Male auf seinem Rücken erkennen, leider aber wieder nur zum Teil. Stirnrunzelnd erhebe ich mich und begebe mich langsam hinter ihm, um sie mir genauer anzusehen…
„Hey! Wa… was machst du da?“ Verwirrt und ein wenig rot schaut er zu mir herauf. Erst jetzt fällt mir auf, wie er das, was ich hier tue, interpretieren könnte…
„Nga?!!! Nein! Ich meine, bilde dir nichts ein, ich wollte dich nicht… begaffen oder so! Mich interessiert nur das Muster auf deinem Rücken!“
„…Und das fällt nicht unter begaffen…?“ murmelt er mit zusammengezogenen Augenbrauen.
„Hn…“ Mir fällt ärgerlicherweise nichts Schlagfertiges darauf ein, also versuche ich das Gespräch auf das Muster zu lenken. Die blauen wellenartigen Male laufen hier zuhauf auf einen bestimmten Punkt auf dem Rücken zu. Das Muster erinnert an blaue Sonnenstrahlen… Ich kann es nicht anders beschreiben.
„Ich wusste nicht, dass Jäger auch Male auf dem Rücken tragen. Ist das… eine Besonderheit?“ will ich wissen. Sofort denke ich an Levians und Traians Mentorengreis. Er war bisher der einzige Jäger, dem ich begegnet bin, bei dem sich die blauen Male auf beiden Armen entlangziehen.

„Soweit ich beurteilen kann, ist das nichts Außergewöhnliches. Allerdings frage ich auch nicht jeden Kollegen, ob er bitte mal sein Hemd für mich lüften kann… Könntest du jetzt bitte hinter mir wegkommen?! Es irritiert mich…“ Auf der Lippe kauend scheucht er mich mit einer Handbewegung zurück.

„…Hab dich nicht so kindisch…“ nuschle ich beleidigt, weiß jedoch, dass ich das sehr wohl auch mir selbst sagen sollte. Mit einem undurchdringlichen Gesichtsausdruck macht Levian sich nun daran, eine seltsam grünliche Paste auf die Wunde zu schmieren. Nileyn hat sie ihm mitgegeben. Der starke Kräutergeruch schwemmt kurz ein melancholisches Gefühl in mir hoch. Unwillkürlich zuckt Levian beim Auftragen der Paste zusammen. Als ich sehe, wie er so mit schmerzverzerrtem Gesicht dasitzt, verfinstert sich meine Miene. Ich denke daran, wie Inran ihren Bann entfesselte und… wie Levian sein Messer warf… Immer noch schockiert über seine Reaktion beiße ich die Zähne zusammen: „…Der Beschützer der Menschen… und dann wirfst du dein Leben weg, um einen ‚Dämon‘ zu retten…“ Eigentlich wollte ich dieses Thema nicht ansprechen, aber dieses Gefühl, als ich das Messer fliegen sah, das Entsetzen in diesem Moment, bläht sich in meinem Brustkorb auf - und ich verstehe es nicht… Es ergibt keinen Sinn. Wir machten diese Reise, um einen Weg zu finden, den Bann zu lösen, was unausweichlich zu meiner Auslöschung führen wird…

Levian hält inne. Lange Zeit sagt er nichts, sitzt einfach nur so da. Leise, unaufhörlich, schwappt das Wasser des Sees ans Ufer. Ich kann sehen, dass seine Augen wie so oft seine linke Hand fixieren. Als er zu reden beginnt, gleicht seine Stimme eher einem Flüstern: „Wenn ich dich nicht rette… tut es jemand anderes…"

Ich schlucke. Unsicher, ob ich wirklich begreife, was er mir damit sagen will, hake ich nach: „Jemand ‚anderes'? Ha, ha, und wenn jemand ‚anderes' es tun würde - damit hättest du ein Problem?"

Schweigen.

Diese Antwort wird er mir wohl schuldig bleiben...

Als Levian sich wenig später auf seinen Schlafsack bettet, findet er nicht in den Schlaf. Anders als er spüre ich selbst jedoch eine zerrende Müdigkeit. Ich blicke zurück auf die Zeit, die ich seit meiner Begegnung mit ihm verbracht habe. Nicht eine Nacht habe ich während dieser Zeit dem menschlichen Hallen in mir nachgegeben, das regelmäßig versucht, mich in den Schlaf zu singen. Ja, Meinesgleichen benötigt nicht viel Schlaf, viele von uns sogar gar keinen. Aber leider zähle ich nicht zur letzteren Kategorie. Die Bedrohung durch die mir fremden Jäger, die Bedrohung durch den Angriff anderer meiner Gattung… Häufig frage ich mich, wie Levian unter diesen Umständen

überhaupt Ruhe finden kann. Wahrscheinlich auch nur, weil ihm ja keine andere Wahl bleibt.
Ich lege mich ins feuchte Gras, verschränke die Arme hinter meinem Kopf und lasse den Blick erneut über den weiten Sternenhimmel schweifen. Der Duft des satten Klees umspielt meine Nase.
Meine Gedanken ziehen dahin.
Ich lausche dem Wasser.
Dem Rascheln.
Dem Wind.
…
Doch meine Lider schließe ich nicht. Ziemlich genau gegen Mitternacht wird das Rascheln unregelmäßig. Ich muss nicht aufsehen, um zu wissen, wer auf uns zukommt.
„Eve, wie geht es dir?“ fragt eine Stimme neben mir. Ich blicke zur Seite und sehe Fior, der sich ein paar Schritte entfernt neben mir ins Gras gesetzt hat und mich lächelnd beobachtet. Levian schläft immer noch nicht. Ich kann es an seiner Atmung hören... Wie schon so oft hat er mich nicht darüber in Kenntnis gesetzt, dass ihm sein Jägerinstinkt einen sich nähernden Unsterblichen meldet. Da er Fior gegenüber sonst nicht gerade einen vertrauensvollen Umgang pflegt, wundere ich mich schon über seine Gleichgültigkeit angesichts Fiors Anwesenheit.

„Mir geht es gut." lüge ich auf Fiors Frage hin.
In einem ernsten Ton meint er: „Ich hatte ehrlich gesagt befürchtet, dass... Hn... Magst du mir nun sagen, warum ich diesen einen Tag unbedingt von dir fernbleiben sollte?"
Langsam setze ich mich aufrecht hin, um wieder etwas wacher zu werden. Ich umschlinge meine Knie und schaue auf den nachtblauen See hinaus: „Tut mir leid, Fior."
Wieder raschelt es.
Er setzt sich nun direkt neben mich und folgt meinem Blick. Ob er diesen Anblick, die Sterne und die Tiefe des Blaus, das vom Wasser gespiegelt wird, mit genauso einer Intensität wahrnimmt wie ich?
Nach einer Weile fragt er: „Dein Anhängsel schläft doch jetzt, Eve. Und wie ich rieche...", angeekelt zuckt seine Nase kurz, „...ist er auch noch verletzt. Warum versuchst du jetzt nicht, dich zu befreien?"
Genervt von seiner Hartnäckigkeit einerseits und der Begriffsstutzigkeit andererseits stöhne ich: „Fior, ich habe dir schon erklärt, was ich darüber denke. Wer sagt dir denn, dass der Bann mich nicht auflöst, sobald der Jäger ausgeschaltet wurde?"
Mit einem Schnaufen dreht sich Fior weg: „Ich weiß... aber... wenn es keine andere Möglichkeit gibt, es herauszufinden... Du könntest ja auch nur dafür sorgen, dass er den Bann nicht

mehr einsetzen kann, ohne ihm den wohlverdienten Tod zu schenken… Oder… willst du ewig an dieses menschliche Wesen gekettet bleiben?“

Meine Arme ziehen sich noch fester um meine Knie. Das Thema bereitet mir Unbehagen, noch mehr, es mit Fior zu diskutieren. Ich verspüre keine Lust, auf diese Frage zu antworten, also sage ich nichts. Anscheinend hat Fior auch nicht gemerkt, dass wir einen Zuhörer haben. Kurz überlege ich, es durchblicken zu lassen, damit er das Gespräch in eine andere Richtung lenkt… oder ganz beendet. Aber vermutlich würde er dann auch nicht mit seiner Meinung hinterm Berg halten. Wieso auch?

Als er merkt, dass ich mich nicht auf dieses Gespräch einlassen werde, nimmt Fiors Stimme die übliche sanfte Farbe an, die sie immer bekommt, wenn er sich entschuldigt: „Eve, bitte entschuldige… Ich möchte nur nicht, dass dir etwas passiert. Der Gedanke daran, dass du unter ihm leidest oder… von dieser Welt getilgt werden könntest, treibt mich schier in den Wahnsinn…“

Gequält schließe ich die Augen. Es schmerzt so sehr, diese Worte zu hören…

…

„Nenn noch einmal meinen Namen, Fior.“ flüstere ich.

Natürlich versteht er nicht, was dies für mich bedeutet. Trotzdem kommt er meiner Bitte nach, ohne nach dem Warum zu fragen: „Eve." Fior spricht meinen Namen mit Bedacht, betont den ersten Laut etwas mehr als andere es tun... Ich höre auf das Plätschern, das Knistern, das Rascheln... und ich wünschte, der Klang wäre diese Nacht harmonisch geblieben. Stumm starre ich auf das Wasser, unfähig, Fior anzusehen. Ich merke, wie er mit seinen Händen ringt. Schließlich sagt er: „Eve, wenn du mir nicht sagen möchtest, warum ich fernbleiben sollte, akzeptiere ich das. Wenn du nicht darüber nachdenken willst, wie du dich aus der Gefangenschaft lösen kannst, ist das in Ordnung. Ich möchte...", er beugt sich vor, meinen Blick suchend, „...dass du weißt, dass du mein unabdingbares Vertrauen genießt."

Ich beiße fest die Zähne zusammen. Vertrauen... Immer wieder dieses Wort...

Fior rückt noch ein Stück näher an mich heran. Ich weiche automatisch zurück, aber das hält ihn nicht ab: „Eve, ich weiß nicht, was in deinem... in deinem Leben als Mensch damals passiert ist, dass du keinem mehr Vertrauen schenken kannst..."

Wie bitter. Mit einem harten Lächeln erwidere ich: „Warum wollen das immer alle wissen?!" Ich selbst habe Fior nie danach gefragt, wie er zu einen Meinesgleichen wurde und immer, wenn er dieses Thema anschnitt, wollte ich es auch nicht hören. Ich bin der Meinung, dass dies ein Geheimnis ist, das man nur mit jemanden teilen sollte, wenn der andere auch bereit ist, es zu tragen…

Als Fior versucht, seine Hand an meine Wange zu legen, stoße ich sie weg und blicke ihn erbost in die rotleuchtenden Augen. Fiors Blick zeigt eine Spur Enttäuschung, doch er lässt sich nicht beirren: „…aber du sollst wissen, dass ich dich liebe, und ich würde mir wünschen, dass ich die Gelegenheit bekommen könnte, dir zu beweisen, dass auch du mir im selben Maße vertrauen kannst."

Wieder ist ein Rascheln zu hören, aber dieses Mal ist nicht Fior der Auslöser. Als ich mich nach der Geräuschquelle umdrehe, sehe ich noch, wie Levian zwischen den Bäumen verschwindet.

Es dauert nicht lange, bis ich ihn gefunden habe. Da sitzt er, zwischen den Tannen, auf einem umgekippten breiten Baumstamm. Die Arme hat er auf die Knie gelegt, den Kopf darauf gesenkt. „Ich… würde jetzt gern einen Augenblick allein sein." murmelt Levian in seinen Schoß, als er mich bemerkt.

Ich setze mich neben ihn.

„…War ja klar…" gibt er sich resigniert.

Ich schaue zu ihm herüber, unsicher, was ich sagen soll. Hier sitzt so ziemlich das größte Rätsel, das mir je begegnet ist. Was gerade in seinem Kopf vorgeht, kann ich nicht erahnen… Hng… Es ist ein… lähmend zwiespältiges Gefühl, das bei diesem Gedanken in mir aufkeimt… Also sitze ich nur da und warte darauf, dass er etwas sagt. Nach einiger Zeit hebt Levian zu einer Frage an: „Stimmt es, dass du diesem Fior nichts über dein Trauma erzählt hast?“

Ich lasse mir Zeit, darauf zu antworten. Der Blick in den Himmel wird hier, wo wir zwischen den alten Tannen sitzen, von einer dunkelgrünen Wand fast vollständig verdeckt. Nur vereinzelnd blitzen die hellen Lichter zwischen den Nadeln hervor. „Ja.“ antworte ich nun, während ich versuche, das Leuchten zwischen den hin und her wippenden Ästen zu fixieren.

„Du hättest ihm auch einfach irgendeine Geschichte erzählen können… so wie… Alecia…“ erklingt es leise flüsternd neben mir.

Bei diesen Worten schaue ich ihn überrascht an. Dieser Blick, als ich Alecia weismachen wollte, dass mein Leben durch meinen Ehemann beendet wurde, der lustigerweise eine Romanze zwischen mir und einem Jäger zum Anlass für diese Tat nahm. Als Levian mich dort angesehen hat, wusste ich nicht, was mir seine Augen sagen wollten.

Nun weiß ich es…

„Ich habe dir die Wahrheit über mein Trauma erzählt…“, stelle ich nun klar, „…und das habe ich bisher niemand anderem offenbart.“

Mir kommt es vor, als würden seine Wangen kurz zucken. Doch er versteckt sein Gesicht, also bin ich mir nicht wirklich sicher. Ich schlucke geräuschvoll. Um dieses erneut aufkeimende seltsame Gefühl von mir abzuschütteln, werfe ich ihm entgegen, was mich schon so lange ärgert: „Tja, ha, Jäger. Da offenbare ich dir mein tiiiiefstes Geheimnis und dennoch hältst du es bis zum heutigen Tage nicht für nötig, mich zu warnen, wenn sich uns jemand meiner Gattung nähert. Dieses Wort… Vertrauen… - dagegen scheinst du wohl eine noch größere Aversion zu hegen als ich, mh?"
Abwartend strecke ich meine Füße weit von mir und lehne mich vor. Plötzlich regt Levian sich, hebt den Kopf und erklärt: „Weißt… du… Andere deiner Gattung kann ich nicht mehr erspüren, seitdem du in meiner Nähe bist. So funktioniert das bei uns Jägern nicht… Ich meine… wenn unser Instinkt schon eine so nahe Präsenz meldet, dann ist es fast unmöglich, noch eine andere wahrzunehmen. Deine Nähe wirkt wie eine… Überreizung…"
„Oh…" Mehr vermag ich nicht darauf zu erwidern. Das habe ich nicht gewusst und jetzt ist es mir fast peinlich, mich so darauf versteift zu haben. Aber… nur fast. Ich wippe ein bisschen verlegen mit den Füßen auf und ab und schwinge mich in den Stand. „Kommst du wieder mit zurück?" Mit einem schiefen Lächeln halte ich Levian auffordernd meine Hand hin.

Es kostet mich etwas Überwindung, aber gleichzeitig weiß ich ja auch, dass er sie nicht nehmen wird.
„...Nein danke." schnaubt er und lässt den Kopf prompt wieder auf seine Knie sinken.
Ungeduldig verdrehe ich die Augen: „Fior ist fort, du kannst also ruhig mitkommen."
Er regt sich zunächst nicht. Dann jedoch erhebt auch er sich und schlürft still an mir vorbei, meine Hand ignorierend.

Noch nie habe ich den Anblick des Sternenhimmels so sehr genossen wie an diesem Abend.

Überreizung... Ein Brennen erfüllt den Himmel.

20.

Kühles Wasser umspielt meine Handflächen. Ich tauche meine Hände ganz hinein und lasse sie für eine Weile lang einfach nur vom seichten Schwappen hin und her tragen. Die Bewegungen verzerren die Wasseroberfläche. Mein Spiegelbild wirkt darin irgendwie surreal. Ich schaue zu Levian hinüber, der sich ebenfalls ans Ufer des Sees gesetzt hat. Mit einer schnellen Handbewegung schöpft er etwas Wasser und lässt es sich übers Gesicht laufen. Auch nachdem er sich am Oberteil abgetrocknet hat, rinnen noch kleine Tropfen aus den Spitzen seiner blonden Strähnen. Er schaut zu mir herüber. Stumm erwidere ich seinen Blick. Dann erheben wir uns und lassen diesen stillen, unergründlichen Waldsee mit seinen grünen seichten Ufern auf der einen Seite und den schroffen Felsausläufern auf der anderen Seite hinter uns.

Unser Weg führt uns durch Maels Gebiet. Einige Stunden lang müssen wir es wohl von hier aus durchqueren, so Levian, bis wir endlich die Grenze zu seinem Gebiet erreichen. Es fühlt sich seltsam an, daran zu denken, dass wir das Backsteinhaus nun schon bald wiedersehen. Dort, wo Levian mich mit dem Messer angegriffen hat, dieser seltsam gequälte Gesichtsausdruck… Dort, wo Imee ihn im Schlaf überrascht hat. Wo Nileyn mir von ihren Eltern erzählte. Wo ich die Abende mit ihnen verbrachte, am Esstisch, bei Kerzenschein… in Levians Zimmer… Es sind schöne und bedrückende, ruhige und aufreibende Erinnerungen, die ich mit diesem Haus verknüpfe. Aber es sind Erinnerungen. Während meiner langen Existenz habe ich schon viele von ihnen sammeln können, doch nur wenige sind von derartiger Dauer, dass sie die Jahrhunderte überstehen. Wieder sehe ich das Bild von der Holzbank vor mir, die in Nileyns Garten steht und von der aus ich stets die Sonnenaufgänge beobachtete, nachdem ich mich aus Levians Zimmer geschlichen hatte. Wieder spüre ich diese tiefe Müdigkeit in mir…

Der vor uns liegende Weg führt durch tiefe Wälder. Dunkel und undurchdringlich wirken sie, Nadelbäume reihen sich dicht an dicht. Die Atmosphäre ist völlig anders als in den lichtdurchströmten verwunschenen Laubwäldern, die sich durch Levians Gebiet ziehen.

Nachdem wir schon eine gute Strecke des Weges durch Maels Gebiet hinter uns gebracht haben, bemerke ich, dass uns jemand entgegenkommt. Seine Schritte sind nicht sonderlich schnell, eher als würde er einen kleinen Spaziergang machen. Natürlich… derjenige, der auf uns zukommt, weiß, wem er sich

gerade nähert. Ein melodisches Summen erklingt. Ich stöhne: „Das Frettchen gibt sich die Ehre, uns zu empfangen…“
Verwundert sieht Levian mich an: „Mh?“
„Sieh selbst.“ brumme ich und zeige auf den Weg, der sich kurvig zwischen den Bäumen hindurchzieht. Als Levian bemerkt, um wen es sich handelt, hellt sich sein sonst stets so verkrampftes Gesicht auf. Ich habe kein Verständnis für diese Reaktion…
„Hallo, Traian! Wie geht es dir? Du kommst uns entgegen?“ begrüßt er seinen Freund.
Traians linker Mundwinkel zieht sich nach oben: „Ha, ha, na, mich würde viel mehr interessieren, wie es dir so geht?“ Das finde ich irgendwie unglaubwürdig. Als hätte er meinen Gedanken gehört, blickt Traian mich nun unverwandt an.
Ich grinse breit: „Hi, scha… ich meine, erstaunlich, dass du noch lebst.“ Da er immer noch fest daran glaubt, dass er am besten mit mir fertig wird, indem er mich ignoriert, wendet er sich ohne ein Wort an mich zu verlieren wieder Levian zu: „Mael schickt mich. Ich soll dich zu ihm geleiten.“
Ich schaue Traian verblüfft an: „Mael hat gespürt, dass es sich bei dem Unsterblichen, der in sein Gebiet eingedrungen ist, um mich handelt?!“ Das kann ich mir eigentlich nicht vorstellen. Vermutlich sollte Traian den Eindringling dem Gar aus machen und falls es sich dabei zufällig um Levian und

Begleitung handeln sollte… Hey, halt! Plötzlich fällt mir auf, was die Nachricht des Frettchens eigentlich zu bedeuten hat. Aufgebracht gestikulierend wende ich schnell ein: „Was?! Wir sollen zu Mael - in seine Stadt kommen?! Warum das denn?! Warum jetzt?! Wir wollten doch… wir hatten doch ein ganz anderes Ziel?!“

Wir wollten doch nach Hause…

„Hä?! Das Warum hat dich nicht zu interessieren, Dämon! Und ruhen kann Levian auch in der Stadt!“ blafft Traian nun aufgebracht zurück. Konsequenz scheint schon einmal nicht zu seinen Eigenschaften zu zählen. Aber das ist mir gerade ziemlich egal. Hilfesuchend drehe ich mich zu Levian um. Er wird dem doch nicht nachkommen? Er hatte sich doch schon auf sein Zuhause gefreut, oder? Doch sein resignierter Blick zeigt, dass Maels Verfügungsmacht wesentlich weiter reicht, als ich bisher geahnt habe.

„Wie ein Herrchen, das seinen Hund ruft…“ murmle ich geknickt vor mir hin, als wir den Weg gemeinsam mit Traian fortsetzen…

21.

Diese Stadt ist atemberaubend. Ein hoher Wall zieht sich um sie herum. In ihm sind imposante Bögen eingelassen, die verschiedene Fresken zeigen: einen Jäger mit Schwert und beachtlich behornte ‚Dämonen', die ihn gefährlich nahe umkreisen, Menschen, die diverse Gaben darbringen, eine Art Teufel, der die behornten Wesen direkt aus dem Feuer zu erschaffen scheint... Hinter dem Wall erstreckt sich ein durchdachtes Netzwerk an Straßen und Wegen, die auf einen bestimmten Punkt in der Mitte hinzuführen scheinen. Breite Kanäle durchziehen die Stadt, auf denen sich wuchtige Handelsschiffe und alte Fischerkutter treffen. Große steinerne Brücken verbinden hier und da die gegenüberliegenden Seiten. Die Gebäude sind kein Vergleich zu den kleinen schrägen Fachwerkhäusern, die das Bild von Levians Dorf prägen. Reich verziert mit Stuck und Ornamenten prangen sie dort an den breiten Straßen, als würden sie in ihrer Gefallsucht gegeneinander wetteifern. Die Fassaden sind bestimmt von großen Erkern oder Balkonen, auf denen die Blumen üppig herunterranken. Wir laufen durch laute Straßen, gefüllt von Menschen, Pferden, Kutschen... Und über all dies wacht ein

alter Jäger... Die Menschen hier wirken geschäftig, entspannt, fröhlich, traurig, müde, wach… so wie Menschen eben wirken. Wenn ich diese Stadt so betrachte, mit all ihrer Schnelllebigkeit… dann habe ich den Eindruck, dass Traian gut hierher passt. Ich beobachte ihn, wie er selbstsicher durch die Straße schlendert und dabei dieses Liedchen summt, das unentwegt in seinem Kopf herumzugeistern scheint. Hier und da grüßen ihn die Leute freundlich. Als Jäger genießt man bei den Bewohnern einen guten Stand. Dann schaue ich zu Levian, mit seinen abgetragenen, von der Reise verschmutzten Sachen und dem ernsten Blick. Unwillkürlich muss ich schmunzeln.
Als wir auf eine der Hauptstraßen abbiegen, sehe ich, wo sich dieses Netzwerk konzentriert: im Herzen der Stadt befindet sich ein weitläufiger gepflasterter Platz. In dessen Mitte prangt ein hohes spitzzulaufendes Gebilde, einer Kompassnadel gleich. Sie wirft in der späten Nachmittagssonne einen weiten Schatten. Ich frage Traian, was es damit auf sich hat, doch er antwortet nur patzig: „Sie zeigt dir, dass du dich diesem Ort besser fernhalten solltest!“
Am Rande des Platzes stehen neben Geschäften und Gasthäusern auch einige Wohnhäuser. Auf eines von ihnen steuert Traian nun zu. Mael wohnt in einer großen Villa. Die gelbe Fassade ist im Vergleich zum Prunk der übrigen Gebäude eher schlicht gehalten. Einen Vorgarten gibt es nicht. Als wir

durch die Haustür schreiten, überkommt mich ein beklemmendes Gefühl. Mein Instinkt ist verlässlich - er kommt zu der Einschätzung, dass es vielleicht keine gute Idee ist, in das Haus eines derart erfahrenden Jägers hineinzuspazieren. Ha, ha, ich frage mich, warum mich dieses Gefühl nie bei Levians und Nileyns Haus ergriffen hat?
Traian geleitet uns zu einer der vielen Türen, die in der unteren Etage der Villa liegen. Das dahinterliegende Zimmer ist wie eine Art Empfangsraum gestaltet: mittig im Raum steht ein violettfarbenes Sitzensemble, bestehend aus einem Sofa auf der einen Seite und zwei Sesseln auf der anderen. Die Wände zieren wuchtige Holzregale, in denen allerlei Bücher stehen. Ein großer Fransenteppich rundet das Bild ab. Außer uns befindet sich noch niemand weiter im Zimmer. Nachdem Traian uns hierhergebracht hat, verschwindet er hinter einer anderen Tür, um Mael über unsere Ankunft zu benachrichtigen. Unruhig schaue ich mich im Raum um. Mein Blick schweift über die Bücherregale. Die Titel sind in verschiedenen Bereichen angesiedelt: über Geografie, Geschichte, Kampfkunst, bis hin zu… Pflanzenkunde? Seltsam… Sie verraten also nichts, was für mich von Interesse wäre…
„Setz dich endlich hin, du machst mich nervös.“ mault Levian, der sich bereits auf einer Seite des schmalen Sofas niedergelassen hat. Er scheint selbst etwas angespannt zu sein.

Seine Hände kreisen unruhig auf seinen Knien herum. Als ich mich neben ihn aufs Sofa setze, blickt er zur Tür. Ich räuspere mich: „Na Leeve, was meinst du, warum dein Mentor dich herbestellt hat?“
Seine Stirn liegt in Falten: „Ich schätze Mael will hören, wie es in Sachen Problemlösung so vorangeht.“
Ein Grinsen huscht unwillkürlich über mein Gesicht: „Mh, noch keinen Weg gefunden, mich auszulöschen?“
„…Hör auf damit…“ gibt er nur leise zurück.
Knarrrtz - die Tür öffnet sich, Mael tritt in den Raum und dicht hinter ihm auch Traian. Fast reflexartig springt Levian vom Sofa empor und geht auf seinen Lehrmeister zu. Mit einem wie in Stein gemeißeltem, monoton-konzentrierten Gesichtsausdruck begrüßt Mael Levian mit einer viersekündigen Berührung der linken Schulter. Für seine Verhältnisse ist dies sicherlich eine mehr als emotional-bewegte Geste… „Levian, wie ist es dir ergangen?“
Während Levian sich zurück aufs Sofa setzt, nehmen Mael und Traian ihre Plätze auf den gegenüberliegenden Sesseln ein. Selbstverständlich sitzt Traian mir gegenüber…
Levian gibt ein undefinierbares Geräusch von sich. „Die bisherige Suche verlief… durchwachsen…“, berichtet er, „…Die meisten Jäger, so wie Aaron und die Nachfolgerinnen von Nathanel, Joran und Inran, reagierten auf meinen Besuch

eher negativ. Jirah hingegen hat mich freundlich empfangen, aber genau wie die anderen Jäger konnte auch sie mir nicht weiterhelfen…“
Mael wischt sich über seinen Stoppelbart. Für ihn scheinen die Reaktionen der Jäger nicht wirklich überraschend: „Das ist verständlich, gerade durch ihre Gebiete ziehen viele Nomaden. Die Verteidigung gegen feindliche Jäger nimmt dort einen hohen Stellenwert ein.“
„Feindlich, tse…“ werfe ich mit einem skeptischen Blick ein. Wie können Jäger überhaupt jemanden ihrer Art als ‚feindlich‘ klassifizieren, wenn sie doch alle dasselbe Ziel haben… Doch nun ist mir klar, woher Levian diese für ihn eher untypische Art zu denken hat. Während Traian sich nun auf eine sehr arrogante Art und Weise im Sessel zurücklehnt und seine Hände auf den Lehnen platziert, scheint Mael mich vollkommen zu ignorieren - zumindest dem Anschein nach.
„Konzentriere dich auf Jäger, zu denen ich selbst auch regelmäßigen Kontakt pflege. Sie werden sich deinem Anliegen eher annehmen. Nahara ist eine erfahrene Jägerin, ich werde einen Brief an sie verfassen, den du ihr vorlegen kannst. Sie wird dir Gehör schenken.“
Abgesehen davon, dass die Idee, den eher unentspannten Jäger Aaron aufzusuchen, ja von Mael selbst stammte, geht es mir gegen den Strich, wie er Levian mit einer unglaublichen

Selbstverständlichkeit Vorschriften macht. Als Levian nur ein gedrücktes „Mh…“ erwidert, lehnt sein Mentor sich nun nach vorn, seinen Blick eindringlich auf seinen ehemaligen Schützling gerichtet: „Levian, der erbärmlichen Existenz des Dämons ein Ende zu setzen, besitzt für dich als Jäger oberste Priorität! Verliere den Fokus nicht aus den Augen! Wie willst du die Menschen vor der Blutgier, der Gewaltlust dieser Kreaturen beschützen, wenn du deinen Bann nicht nutzen kannst?“
Unglaublich!!! Sofort durchzieht eine reißende Spannung meinen Körper. Gleichzeitig jedoch hallt in mir der warnende Gedanke, dass es eine ganz miese Idee wäre, den beiden Jägern vor mir jeweils ein wirksames Kontra in Form eines gezielten Faustschlags zu verpassen… Schließlich bin ich als Unsterbliche augenblicklich weit in der Unterzahl… Natürlich weiß Mael, dass es am einfachsten ist, an Levians Pflichtbewusstsein zu appellieren, um ihn in die gewünschte Richtung zu lenken. Levian tut mir furchtbar leid, wie er nun so mit gesenktem Blick neben mir sitzt… Doch vor allem brennt in mir auch die Wut über diese manipulativen Taktiken. Deshalb setze ich nun zumindest zum verbalen Faustschlag an: „Ha aha, Eve, habe die Ehre! Na ich würde mal sagen, meine Existenz ist weitaus weniger erbärmlich als die eines

altersschwachen Narzissten, der seine Schützlinge bewusst mit Halbwahrheiten füttert."

Entrüstet über meinen Ausbruch an Wahrheiten lehnt Traian sich nach vorn und beginnt mir entgegenzuspucken: „Wohl kaum so erbärmlich wie eine Leiche, die sich standhaft weigert, zu begreifen, dass sie eigentlich schon-" doch da unterbricht ihn Mael mit einer ruhigen Geste.

Zeitgleich raunt Levian neben mir: „Halt einfach nur für ein paar Minuten mal den Mund!" Beleidigt starre ich ihn an, balle meine Hände und schwöre mir selbst, ihn nachher dafür zahlen zu lassen, dass er mir so über den Mund gefahren ist.

Maels Augen fixieren den blonden Jäger neben mir weiterhin, während er anhebt: „Levian, lass dich nicht von der Dämonin beeinflussen. Du bist derjenige, der den Bann ausüben kann - nicht sie. Du hast die Kontrolle - nicht sie. Gestehst du ihr auch nur den kleinsten Raum zu, dann wird sie dich Stück für Stück unaufhaltsam unterwerfen, dich verschlingen, bis du schließlich selbst zum Dämon wirst. Levian, schau mich an..." Gequält richtet Levian seinen Blick auf Mael. Dieser lehnt sich ein Stück weit nach vorn und führt noch eindringlicher fort: „Diese Kreatur würde alles tun, um ihre weitere Existenz zu sichern. Du musst alles daransetzen, diese Situation so schnell wie möglich zu beenden. Ruhepausen, die du Zuhause verbringst, ziehen das Problem nur unnötig in die Länge."

Noch nie fiel es mir so schwer wie in diesem Augenblick, für ein paar Minuten mal den Mund zu halten. Mit zornesrotem Gesicht blicke ich zu den beiden Jägern herüber, die in mir nichts weiter als einen besitzergreifenden namenlosen Poltergeist sehen, dem kein Recht zusteht, auf dieser Erde zu weilen. Wild stiere ich den autoritären, manipulativen Greis an, der mich, so wie auch jetzt gerade, während des gesamten Gesprächs keines Blickes würdigt. Dann schaue ich zu Traian, der sich selbst am Gespräch nicht beteiligt hat, dem aber dennoch das Grinsen derart hämisch aus dem Gesicht scheint, dass es fast einer Einladung gleicht, es ihm aus der Fratze zu hämmern. Und dann sehe ich den blonden Jäger, **meinen** Jäger, an und meine Wut wird von einer tiefen Traurigkeit davon getrieben. Einerseits macht es mich rasend, dass er einfach nur dasitzt und sich diesen ganzen Schwachsinn anhört, ohne für mich Partei zu ergreifen. Andererseits ist es fast schon schmerzhaft mitanzusehen, wie seine Vertrauten, von denen er nur sehr wenige hat, nicht das kleinste bisschen Verständnis oder gar Empathie für ihn aufbringen können und ihn sogar noch weiter antreiben, diese sowohl in physischer als auch psychischer Hinsicht kraftzehrende Suche fortzusetzen. Pflichtgefühl steht über allem.

Das Schweigen, das auf diese Predigt folgt, dauert wahrscheinlich nur ein paar Minuten und doch kommt mir dieser Moment unendlich lang vor. Schließlich erhebt Levian als erster das Wort und presst mit matter Stimme hervor: „Ich weiß... Es tut mir leid, aber ich kann Nileyn nicht so lange allein lassen. Jedenfalls nicht die Zeit, die es braucht, um mich voll und ganz der Lösung des Problems zu widmen. Nicht, nachdem... nachdem ich auch Zuhause von einem Dämon angegriffen wurde..."

Sicherlich hätte er bereits mehr Jäger befragt haben können, wären wir während seiner Suche nicht für eine gewisse Zeit nach Hause zurückgekehrt. Aber er weiß genauso gut wie ich, dass wir diese Pausen nicht einlegten, da wir uns davor fürchteten, Nileyn ohne Schutz zurückzulassen...

Mael denkt eine Weile lang darüber nach. Ich glaube nicht, dass er diesen Einwurf als gerechtfertigte Verteidigung für die ‚Verzögerung' der Problemsuche gelten lässt. Und meine Ahnung bestätigt sich, als Mael erklärt: „Ich werde Nileyn zu mir holen und sie ausbilden. Sie soll wenigstens eine Grundausbildung erhalten, damit sie weiß, wie sie ihre Gabe effektiv zur Verteidigung einsetzen kann. Das sollte genügen, um sie auf eventuelle Übergriffe durch Dämonen vorzubereiten."

Ich sehe Nileyn vor mir, mit ihren sanften blauen Augen, die stets zu lächeln scheinen, mit ihren goldenen Haaren, die im seichten Wind umherwirbeln, der durch den duftenden Garten treibt, mit ihren zierlichen Händen, die so akkurate Bewegungen vollbringen können. Niemals könnte ich mir Nileyn als jemanden vorstellen, der einem anderen Wesen etwas zuleide tun, geschweige denn, dessen Existenz beenden könnte. Diese Hände vermögen es nicht, zu löschen und diese Augen nicht, dem Tod zu begegnen. Und wer Nileyn kennengelernt hat, dem ist das vom ersten Augenblick an zur Gänze klar.

„Ja, dann hol sie zu dir." entscheidet Levian.

22.

„Au! Was soll das?“ Mit zusammengezogenem Mund reibt sich Levian die Stelle am Oberarm, an der ich ihn gerade kräftig gekniffen habe.
„Du weißt, wofür das ist.“ entgegne ich.
Levian und ich sitzen auf einer kunstvoll geschwungenen Bank am Rande des weiten Platzes, der sich im Zentrum von Maels Stadt erstreckt, und lassen uns von den letzten Sonnenstrahlen des Tages wärmen, welche alles noch einmal in ein sattes rotorangenes Licht tauchen, bevor sie ganz erlöschen. Ich dachte bei diesem Anblick, wie der farbenprächtige Himmel sich langsam dunkel färbt, könnten wir etwas zu Ruhe kommen und das Gespräch sacken lassen. Aber es zeigt keine Wirkung… zumindest nicht bei mir.
Um diese Zeit lehrt sich der Platz langsam. Die Bewohner der Stadt eilen nun allmählich nach Hause, um das Abendbrot einzunehmen, sich schlafen zu legen oder was auch immer die Menschen um diese Zeit so machen. Ein paar Tauben laufen aufgeregt vor unseren Füßen hin und her. Sie hoffen auf ein paar letzte Almosen für diesen Tag, doch wir haben nichts

dabei, was wir ihnen guten Gewissens als Nahrung anbieten könnten.
Diese Nacht werden wir in Maels Stadt verbringen. Traian hat für Levian und mich zwei Zimmer in einer Herberge organisiert, die weit entfernt von Maels Villa liegt. Nachdem ich nun weiß, dass meine Nähe die Jäger darin behindert, andere Meinesgleichen in ihrer Umgebung wahrzunehmen, finde ich es nachvollziehbar, uns im größtmöglichen Abstand zu ihrem Stützpunkt einzuquartieren. Ich bin natürlich auch froh, dass ich diese beiden Idioten mit ihrem pflichttriefenden Gefasel heute nicht mehr ertragen muss.
Wie es am nächsten Morgen weiter geht, weiß ich nicht. Der Ärger darüber übermannt mich erneut, sodass ich Levian nochmals kräftig in den Arm kneife.
„Ha-au! Hör endlich auf damit!!!" ruft er nun sichtlich aufgebracht. Ich knurre zur Antwort. Als ich erneut zukneifen will, hält er meine Hand zurück und ruft: „Was ist nur los mit dir?!" Erbost starren mich seine blauen Augen an.
„Was ist los mit MIR?! Was ist los mit DIR, frage ich dich! Werden wir unsere Reise wirklich fortsetzen? Willst du wirklich weiter auf den Rat dieser ganzen gebietsfixierten Spinner bauen und sogar dein Leben dabei riskieren? Nach alldem, was passiert ist? Wir wollten doch endlich nach Hause zurückkehren, oder nicht?! Und willst du wirklich, dass Nileyn

zur kaltblütigen Jägerin wird? Ernsthaft?! Nileyn?! Macht das nicht alles nur noch schlimmer?!“
Wie meine Gedanken, so kreisen auch die Fragen, dich ich ihm stelle, um einen bestimmten Punkt, doch in meiner Furcht vor der Antwort bin ich unfähig, es auszusprechen.

Willst du mich denn immer noch auslöschen…?

„Ich weiß es nicht! Aber Mael hat doch in einer Hinsicht recht: so, wie es jetzt ist, kann es nicht weitergehen. Du kannst doch nicht bis zum Ende all… meiner Tage an mich gekettet bleiben. Ich kann doch nicht einfach… ich muss doch etwas unternehmen… wenn ich als Jäger meinen Bann verliere… So wie ich jetzt dastehe, kann ich doch niemanden beschützen, verstehst du das nicht?“
Ich ziehe die Luft zischend ein und halte den Atem an. Ich hatte keine Ahnung… Mir war nicht bewusst, wie wichtig es ihm ist, anderen Schutz zu bieten. Doch jetzt, wo ich daran denke, wie Nileyn mir die Geschichte über ihre Eltern erzählte und wie sie ums Leben kamen… Wo ich daran zurückdenke, wie er fast automatisch das Messer abwehrte, das Aaron auf mich zufliegen ließ. Wie er auf der alten Holzbank im Garten an jenem Sommertag zu mir sagte, dass er sich denen entgegenstellen will, die mir gefährlich werden könnten. Und

ich denke daran, wie er sich selbst größter Gefahr aussetzte, um den auf mich zuflirrenden Bann, den Inran entfesselt hatte, zu stoppen. Wie töricht ich doch war, dies alles nicht zu sehen… nicht zu sehen, wie er darum kämpft zu schützen… dass es das ist, was ihn am meisten bewegt… Und es geht weit über das hinaus, als was die Jäger sich selbst definieren. Mit bloßem Pflichtgefühl hat das nichts zu tun… Dies macht mir eines klar: anders als mir ist ihm nicht bewusst, dass eine Lösung des Bann-Problems meinen Tod bedingt. Er weiß nicht, dass es keinen anderen Weg geben kann… Der Bann löscht unerbittlich. Er wurde zwar aus unerklärlichen Gründen gestoppt, aber er hat mich bereits gefesselt. Es ist ein Vorgang, der nicht rückgängig gemacht werden kann. Das läge nicht in der Natur der Jägergabe…

Immer noch drückt er meine Hand fort. Als ich nun versuche, seine Hand mit meiner zu umschließen, zieht er sie hastig zurück. Ich lächle traurig: „Du kannst nicht jeden auf der Welt beschützen, Levian."

„Ich weiß…" antwortet er, den Blick nun auf die metallene nadelähnliche Skulptur gerichtet, die sich mittig auf dem Platz emporhebt. Das rote Licht der untergehenden Sonne lässt sie seltsam skurril wirken. Wieder spüre ich diese tiefe Müdigkeit in mir aufsteigen. Schweigend betrachten wir, wie die rote Scheibe zwischen den Häusern verschwindet. Der Wind frischt auf. So wie die letzten Nächte schon, weht er zerrend über die Landschaften, Dörfer und Städte hinweg. Bald schon wird er die Blätter in Massen mit sich tragen, bis die Bäume ohne Grün dastehen. Allmählich beginnt der Jäger neben mir zu zittern. Ich grinse ihn an: „Zeit, zur Herberge aufzubrechen, kleines Menschlein."

Gerade als wir uns von der Bank erheben, hören wir eine vertraute Stimme hinter uns: „Ach hier steckst du! Ich habe dich gesucht!" Traian kommt auf uns zu und als wäre es tatsächlich eine Anmaßung von Levian, nicht gespürt zu haben, dass er nach ihm suche, setzt Traian hinterher: „Ich dachte, du wärst schon in der Herberge. Bin den halben Weg hin und wieder zurück umsonst gelaufen." Mit einem Stöhnen, als bedeute die zurückgelegte Strecke einen Kraftakt sondergleichen für ihn, lässt Traian sich auf der Bank niederplumpsen, auf der wir eben noch gesessen haben. Anscheinend hat er erst nach der halben Strecke bemerkt, dass er sich von der dämonischen Präsenz eher entfernt, denn sich ihr nähert… „Wenn dich das schon all deine Kraft kostet, kann ich verstehen, warum du dich beim Vertreiben meiner Gattung so furchtbar ungeschickt anstellst." stichle ich ihn. Bei der Vorstellung, wie er gegen Fior gekämpft hat und welch schlechte Figur er nach Fiors Schilderungen dabei abgegeben haben muss, muss ich unwillkürlich kichern.

„Ich kann dir gern hier und jetzt beweisen, wie es um meine Geschicklichkeit steht!" kläfft Traian mit zusammengekniffenen Augenbrauen zurück. Und hätte Levian sich jetzt nicht eingeschaltet, hätte Traian wohlmöglich gern diese Gelegenheit genutzt, um den zwischen ihm und mir bestehenden Dissens über das Kräfteverhältnis an Ort und Stelle zu klären. Schade, schade...

„Hört endlich mit diesem Geplänkel auf! Warum hast du nach mir gesucht, Traian?"

„Hng... ich dachte mir, nach der anstrengenden Reise hast du sicherlich großen Hunger. Da wollte ich dich gern mit in den ‚Alten Ratskeller' nehmen, um dir ein Abendbrot zu spendieren."

Ungeachtet der Tatsache, dass Traian ja als Jäger hier in der Stadt nichts für das Essen bezahlen muss und so von ‚spendieren' wohl kaum die Rede sein kann, unterstreicht er sein Angebot zusätzlich noch mit einer gönnerhaften Handbewegung. Lässig lehnt er auf der Bank, die Ellenbogen über die Lehne geworfen, und wartet lächelnd auf einen Jubelschrei oder irgendetwas in der Art. Ich stutze im ersten Augenblick, dann aber antworte ich schnell an Levians Stelle:

„Das ist wirklich überraschend! Aber ich habe nichts dagegen, einen Happen essen zu gehen."

Schlagartig rutschen Traians Mundwinkel nach unten: „Warum solltest ausgerechnet DU denn bitte mitkommen?!"
„Traian, ich glaube nicht, dass Mael es gutheißen würde, wenn ich sie hier allein durch die Stadt schlendern ließe." stellt Levian neben mir nun klar. Oh! Da hat er recht!!!
„Ha, ha, ha, ha!" lache ich hohnvoll und hebe dabei meine Hände hinter den Kopf.
Traians Blick wandert zu mir, dann wieder zu Levian. Schließlich erhebt er sich von der Bank, schlurft davon und deutet an, dass wir ihm folgen sollen. Dabei nuschelt er irgendetwas vor sich hin. Ich kann es nicht verstehen, bin aber ziemlich sicher, dass es keine Nettigkeiten sind, denen er da freien Lauf lässt.

Der ‚Alte Ratskeller' ist weitaus weniger alt, als der Name vermuten lässt. Tatsächlich handelt es sich um eine gehobene Gaststätte, die sich in den Kellergewölben des Rathauses befindet. Obgleich wir eine kleine Treppe hinabsteigen müssen, um in den Restaurantbereich zu gelangen, erstreckt sich hier unten ein weitläufiger Raum mit hohen geschwungenen Gewölbedecken. Der Gastraum liegt nicht vollständig unterhalb der Erdoberfläche, sondern nur zum Teil. Für einen ‚Keller' besitzt dieser Raum recht hohe Fenster. Sie sind weiß lackiert, nach oben hin abgerundet und am oberen Punkt der

Fensterbögen prangen verschnörkelte Verzierungen, die an ein Blütenbouquet erinnern. Die nussbaumfarbenen runden Tische und Bänke stehen im angenehmen Abstand zueinander. Darum sind gepolsterte Stühle im selben Holzton angeordnet. Überall hängen schön verzierte Kronleuchter von den Decken. Alles in allem macht der Gastraum ziemlich was her. Entsprechend gut besucht ist er auch. Überall klirrt Besteck, überall quasseln Menschen, schmatzen, lachen…

„Ich bin gespannt, was die Speisekarte so sagt." Ich überlege, wie lange es schon her ist, dass ich das letzte Mal Nahrung zu mir genommen habe. Bis auf den Drops, den ich Jirah gemopst habe, kann ich mich an das letzte Mal nicht mehr erinnern. Während ein Kellner uns zu einem Dreiertisch führt, wirft Traian mir wenig geistreich über die Schulter hinweg zu: „Kategorie Mensch führen sie auf der Karte hier leider nicht."

„Ha, ha, na in der Hinsicht bin ich mit dir ja schon gut bedient!" erwidere ich und ergötze mich daran, wie er nun angewidert das Gesicht verzieht.

„Geht das jetzt den ganzen Abend so…?" fragt Levian neben mir in einem genervten Tonfall.

„Das musst du mich nicht fragen." gebe ich mich unschuldig.

Als wir uns an den Tisch setzen, lasse ich meinen Blick wandern. Die Gäste hier haben schätzungsweise ein Durchschnittsalter von fünfzig Jahren. Vielleicht liegt das an der fortgeschrittenen Stunde? Als ich die Speisekarte aufschlage, stelle ich fest, dass wohl doch eher der Geldbeutel ausschlaggebend für die Zusammensetzung der Klientel hier ist. Junge Leute und Familien mit kleinen Kindern können sich solche Summen wohl nur selten leisten. Ich pfeife anerkennend. Dann blättere ich zu dem Teil, in dem die Fleisch- und Fischgerichte aufgeführt sind. Als der Kellner an den Tisch kommt, geben die beiden Jäger ihre Bestellungen auf. Levian bestellt plumpes Hähnchen mit Grünzeug und Kartoffelspalten, dazu ein Wasser. Traian wählt irgendein Filet, von welchem Tier kann ich nicht heraushören, denn der Name des Gerichts klingt so unglaublich abgehoben, dass er nicht einmal die Grundzutaten erahnen lässt. Ich bin sicher, es wird ihm schmecken. Als ich an der Reihe bin, zwinkere ich dem jungen dunkelhaarigen Kellner zu und ordere mit einem schiefen Lächeln: „Einmal den Rindsbraten an Speckbohnen und Puffer, dann dreierlei Nudelvariationen auf Filetspitzen vom Schwein, die Minestrone vom Huhn, die Kutterscholle auf Auberginengemüse und eine Apfeltarte zum Nachtisch. Zu trinken nehme ich gern ein kleines Glas Traubensaft.“

Fassungslos und mit weit geöffneten Mündern starren Levian und Traian mich an. Der Kellner jedoch gibt sich sympathischerweise sehr professionell, notiert alles, ohne mit

der Wimper zu zucken und zieht mit zwei der drei ausgehändigten Speisekarten unter dem Arm von dannen.
„Erpicht darauf, Neues auszuprobieren?“ fragt Levian mich. Mir ist bei diesen Worten so, als würde er sich ein Lächeln nur mühselig verkneifen können.
„Bist du übergeschnappt?!“ trötet Traian im salonfähigen Flüsterton zu mir herüber.
Ich zucke mit den Schultern: „Alternative Auswahl zu Mensch.“

Das Essen der Menschen, und das kann ich ohne jegliche Spur des Hohns zugeben, ist wirklich delikat! Ich hatte nicht in Erinnerung, dass Rind, Huhn oder Schwein so gut schmecken. Ich lange ordentlich zu, abwechselnd wandert von jedem Gericht immer eine große Portion auf meine Gabel und anschließend in meinen Mund. Nur der Fisch ist nicht so meins. Aber da ich nur selten die Gelegenheit bekomme, derart gut zu speisen, verschlinge ich auch dieses Gericht restlos. Einzig Levian und Traian scheint es nicht zu munden, denn sie kommen nur langsam mit der Nahrungsaufnahme voran. Das ist auch nicht verwunderlich, da sie die meiste Zeit damit verplempern, mir gebannt beim Essen zuzusehen.
Als ich alle vier Gerichte und meinen Nachtisch vertilgt habe, trinke ich meinen Traubensaft in großen Schlucken und stelle das leere Glas anschließend zufrieden auf den Tisch.

„Noch nie habe ich etwas… etwas… naja Derartiges gesehen…“ staunt Traian neben mir, den Kopf auf seine Hände gestützt.
„Früher habe ich auch nicht gewusst, dass Dämonen auch Menschennahrung zu sich nehmen. Aber anscheinend ist das gar nicht so ungewöhnlich.“ lüftet Levian seine durch mich gewonnenen Erkenntnisse.
Ich lehne mich entspannt zurück und ergänze: „Nur dass keine körperliche Notwendigkeit besteht, die uns die Nahrungsaufnahme diktiert. Es ist schon verrückt, oder? Ich meine, dass nicht einmal unsere Verwandlung derartig menschliche Angewohnheiten zu eliminieren vermag. Wer weiß schon, wie viel Mensch noch in uns steckt…?“
„Ach so…“ meint Traian nachdenklich.

Als wir das Restaurant verlassen, tut es mir fast leid, dass wir dem netten Kellner nicht einmal ein Trinkgeld dalassen können. Trotzdem verabschiedet er uns freundlich und wünscht ein baldiges Wiedersehen. „So recht kann ich das nicht glauben…“ murmelt Traian vor sich hin.
Wir laufen ein paar Meter gemeinsam durch die von den Laternen erleuchtete ruhige Stadt und kommen schließlich zum Platz zurück, an dem diese seltsame Kompassnadel steht. Ich gehe näher heran, dann laufe ich einmal um sie herum. Da ihm

mit vollem Magen vielleicht weniger nach Streiten zumute ist, unternehme ich einen neuen Versuch, aus Traian herauszukitzeln, welche Bedeutung diese Nadel hat: „Mein liebster Traian, klär doch bitte endlich auf, was es mit diesem Ding hier auf sich hat."
Während Levian und er sich auf einer Bank niederlassen, knurrt Traian vor sich hin: „Hgrrr… red' mich gefälligst nicht so an…" Nach einem gespielten Seufzer erklärt er jedoch knapp: „Hat irgendwas mit uns Jägern zu tun. Die Bewohner haben diese Nadel vor langer Zeit hier aufgestellt, weil sie zeigen soll, wo sich das Haus des ansässigen Jägers befindet… oder irgendetwas in der Art."
Dafür, dass es ihn als Jäger direkt betrifft, weiß er ziemlich wenig darüber. Andererseits bin ich überrascht, dass er sich überhaupt für irgendetwas interessiert, das sich vor seiner Geburt ereignete. Doch noch mehr erstaunt mich, wie er geantwortet hat. Es war fast schon… naja freundlich nicht gerade, aber zumindest sachlich. Irgendwie schizophren: heute Nachmittag noch gab er sich von seiner besten Traian-Seite. Mir ist, als würde ich gerade ein Déjà-vu erleben… Jetzt wo ich darüber nachdenke, kommt mir in den Sinn, dass ich eigentlich ziemlich wenig von ihm weiß. Während die beiden Jäger nun wie zwei alte Männer nebeneinander auf der Bank sitzen und die Sterne beobachten, hänge ich mich an die gigantische

Kompassnadel und - *schwupp* - bin ich schon auf dessen Spitze angelangt. Meine blanken Füße lassen mich gekonnt auf der schmalen Kante balancieren. Von hier aus hat man eine gute Aussicht über Maels Stadt. Wie sie so daliegt in der Dunkelheit... Als wäre sie ein einziges Lichtermeer... Nachdenklich lasse ich meine Augen über die Stadt hinweg wandern. „Wo befindet sich eigentlich dein Haus, liebster Traian?“ will ich wissen.

Erst jetzt scheinen die beiden zu bemerken, was ich hier treibe. „Was machst du da oben?!“ rufen Traian und Levian im Chor herauf.

Ich grinse vor mich hin. Wie die beiden so dort unten auf der Bank sitzen und zu mir hochstarren... „Ich suche Traians Haus.“ erkläre ich lächelnd.

„Das siehst du von dort oben aus auch nicht besser.“ meint Traian.

„Und warum nicht?“

„Es befindet sich dort.“ Mit einer lässigen Handbewegung zeigt er über den Rücken hinweg auf die hellgelbgetünchte Villa.

Levian ergänzt nun: „Traian wohnt bei Mael.“

„Warum?“ hake ich nach, doch nun scheint die versöhnliche Stimmung vorüber. Als Traian darauf antwortet, klingt plötzlich wieder derselbe patzige Unterton mit, den er sonst

auch bei jeder seiner Antworten an den Tag legt: „Warum, warum, du klingst wie ein Kleinkind…“
Ich stöhne zur Antwort genervt, springe von der Nadel hinunter und beschließe, es für heute Abend dabei zu belassen…

Als wir uns von Traian verabschieden, grinst er Levian breit entgegen: „Eine angenehme Nacht wünsche ich dir.“
„Selbiges.“ entgegnet dieser in seiner üblichen wortkargen Art.
Dann wendet Traian sich mir zu: „Di…“ setzt er zuerst an, entscheidet sich dann jedoch, den Mund wieder zu schließen. Stattdessen starrt er mich nun stumm an.
„Das werte ich als ein freundliches ‚gute Nacht‘.“ necke ich ihn ein letztes Mal für heute.
Doch er verzieht nur den Mund zu einer Schnute.

23.

Sie ist seltsam, diese Stille. Ich sitze allein in meinem dunklen Zimmer in der Herberge und lausche angestrengt. Die weiche Matratze und die fluffige Decke darauf geben unter mir nach. Es ist, als würde ich mich auf frisch gefallenem Schnee niederlassen. Genau wie meine letzte Nahrungsaufnahme - bevor Traian uns heute ‚eingeladen' hatte - so ist auch das letzte Mal, dass ich in einem Bett gelegen habe, schon sehr lange her. Nileyns Gästedecke und das Kopfkissen, das sie mir immer auf dem Sofa Zuhause hergerichtet hat, lasse ich da außen vor. Das Sofa ist schrecklich durchgesessen. Es ist kein Vergleich zu diesem Bett hier. Zudem habe ich darauf noch nie geschlafen... Zunächst war ich recht erstaunt darüber gewesen, dass Traian mir ein eigenes Zimmer organisiert hat. Aber, als ich länger darüber nachgedacht habe, empfand ich diesen Gefallen nicht mehr als überraschend freundlich. Mit an Sicherheit grenzender Wahrscheinlichkeit wollte Traian damit nur entgegenwirken, dass ich mich aufgrund der fehlenden Rückzugsmöglichkeit irgendwo in der Nacht in Maels Stadt herumtreibe... unbeaufsichtigt... oder mich in Levians Zimmer mit einquartiere... Als ich an der Rezeption aus einem

Augenwinkel heraus gesehen habe, dass Levian zwei Zimmerschlüssel ausgehändigt bekommen hat, sah ich meine Vermutung bestätigt. Ich habe keinen Schlüssel erhalten… Belustigt über die Tatsache, dass die Jäger denken, eine simple verschlossene Holztür könnte mich davon abhalten, dieses Zimmer zu verlassen, lausche ich auf ein verräterisches Knarren oder etwas Ähnliches. Von draußen sind jedoch keine Geräusche zu hören. Langsam erhebe ich mich von meinem weichen Bett und begebe mich zur Tür. Bevor ich aus meinem Zimmer heraustrete, blicke ich noch einmal sehnsüchtig zurück. Da habe ich einmal die Gelegenheit, mich für eine Nacht auf einer Matratze, einer fluffigen Wolke gleich, zu betten und wogegen tausche ich es ein? Gegen eine abermals schlaflose Nacht, an der harten Wand gelehnt, auf dem ganz und gar nicht fluffigen Boden sitzend… „Gnhhhh…“ Ich schließe die Tür hinter mir und gehe die drei Schritte über den Flur, die es benötigt, um zu Levians Zimmer zu gelangen. Konzentriert schließe ich die Augen, um mich auf meinen Hörsinn zu besinnen. Er atmet langsam, aus seinem Zimmer ist nichts weiter zu hören als dieser gleichmäßige Rhythmus. Leise drücke ich die Klinke seiner Tür herunter und trete ein. Levians Raum ist ähnlich eingerichtet wie meiner. An der rechten Wand steht das massive schmale, aber wunderbar weiche und kuschlige… hng… Bett. Rechts neben der Tür befindet sich der

Kleiderschrank, den er jedoch für diese eine Nacht, die wir hier verweilen werden, nicht eingeräumt hat. Gegenüber der Zimmertür befindet sich ein kleines gardinenbehangenes Fenster, durch das der Halbmond hineinscheint. So wie ich es auch Zuhause handhabe, setze ich mich an die Wand, die direkt gegenüber seinem Bett liegt. Von meinem mehr als unbequemen Platz aus habe ich den optimalen Blick auf den schlafenden Jäger. Er hat sich die Decke bis unters Kinn gezogen. Nur sein Gesicht und seine blonden verwuschelten Haare schauen noch unter der dicken Decke hervor. Mhhh... die Decke in meinem Zimmer sah aber nicht so aufgeplustert au... - Grrrrrr!!! Ich kneife mir kräftig in die Wangen und versuche darüber nachzudenken, was Mael heute Nachmittag sagte... Wohin uns der morgige Tag wohl führen wird? Ob Levian wirklich sofort zum nächsten Jäger aufbrechen wird, um dort nach Rat zu fragen? So gern würde ich wenigstens noch für ein paar Tage nach Hause reisen, um mit Nileyn...
...über alles reden zu können, was wir erlebt haben...
...und...

...um ihren Garten einmal im frühen Herbst zu erleben...

Die Magnolie...
...und Äpfel...

...und...

Mhhhh...

Diese furchtbare Müdigkeit...

Sie ist wie ein ...Parasit, der droht... von mir Besitz zu ergreifen...

Mhh...

Wieder bahnt sie sich ihren Weg...
Wieder kämpfe ich...

...gegen sie an. Ich schaue auf Levians ruhiges Gesicht...
Seine geröteten Wangen...

Seine Lippen... die bis zum heutigen Tage nicht ein einziges Mal... meinen Namen... formten...

Den Kampf werde ich dieses Mal wohl verlieren...

Ich schließe die Augen...

...

Irgendwo höre ich dumpf ein leises Rascheln von weichen Federn. Ich stelle mir vor, dass es von einer Krähe stammt, die sich ihren Weg durch den Nachthimmel bahnt...

24.

„Na, dann legen wir dich halt in Formaldehyd ein." meint Levian aufgekratzt, wobei seine Stimme gleichzeitig doch so kalt klingt. Er steht in der Wohnstube seines Hauses und kramt nach irgendetwas in einer Schublade.
„Was ist das?" frage ich.
Er kramt weiter, zieht jede Schublade des kleinen Schränkchens heraus, das neben dem Kamin steht, und lacht dabei: „Na, ein Mittel, um Leichen zu konservieren, du Dummerchen!"
Schnell hastet er zu einem der Küchenschränke und wühlt und wühlt... Alles, was sich in den Schränken befindet, schmeißt er achtlos auf den Boden. Immer wilder kramt er nun.
„Ich bin doch aber nicht tot." stelle ich verdutzt klar. Wie angewurzelt stehe ich im Eingangsbereich, als würde mich etwas daran hindern, mich weiter ins Haus vorzuwagen.
Noch mehr Sachen fliegen in den Raum, auch Geschirr wirft Levian nun achtlos auf die Erde. Es zerspringt in tausend Scherben, aber keine davon trifft ihn.
„Na, hahaha, das wollen wir mal sehen!" lacht er in seiner Raserei vor sich hin.

„Na, na, na…“ äffe ich ihn nach. Dann murmle ich: „Das wird Nileyn aber nicht gefallen.“

Warm…

Irgendetwas wärmt mein Gesicht. Ich öffne die Augen und werde geblendet. Die Hand neben meine Augen haltend sehe ich, wie sich die ersten Sonnenstrahlen des Tages durchs Fenster auf mich ergießen. Orientierungslos reibe ich mir über meine Lider - was ist passiert? Noch immer lehne ich an der Wand in Levians Zimmer. Wir befinden uns in der Herberge. Nachdem Traian uns gestern zum Abendessen ausgeführt hatte und wir danach noch eine kleine Runde durch die Stadt geschlendert sind, hatten Levian und ich uns auf den Weg zur Herberge gemacht. Ich hatte mich in sein Zimmer geschlichen, als er schlief. Ein Lachen unterdrückend reibe ich mir über den Nacken. Der ‚Dämon‘ frisst sich erst voll und legt sich anschließend schlafen. Der gestrige Tag war hart… Ein Tag, an dem ich gleich zwei menschlichen Bedürfnissen nachgegeben habe.

Skeptisch starre ich zu Levian herüber. Er liegt immer noch in seinem Bett, nun jedoch mit dem Rücken zu mir gewandt. Sein Körper hebt und senkt sich noch gleichmäßig. Umständlich erhebe ich mich von meinem Platz, strecke mich genüsslich und schleiche mich aus dem Zimmer heraus.

Ich beschließe, mich nach einem kurzen Spaziergang an der frischen Luft in den Frühstücksraum der kleinen Herberge zu setzen und dort auf Levian zu warten. In mein Zimmer mag ich nicht mehr zurückkehren, aus der Befürchtung heraus, das Bett könnte mir abermals ein zu verlockendes Angebot machen, um es auszuschlagen…
Trotzdem ich aufgrund der frühen Uhrzeit der erste Gast im Frühstücksraum bin, sind die Tische bereits eingedeckt. Hinter dem Tresen neben dem Eingangsbereich des Raums ist niemand zu sehen. Auf einem langen Tisch an der Wand sind jedoch diverse Speisen aufgebahrt: kleine Gläschen mit verschiedenen roten Pampen drin… Marmelade? Dann noch Grünzeug, Backwaren… und für den eher herzhaften Geschmack eine reiche Auswahl an Wurst- und Käsesorten.
Ich setze mich an einen Tisch am Rande des Raums und zupfe an meiner dunkelgrauen enganliegenden Tunika, die ich mir vor dem Frühstück noch kurz passend zu meiner neuen schwarzen Jeans besorgt habe. Eine stämmige junge Frau tritt

aus einer kleinen Tür neben dem Tresen und kommt freundlich lächelnd zu mir herüber. Dass eine rotäugige weißhaarige Dame am Tisch sitzt, scheint sie nicht argwöhnisch zu stimmen… „Guten Morgen, die Dame. Was darf es denn zu trinken sein?“ fragt sie.
Ich überlege kurz, dann ordere ich einen Früchtetee und ergänze: „Könnten Sie mir bitte extra viel Zucker dazu reichen?“
Die Frau verweist höflich aufs Büffet und erklärt: „Wählen Sie bitte aus unserem umfangreichen Teeangebot, das wir Ihnen dort zusammengestellt haben. Zucker befindet sich direkt daneben. Sofern Sie ein Frühstücksei wünschen, kann ich Ihnen gern eins zubereiten.“
Warum fragt sie erst, was ich trinken möchte, wenn ich es mir dann doch selbst holen muss…? Naja… trotzdem sie ja nichts Großartiges vollbracht hat, bedanke ich mich bei der Frau und erkläre, dass ich noch vom Abendbrot mehr als satt bin. Als sie wieder hinter der Tür verschwunden ist, hole ich mir meinen Früchtetee und nehme auch gleich eine kleine Handvoll Zucker mit zum Tisch. Nacheinander lasse ich die Würfel nun in das hellrote Wasser platschen: eins, platsch, zwei, platsch, drei, platsch, vier, platsch…
Ich streiche mir kurz eine weiße Strähne hinters Ohr…
…fünf, platsch.

Es befindet sich nun so viel Zucker im Tee, dass er sich nur sehr mühselig auflöst. Wahrscheinlich ist die Flüssigkeit nach einiger Zeit gesättigt und vermag nicht noch mehr Zucker aufzunehmen. Nachdenklich rühre ich mit einem kleinen Löffel in meinem Getränk herum und lasse meinen Blick durch den Raum gleiten. Nach einiger Zeit betreten ihn weitere Gäste. Nett grüßend nicken sie zu mir herüber und steuern sofort auf das Büffet zu. Als der Tee kalt ist, nehme ich einen ersten Schluck davon. Ihhhhhh… pfui Teufel!!! Dieser ekelerregende süße Geschmack reibt sich wie schmutzige Stahlwolle über meine Zunge und scheint sich in jeder Zelle meines Mundraums festzusetzen!
Ich huste angewidert.
…
Dann nehme ich den nächsten Schluck.

Nach einiger Zeit gibt sich auch mein blonder Jäger die Ehre. Verschlafen und überhaupt nicht so fidel wie sonst kurz nach dem Aufstehen, schlurft er in den Raum hinein. „Leeve!“ rufe ich ihm zu und grinse. Er durchbohrt mich mit einem unerklärlichen Blick. Hat er irgendetwas? Dann läuft er langsam zum langen Tisch herüber, nimmt sich einen Teller und packt sich neben zwei Scheiben Brot noch ein wenig Grünzeug drauf. Als er mit der Zusammenstellung seines kargen Frühstücks fertig ist, blickt er abermals zu mir herüber. Fast scheint es so, als sei er unsicher, ob er sich nicht lieber allein irgendwo an einen weit von mir entfernt stehenden Tisch setzen soll. Schließlich kommt er aber doch auf mich zu, setzt sich mir ohne jeden Gruß gegenüber und beginnt mit der Nahrungsaufnahme.

Ja, er hat definitiv irgendetwas.

„Guten Morgen, Leeve! Na, schlecht geschlafen?"

Wieder straft er mich mit einem Blick, der finsterer nicht sein könnte. Ich weiß nicht warum, aber irgendwie scheint er mir vermitteln zu wollen, dass dies so ziemlich die blödeste Frage ist, die ich ihm nur stellen kann. Beleidigt über sein unerklärliches Verhalten murmle ich: „Man wird ja noch fragen dürfen…" und widme mich wieder meinem Tee.

Schweigend sitzen wir uns gegenüber. Ich beobachte ihn dabei, wie er lustlos an seinen Broten knabbert. Als mir das zu langweilig wird, erkundige ich mich: „Und, kleiner Jäger, wohin führt uns der Weg denn heute nun?"

Nachdem er den Bissen, den er im Mund hat, runtergeschluckt hat, antwortet er knapp: „Zu Mael."

„Ach? Na, was meist du, wie lange wir dafür brauchen werden?"

Gut, ich gebe zu, dass diese sarkastische Bemerkung nicht sehr geistreich war, aber ich ärgere mich gerade ziemlich über sein unerklärliches Verhalten. Genervt donnern meine Finger auf

dem Tisch herum. Als er nichts weiter auf meine Frage zu erwidern gedenkt, hake ich nach: „Und magst du dieser erbärmlichen, gewaltlustigen Kreatur hier denn auch mitteilen, wohin du sie anschließend zu verschleppen gedenkst?"
Überrascht schaut Levian von seinem Teller auf. Sein Gesichtsausdruck springt unruhig zwischen bockig und betroffen her, dann seufzt er und erklärt: „Ich würde dann gern erst einmal nach Hause reisen... um Nileyn von den Plänen zu berichten und um wenigstens ein paar Tage Ruhe zu finden..." Sein Blick wandert zur Seite, als er nachsetzt: „...Was meinst du?"
Ich bin etwas überrumpelt ob der versöhnlichen Frage, antworte aber: „...Naja, klar, da habe ich nichts dagegen, wie du ja weißt."

Nachdem wir mit dem Frühstück fertig sind, holt Levian seine Sachen aus dem Zimmer und wir machen uns auf den Weg zu Mael. Als wir an dem weitläufigen Platz ankommen, auf dem die Tauben, Spatzen, Meisen und einfach alles, was in dieser Stadt gefiedert ist, eine Art Morgenchor aufführen, bleibe ich stehen: „Hey, nimm's mir nicht übel, aber ich ziehe es vor, dieses Haus nicht noch einmal zu betreten...", mit einer Grimasse ziehe ich die Hände nach oben und versuche das Bild eines

Untoten nachzuahmen, der auf den Fresken der Stadtmauer zu sehen ist, „...Du verstehst?“
Levian zögert... Ich zeige auf die Bank, auf der wir gestern Abend gesessen haben: „Naja, keine Angst, die paar Minuten, die es braucht, sich von dem Idioten zu verabschieden, wird er wohl verkraften müssen, dass ich kurz unbeaufsichtigt bin. Außerdem könnt ihr mich vom Fenster aus ja sehen.“
„Mh.“ grunzt Levian resigniert. Es war eindeutig ein zustimmendes Grunzen, denn nun läuft er hinüber zur Villa.

Ich lausche dem harmonischen Piepen, Gurren und Zwitschern, das über den Platz summt. Alles ist erfüllt von dieser Melodie. Es ist als hätten die Vögel diese Vorstellung lange einstudiert. Plötzlich wird diese einlullende Harmonie von einem trockenen Krächzen gestört, das über die Freifläche hallt. Eine ruppige Krähe stolziert über den Platz. Alles schweigt. Das lässt mich nachdenklich werden... Irgendetwas...
Irgendetwas oder... jemanden habe ich übersehen...

Die Verabschiedung von Mael war sicherlich sehr emotional, denn nach sage und schreibe sieben Minuten - so zumindest laut Kirchturmuhr - öffnet sich schon wieder die Tür zur Villa und ein blonder Schopf tritt heraus.

Als er bei der Bank angelangt ist, auf der ich sitze, schmunzle ich: „Na sowas, ich dachte Traian würde es sich nicht nehmen lassen, mich persönlich zu verabschieden…"
Mit zusammengekniffenen Augenbrauen berichtet Levian: „Traian ist nicht hier. Mael hat ihn im Morgengrauen losgeschickt, um einen Dämon zu jagen, dessen Präsenz er etwas entfernt der Stadt wahrgenommen hat."
„Oh…" gebe ich kurz zurück. Klar, dass in Levians Stimme Sorge mitschwingt. Traian scheint noch nicht lang allein auf die Jagd zu gehen. Noch vor einer Weile erzählte mir Fior, dass Traian beim Aufeinandertreffen mit ihm von Mael begleitet wurde, der jedoch nicht aktiv am Kampf teilnahm. Zudem gibt Traian sich häufig so unsagbar selbstsicher, was eine vollkommene Fehleinschätzung seiner selbst ist. So etwas kann im Kampf gegen Meinesgleichen schnell gefährlich werden. Und noch etwas beschäftigt mich: wer ist der Unsterbliche, den Traian verfolgt?
Levian wirkt sehr geknickt. Man sieht es ihm an der Nasenspitze an, dass er Traian gern begleitet hätte. Aber viel könnte er ohne Bann eh nicht ausrichten…
Ich erhebe mich von der Bank und laufe über den Platz, eine Straße ansteuernd, die hinaus aus der Stadt und Richtung Levians Gebiet führt. Aufgescheucht flattern die dicken Tauben rechts und links neben mir hoch. In seinen Gedanken

versunken läuft Levian neben mir her und bemerkt beim Überqueren des Platzes nicht einmal, dass die Spitze der gigantischen metallenen Kompassnadel nun nicht mehr so wirklich steil nach oben zeigt...

25.

Starker Wind tost uns entgegen, zerrt an den Blättern der Bäume. In den dichten Nadelwäldern, die wir auf unserem Weg zu Maels Stadt durchstreiften, konnte man es noch nicht so deutlich erahnen… Nun, wo die Umgebung zunehmend auch von Laubbäumen bestimmt wird, scheinen einem die auffälligen roten und orangenen Flecken in den Kronen einer Warnung gleich. Fast neongrell prangen sie dort oben und verkünden, dass uns kältere Zeiten bevorstehen. In einem drückenden Grau ziehen die Wolken über uns hinweg. Ich denke an die sommerlichen Regenschauer und wie sie mir vor einigen Wochen noch warm auf der Haut kitzelten. Aber der Regen, der sich heute ankündigt, wird sich anders anfühlen.

Auf dem Weg durch Maels Gebiet frage ich mich immer wieder, wie Nileyn wohl darauf reagieren wird, dass Mael und Levian über ihren Kopf hinweg entscheiden. Eine Ausbildung zum Jäger… Es gibt sicherlich Wünschenswerteres, was sie mit ihrer Zeit anstellen möchte. Während es offensichtlich ist, dass Levian seinem Ziehvater gegenüber ja eine eher unterwürfige Haltung einnimmt, kann ich Nileyns Beziehung zu Mael nicht einschätzen. Ich habe sie noch nie zusammen erlebt. Aber irgendwie beschleicht mich das Gefühl, dass sie anders reagieren wird als ihr Bruder. Dass Levian Maels Entschluss unterstützt, rührt meiner Einschätzung nach jedoch nicht nur daher, dass er sich ihm unterordnet. Weilt Nileyn während seiner Abwesenheit bei Mael, so bedeutet dies Sicherheit für sie. Das ist natürlich keine Legitimation dafür, ihr Vorschriften über ihr Leben machen zu wollen, aber ich kann in gewisser Weise nachvollziehen, warum er so handelt.

Gerade durchqueren wir ein Stück des Waldes, in dem die Bäume weniger dicht stehen. In einiger Entfernung kann ich eine Lichtung ausmachen. Von der Seite aus schiele ich zu Levian herüber. Seine Pläne für Nileyn… Sie bedeuten, dass er seine Reise zu den Jägern nach unserem Aufenthalt Zuhause fortsetzen wird. Müde starre ich auf die Steinchen, die auf dem Weg vor mir liegen und über die ich mit meinen nackten Füßen laufe. Ich habe es schon so oft versucht… versucht, ihm zu sagen, dass dieser Weg nicht der richtige sein kann… Aber so viele Worte ich auch darauf verwende… Es erreicht ihn einfach nicht. Diesem Gedanken nachhängend, nähere ich mich mit meinem schweigsamen Jäger im Schlepptau der Lichtung.

Krrrk!

„Runter!!!“ rufe ich, fasse in diesem Augenblick aber auch schon nach Levians Haaren und ziehe sie so schnell Richtung Erde,

dass der Aufprall seines Gesichts ziemlich hart ausfällt. Aber er nimmt es mir nicht übel, denn er weiß, warum ich das getan habe. Gerade noch rechtzeitig sind wir damit einem kristallverzierten Messer ausgewichen.
Ein *kristallverziertes* Messer?
Blitzschnell stemme ich mich hoch und werfe dem Angreifer meine Hand entgegen, doch er springt bereits in die Höhe und landet einige Meter von uns entfernt auf dem Boden. Dies ist offensichtlich kein Jäger…
Nachdem Levian sich aufgerappelt hat, zückt er sein Messer und lässt seinen Rucksack fallen. Sein Blick wandert zu der Waffe, die der Angreifer in den Händen hält. Ich versuche Levians Ausdruck zu deuten - kommt ihm diese Waffe bekannt vor?
„Mh… wirklich was gebracht hat das ja nicht. Seltsam, in gewisser Weise hatte ich gedacht, dass so ein Messer einem… ihr wisst schon… so einen Kick oder etwas in der Art verschafft… einen Vorteil? Aber eigentlich sind diese Waffen, die ihr Jäger mit euch herumtragt, nichts Besonderes."
Abschätzend lässt der Angreifer die Waffe in seinen Händen balancieren. Seine grauen Haare trägt er zu einem Pferdeschwanz. Sein weißes Hemd, die graue Anzugweste und die dazu passende Hose geben ihm eine gepflegte, angepasste Erscheinung. Nur die roten Augen passen nicht wirklich in das

Bild, das er zu schaffen versucht. Und dass er in diesem Aufzug hier im Wald herumlungert, erst recht nicht. Ich habe nicht die geringste Ahnung, wer das ist.

Im Plauderton erwidere ich: „Mh, ja, scheint nur ein Gerücht zu sein, das mit den Waffen der Jäger. Nichts Mystisches und nichts, was Unseresgleichen durch einen einzigen Stich wirklich gefährlich werden könnte. Aber eines hier, das vermag es, deine unnütze Erscheinung innerhalb von Sekunden für immer von dieser Welt zu tilgen.“ Ich grinse herausfordernd und spreize demonstrativ meine Finger. Konzentriert und so wie immer während eines Kampfes ohne Drang zur unnötigen Kommunikation, steht Levian in Kampfhaltung neben mir - abwartend, wann der Feind sich in Bewegung setzt.

Kalt perlen die ersten Regentropfen auf meiner Haut.

Den Blick betont desinteressiert auf die Waffe in seiner Hand gerichtet, gibt der Unsterbliche zurück: „Nun, ich muss zugeben, ich habe nicht die geringste Ahnung, warum eine Dämonin und ein Jäger absurderweise gemeinsam durch den Wald streifen, aber ich bin mir sicher, dass mich eure Geschichte auch nicht derart packen wird, dass sie es vermag, diese grausige Langeweile zu vertreiben, die auf meinen Schultern in der langen, laaaangen Zeit meiner Existenz immer mehr an Gewicht gewinnt. Eines jedoch, und da kannst du sicher sein, wird mich zumindest für einen Bruchteil der mir aufgebürdeten Ewigkeit die Spannung spüren lassen, nach der ich mich seit meinem Ableben so sehr verzehre. Und das, Kindchen, wird der Moment sein, in dem ich euer Blut fließen sehe."

Entgeistert ob dieses Ergusses starre ich unseren Angreifer an. Wie furchtbar blasiert Meinesgleichen sich doch geben kann! Das ist mir noch nie so deutlich geworden...

„Ha, ha, ha, ha, hast du mich allen Ernstes ‚Kindchen' genannt?" lache ich ihm nun entgegen.

„Nun, das ist wohl eine angemessene Bezeichnung." meint der Untote.

„Ha, ha, ha, er hat mich ‚Kindchen' genannt!" In diesem Augenblick stehe ich schon vor dem Angreifer und lasse meine Hand niedersausen. Doch er reagiert schnell, dreht sich drunter weg und lässt seinerseits das Messer auf mich zu tanzen. Wieder einmal ertönt dieses mir so vertraute *Kling*, das mich schon so oft erschauern ließ. Entsetzt starre ich Levian an, der das Messer mit seiner Waffe gekonnt abgewehrt hat.

„Immer spielst du die Defensive für mich und bringst dich unnötig in Gefahr!" stoße ich wütend aus, während ich mit dem Fuß auf den Kopf des Angreifers ziele. Doch natürlich sieht Levian das nicht ein...

„Immer suchst du zuerst die Offensive!" blafft er nun zurück, während der Unbekannte sich wegrollt.

„Hnggg… naja, das bringt den Kampf am schnells-“ Ich komme nicht dazu, diesen Satz zu beenden, denn gerade sehe ich, wie der Untote sein erbeutetes Messer von sich wegstößt. Ich greife dazwischen, doch habe ich durch die Ablenkung zu spät reagiert. Das Messer bohrt sich in Levians linken Unterarm.
„Interessant. Ich hatte mit mehr Gegenwehr gerechnet, ihr zwei.“ trötet der Untote siegessicher.
Mit schmerzverzerrtem Gesicht greift Levian nach dem Messer, das in seinem Arm steckt und stößt den Angreifer von sich. Nun steht der Unbekannte ohne Waffe da. Und nun weiß ich auch, warum die Jäger im Kampf sonst nicht viel reden. Das ist eigentlich keine so schlechte Taktik, stelle ich fest. Hastig renne ich auf den Untoten zu, damit er nicht zu Atem kommen kann, doch da springt er bereits auf den starken Ast einer hohen Tanne. Etwas verwirrt, dann jedoch ziemlich zufrieden mit der abschreckenden Wirkung meiner Kampfkünste, rufe ich hinauf: „Huh? Sooo quälend scheint die Langeweile wohl nicht zu sein, dass du nicht einmal bereit bist, deine Existenz aufs Spiel zu setzen, um sie zu vertreiben?“
Da hohnlacht der rotäugige Unsterbliche plötzlich: „Ha, tja Eve, meine Liebe, eigentlich liegt es eher daran, dass ich meinen Soll für heute erfüllt habe.“
Unwillkürlich verkrampfe ich: „Ich kenne dich nicht.“
„Natürlich nicht, ha haha, haha!“

Es war eine Falle. Und ich habe es nicht bemerkt… Mein Blick wandert zu Levian, der sich nun, den linken Arm haltend, mit einem fragenden Ausdruck neben mich stellt. Gequält flüstere ich ihm entgegen: „Kannst du deine Hand noch bewegen?“

„Warum fragst du?“ erwidert er verwirrt. Aber es ist unnötig, ich kenne die Antwort bereits.

Der Regen prasselt immer stärker auf die Erde herab.

Ich atme einmal tief ein…

…und aus…

„Woher hast du das Jagdmesser, Fior?“

Jetzt endlich scheint auch Levian zu begreifen, denn er nimmt schnell wieder seine Kampfhaltung ein.

Fior tritt zwischen zwei Tannen hervor und lächelt sanft: „Mh, ich hatte eher mit einer anderen Frage gerechnet.“ Ich fixiere ihn stumm. Als er merkt, dass ich mich nicht rühre, lässt er ein gespieltes Seufzen hören und antwortet schließlich: „Es gehörte einem Jäger, den ich nahe Hunter‘s Hell bekämpft habe. Warum interessiert dich ausgerechnet diese Frage am meisten?“

Noch einmal atme ich tief durch.

„Nein, keine Sorge, es ist nicht Traians Messer.“ stellt Levian, der meinen Gedanken erraten hat, nun neben mir klar. Vorhin beschlich mich so ein unbestimmtes Gefühl… Aber ich habe mich geirrt, es waren weder Fior noch der Unbekannte, den Traian verfolgte…

Ich blicke auf die Stelle, an der Levians Wunde seine graue dünne Jacke in einem saftigen Rot färbt. Dann schaue ich in die Baumkrone hoch, doch der unbekannte Angreifer scheint bereits verschwunden zu sein. Er hatte seinen Auftrag schnell und präzise erledigt. Warum Fior sich wohl Hilfe hierbei geholt hat, darüber kann ich nur spekulieren. Vielleicht wollte er nicht sofort meinen ganzen Hass auf sich selbst ziehen, sondern erst einmal eine Verhandlungsposition schaffen. Wie lange er das hier wohl geplant hat…?

„Andere Fragen sind nicht nötig.", knurre ich, „Ich weiß, was du gedenkst zu tun, Fior. Immer wieder redest du von deinen Ängsten, immer betonst du, wie groß doch deine Sorge um mich sei. Aber nie scheinst du mir zuzuhören. Wie oft habe ich versucht dir zu erkl-"

„Oh nein, Eve, ich höre zu.", wendet Fior nun kalt ein, „Ja, das tue ich. Ich höre, wie du zu mir sagst, dass du alles Mögliche versucht hast, um dich loszureißen - während der Jäger danebensteht. Ich höre, wie du mit zitternder Stimme zugibst, wie sehr du den Bann fürchtest - und der Jäger blickt zu dir herab. Ich höre, wie du mir deine Sorge offenbarst, der Bann könnte dich auflösen, wenn ich den Jäger ausschalte - der Jäger ist in deiner Nähe. Ich höre sehr gut, Eve, und ich sehe genau hin."

Wie arrogant ich war, zu glauben, ich könnte Fior täuschen. Ich habe ihm stets die Wahrheit gesagt. Aber alles andere, was darüber hinausging und ich nicht in Worte fassen konnte, hat er dennoch gehört. Ich beiße die Zähne zusammen.
Ruhig steht Fior da. Eine Weile lässt er mir Zeit, das Gesagte zu verarbeiten. Dann macht er einen Schritt auf mich zu und sagt mit einem sanften Ausdruck: „Eve, ich bin doch kein Feind. Bitte behandle mich nicht so. Ich will nur erreichen, dass du dich endlich aus dem Einfluss dieses Menschen befreien kannst. Und ich will, dass du ehrlich zu mir bist. Habe ich denn nicht wenigstens Ehrlichkeit verdient, wenn schon kein Vertrauen?"
In den Bäumen rauscht es laut. Blätter wehen an uns vorbei. Kalt rinnt das Regenwasser mein Kinn herunter. Ich schmunzle traurig vor mir hin. Wie sollte ich überhaupt irgendjemandem gegenüber ehrlich sein, wenn ich es nicht einmal zu mir selbst sein kann?
Ich kann nicht…
Ich kann doch nicht anders handeln…
„Fior… Ich habe doch schon so oft versucht mich zu befreien…" verteidige ich mich matt.
Sein eben noch sanftes Gesicht verwandelt sich bei meinen Worten in eine rasende Maske. Energisch gestikulierend brüllt er in einer so hohen Lautstärke, dass seine Worte im Wald widerhallen: „DU hast VERSUCHT dich zu befreien? Als der

Jäger das erste Mal, seitdem er dich gefangen hat, mit einem anderen Dämon gekämpft hat, hast du es versucht?!“

Ich spüre Levians Blick auf mir. Natürlich weiß er es…

„Als diese junge Dämonin euch angegriffen hat, hast du es versucht?!“

Natürlich weiß er, dass es gelogen war…

„Jedes verdammte Mal, als der Jäger geschlafen hat!!! HAST DU ES VERSUCHT?!“

Immer noch sieht Levian mich an. Ich kann es sehen. Ich kann seinen Augen ablesen, dass er mir genau dieselben Fragen stellt. Der Regen trommelt mit einer derartigen Lautstärke auf uns nieder, dass ich nun nichts anderes mehr zu hören vermag als dieses Geräusch. Er trommelt… unerbittlich und niemals enden wollend. Alles vibriert. Ich stehe nur da und lasse den Regen auf mich niederprasseln.

Wie könnte ich ehrlich antworten…

„Dies ist die perfekte Gelegenheit! Ich habe sie für dich geschaffen, Eve!“ ruft Fior gegen das Rauschen an, doch seine Worte erreichen mich nicht. „Aber vielleicht fehlt dir auch die nötige Motivation, um diese Chance wahrzunehmen…“

Taub betrachte ich, wie Fior sich in Bewegung setzt. Es kommt mir vor, als würde er eine Ewigkeit brauchen, um einen Fuß vor den anderen zu setzen. Dabei rennt er vermutlich gerade tatsächlich derart schnell, dass er das unablässig herabfallende

Wasser förmlich durchschneidet. Meine starren Augen nehmen wahr, dass er nun bei Levian angelangt ist und seine Hand auf ihn zubewegt. Levians Messer rast nach oben…

Ich keuche.

Beide halten in ihren Bewegungen inne. Fiors Augen fixieren seinen Arm, der eben noch auf Levians Kopf zuflog. Er kann ihn nicht rühren, meine Hand umklammert ihn fest. „Ich warne dich nur einmal. Lass von Levian ab, sonst…"
„WAS, Eve?! Sprich es endlich aus!" schreit Fior mir rasend vor Wut ins Gesicht.
Ich atme schwer. Entsetzt über mich selbst beiße ich die Zähne zusammen… Dennoch treten diese Worte aus meinem Mund… leise, wie von selbst…
Ich hauche: „…sonst werde ich dich töten."
Fior lacht. Es ist ein schmerzhaft trauriges Lachen… so unerträglich… „Du hast doch schon die ganze Zeit so empfunden oder etwa nicht? Du widerst mich an!"
Mit einem festen Tritt in meinen Bauch reißt Fior sich von mir los. Mir bleibt kurz die Luft weg. Dann springt er mir entgegen, zielt mit seiner rechten Hand auf mein Gesicht. Aus dem Augenwinkel heraus sehe ich, wie Levian sich regt, doch ich brülle: „Halt dich da raus!" - und er stoppt.

Fiors Hand streift mein linkes Ohr, seine Fingernägel ritzen sich in meine Haut. Ich lasse meine rechte Faust in seinen Bauch fliegen und bringe einen kurzen Abstand zwischen uns. Ich ringe nach Luft. Als ich mir ans Ohr fasse und auf meine Finger schaue, läuft das Blut an ihnen herunter. Es ist nicht schlimm, der Regen trägt es fort.

Zitternd liegt Fior am Boden. Es ist weniger der Schlag, der ihm zusetzt, als die Ablehnung, die ich ihm entgegenbringe. Das weiß ich… Wie in Trance starre ich ihn an und warte ab, bis er sich aufgerappelt hat. Unter einem wütenden Aufschrei prescht er los und rennt mir direkt entgegen. Seine Hand fliegt abermals auf mein Gesicht zu. Ich drehe mich weg, aber so rasant, wie Fior agiert, ist dies nicht schnell genug. Seine Finger streifen meinen Hals. Auch dort rinnt nun Blut herab. Aber es ist nicht viel, ich kann es aushalten.

Fior entfernt sich wieder schnell. Mit zusammengebissenen Zähnen betrachtet er von weitem meinen Hals. Wieder setzt er zum Sprung an und zielt auf mein Gesicht, doch ich drücke seinen Arm fort, sodass er nur meine Schulter streift. Meine dunkelgraue Tunika reißt an der Stelle auf, an der seine Finger mich treffen. Ich zucke nur. Anstatt sich erneut in sicheren Abstand zu mir zu bringen, fällt er nun vor mir auf die Knie. Das Wasser läuft an seinen dunklen Haarspitzen entlang.

Unter seinem zitternden Körper höre ich leise Schluchzer:
„Warum... warum kämpfst du nicht richtig...?“
Tränen laufen mir übers Gesicht. Der Regen wischt sie fort, aber sie laufen einfach weiter... Ich hätte es ertragen, wenn er seine Wut an mir ausgelassen hätte... Aber das... diese Traurigkeit... Es ist ein starkes Ziehen, das mich zu zerreißen droht. Ich bin unfähig zu antworten.
Fior blickt zu mir auf. Eine ganze Weile lang starren wir uns an. Niemals könnte ich ihm ernsthaft etwas antun... geschweige denn... ihn töten... und er weiß es. Ich fahre mir mit dem Arm übers Gesicht, aber es hilft nichts. Ich kann nicht aufhören zu weinen. Langsam erhebt sich Fior und schaut zu mir herab. In seinen Augen liegt so viel Leid und so viel... Zuneigung... Ich schaue auf meinen langjährigen Begleiter und presse meine Zähne zusammen, um nicht ebenfalls zu schluchzen. Dann sieht er Levian an, der den Kampf die ganze Zeit über mit gezücktem Messer verfolgt hat.
Und dann... geht Fior.
Einfach so.
Ohne Abschied.
...

Lange starre ich zu den Tannen herüber, zwischen denen er verschwunden ist. Mir ist klar, dass ich ihn niemals

wiedersehen werde. Der Regen rauscht… nach wie vor… Ich höre, wie jemand an mich herantritt, aber ich kann ihm nicht in die Augen blicken. Ein Zittern durchfährt mich. Allein sein… Niemals wollte ich so sehr allein sein wie in diesem Moment. Ich habe einen Freund verloren… Ich habe das eingesehen, gegen das ich mich so sehr gewehrt habe. Und ich habe es preisgegeben. Vor Levian… Das, was ich unter keinen Umständen preisgeben wollte… So verletzlich… Ich kann es nicht ertragen… Ich kann seine Nähe nicht ertragen… Und doch lässt Levian es nicht zu, dass ich allein bin. Stumm steht er vor mir, unsicher, was er tun soll. Als er seine Hand hebt, stoße ich sie wutentbrannt fort und schreie ihm entgegen: „Warum lässt du mich nie allein?!“
Verwirrt zieht er seine Hand zurück. Doch ich schreie weiter: „Warum nur immer diese unbedachte Nähe?!“
Triefend nass steht er vor mir und versteht nicht, was ich ihm entgegenbrülle. „Was tue ich denn, dass…“ hebt er an. Doch ich will nicht hören, was er zu sagen hat: „Warum immer diese Fragen? Niemals willst du eine Antwort und doch fragst du immerzu!“
„Aber, hör…“
„Warum… warum diese Eifersucht auf ihn?!“ will ich wissen.
Levian ruft aufgebracht: „Was?! Ich…“

„Warum weist du mich dennoch ständig zurück?!!!“ brülle ich weiter.
Nun ebenfalls brüllend entgegnet er: „Hör… hör mir doch zu!“
Doch es geht nicht… In meiner Verzweiflung kann ich nichts anderes tun… nichts anderes, als es herauszuschreien: „WARUM DAS ALLES, WENN DU MICH DOCH SO SEHR HASST, LEVIAN?!!!“

Plötzlich packt er meine Hand, zieht mich zu sich heran und…
…umarmt… mich…

Unaufhörlich prasselt der Regen auf unsere Haut, während er mich stumm umarmt. Ich keuche, halte meine Finger verkrampft nach unten. Was soll ich nur tun?!

„Eve…“ flüstert er neben meinem Ohr.

Meine Augen weiten sich. Mein Mund öffnet sich stumm. Mein ganzer Körper spannt sich an. Mein Herz… alles pulsiert… So unfassbar laut…
„…sag so etwas nicht… Ich… hasse dich nicht…“
Ich stehe da und schluchze wie ein kleines Kind: „Aber… warum strebst du dann immer noch nach meiner Auslöschung?“

„Aber…? Nein! …Das… das will ich doch auf keinen Fall!" stammelt er.
Kraftlos vergrabe ich mein Gesicht in seiner Schulter. Meine Hände wandern an seinen Rücken. Nun bin ich es, die flüstert: „Warum siehst du es nicht…? Eine Lösung… Anders kann eine Lösung nicht sein, als dass der Bann, der nur durch dich angehalten wurde, weiter verläuft…"
Er umklammert mich fester, ballt seine Hände.
Ich kann es spüren… Erst jetzt begreift er es…
Sein ganzer Körper bebt.

26.

- Imee -

Hargggg... ich zucke, springe zum nächsten Baum herüber...
ER... *ER* soll spüren, wie es sich anfühlt, dieser Schmerz...
Von Baum zu Baum haste ich...
Es ist unnütz, es ist nicht schnell genug...
Die ganze Zeit regnet es. Der Boden ist so aufgeweicht. So grau, der Himmel... wie damals... Ich komme nicht schnell genug voran. Da, schon wieder! Dieses Keuchen! Dieser Junge... er folgt mir immer noch... schon so lange... durch diesen Wald... Wieder springe ich zum nächsten Baum, aber er kommt immer näher. Es... Nein, ich sollte lieber rennen... auf Bäumen herumzuspringen gibt ihm nur mehr Raum für einen Angriff... Ich springe zu Boden und presche los... Ich renne über die matschige Erde hinweg. Nicht schnell genug, er folgt mir, dieser Junge. Seit der Stadt schon. Arg... Warum ist er so hartnäckig? Ihn wollte ich nicht... *ER*... *ER* soll meinen Schmerz spüren... Der Junge stört mich! Seine Aufmerksamkeit habe ich nicht begehrt. Ich haste vorwärts, an den Tannen vorbei. Schneller, schneller, nicht schnell genug.

Der Junge mit den wirren hellbraunen Haaren… ist gefährlich, er ist impulsiv… Genau wie *ER* damals… Als *ER* ihn mir nahm… meinen Sohn…

„Grrrrgggg!"

In… in der großen Stadt, wo der braunhaarige Junge und der Alte leben. Ich wollte nicht zu ihnen, ich wollte zu *IHM*… *ER* war dort, *ER*… seine dunkelblauen Augen hätten mir folgen sollen. Ob die Dämonin mit *IHM* gekommen wäre… das wäre mir gleich gewesen. Hauptsache *ER* hätte mit diesen abscheulich blauen Augen gesehen, was ich gedenke zu… Hrg… Wieder dieses Keuchen… Immer näher kommt der Junge, der mich unablässig verfolgt. Die Tannen geben mir Schutz vor seinem Bann, aber wie lange noch? Je näher er kommt, desto größer die Gefahr… Ich muss handeln, ich muss… Ich bleibe stehen, lasse den Jungen ein Stück auf mich zukommen. Dann renne ich ihm entgegen. Seine Augen, diese grünen Augen… Er ist verbissen… Aber es spiegelt… ja… es ist auch Angst in seinen Augen. Jetzt, da ich ihm durch die Pfützen hindurch entgegenrenne und brülle… „Aaaaaarggg!" Ich ziele auf sein glattes, ekelhaft sorgloses Gesicht. Aber ich bin nicht schnell genug. Ich muss schneller werden… Hrrrr!… Er dreht sich weg, es blitzt. Dann sehe ich sein Messer… dieses grünverzierte Messer… Es rast auf mich zu, aber es trifft mich nicht. Ich ducke mich, stoße meine Hand mit ganzer Kraft gegen die Scheide. Der Junge schaut mich überrascht an. Wieder blitzt es. Das Messer fliegt durch die Wucht des Aufpralls davon. Sie sind so fixiert auf diese Waffe... Der Junge wird es nicht hier liegen lassen. Ich stürme sofort los, weg von ihm... Ich habe ein Ziel... Egal ob der Junge mir folgt. Egal ob jetzt oder später... *ER* wird es spüren... Der grünäugige Junge holt erst sein Messer, bevor er mir nachsetzt. Das verschafft mir Zeit... Der Junge, er ist ein Bekannter von *IHM*. Die Sachen des Jungen sind so durchweicht vom Regen, überall klebt der Schmutz und Schlamm des Waldbodens daran... So lange schon verfolgt der Junge mich und doch gibt er keine Ruhe. Weiter... immer weiter... auch jetzt kommt er mir unaufhaltsam näher... Aber ich habe noch genügend Abstand. Wenn ich nur...

Hng...

IHN habe ich so oft schon beobachtet. Und diese Dämonin... So oft schon, aber... Weil sie stets bei *IHM* ist, komme ich nicht mehr an *IHN* heran. Sie beschützt *IHN*... Tse... eine Dämonin. So unfassbar alt und beschützt einen wie *IHN*, ihren Feind! Ich habe es gleich durchschaut!

Weiter an den Tannen vorbei, das Regenwasser spritzt mir unablässig entgegen. Aber das macht mir nichts. Meinem Ziel komme ich auch so immer näher... Bald... Das Keuchen ist

noch nicht zu hören. Warum ist *ER* mir nicht gefolgt? Warum dieser Junge?
Der Nadelwald… er geht über in einen seichten Mischwald. Hier stehen die Bäume weniger eng beieinander. Ich muss besser aufpassen. Wie lange schon folgt der Junge mir? So viele Stunden… Immer noch ist er bei Kräften. Sie sind so verbissen…
Der Regen ist entsetzlich laut… wie an jenem Tag …als mein Sohn vor mir stand… in meinem Haus. Nie wieder hätte ich gedacht, dass ich ihn wiedersehe. Seine roten Augen… Nie mehr hätte ich das helle warme Braun darin gesehen, das ich so sehr liebte. Aber das wäre mir gleich gewesen. Es war meine Schuld, meine Schuld, dass es sich rot gefärbt hatte. Wäre ich achtsamer gewesen, hätte ihn nicht allein gelassen… Ich weiß es nicht, ich weiß nicht, wer ihn mir nahm… Ich habe ihn so lange gesucht…
„Kyaaaaaaarg!“ Ein Ast streift mich am Arm. Überall klebt noch das Blut an mir… von jenem Tag… Der Verband, den mein Sohn getragen hat… Der Verband ist ein Mahnmal, das meinen Körper umschlingt. Es fehlt noch Blut… von *IHM*…
Ich renne und keuche nun selbst. Wie lange schon renne ich? Aber ich bin nun nicht mehr allein. Der Junge hat schnell aufgeschlossen, bald ist er wieder in Sichtweite. Ich schaue mich um und sehe nur Weiß. Birken umzingeln mich… Rrrrg!

Dort, dort ist ein gutes Versteck für einen Hinterhalt! Jemand hat hier vor langer Zeit Äste und Zweige zu einem großen Hügel aufgeschüttet. Ich ziehe einen spitzen Ast heraus und verstecke mich hinter dem Gewirr. Ich weiß, dass der Junge mich spüren kann. Aber es wird mir einen kurzen Vorteil verschaffen. Hastig pocht mein Brustkorb, während ich mich auf dem Boden niederlasse. Der Regen… er rinnt an mir herab… Es hört einfach nicht auf zu regnen… Ich blicke in den Himmel. Hrrrgn… Als mein Sohn vor mir stand, an jenem Tag, brach ich zusammen… Ich weiß noch, wie er sagte: „Ich bin zurückgekehrt… endlich…“ Ich wusste es doch, ich wusste, dass es keine frohe Rückkehr war. Aber ich spielte mit. Es war mir egal. Sein Körper, mein Sohn fühlte sich so anders an als ich ihn umarmte. Er erzählte mir, wie es nun werden würde, wie schön es nun wieder wäre, wenn wir zusammenleben könnten. Ich wusste, dass es Teil seines Spiels war. Es diente nur dazu, mir einen größeren Schmerz zuzufügen, bevor er das tun würde, wofür er gekommen war. Auch das war mir egal. Nur dieser eine Moment blieb mir. Ich lauschte seinen Worten… Noch nie war jedes seiner Worte so teuer wie an diesem Tag.

Krrrr…

Das Keuchen… Noch immer kann der Junge sich auf den Beinen halten. Langsam pirscht er sich heran. Sein Instinkt…

Er verrät ihm, dass ich mich nicht mehr entferne. Ich weiß, dass es so funktionieren muss... Grrr... Ich hole tief Luft. Meine Hand krampft sich zusammen. Dieser Körper... Er gehorcht mir noch nicht so, wie ich es mir wünsche. Ich muss schneller werden... und listiger.

Ein Zweig knackst, er steht unmittelbar vor den aufgetürmten Ästen. Ich springe heraus, renne auf ihn zu. Sein Messer blitzt, aber zu spät dieses Mal. Ich werfe meinen Ast. Etwas hier hat den Jungen abgelenkt. Dieser Ort? Der Ast... er trifft den Jungen am linken Oberschenkel. „Hrg... verdammt!" stöhnt er. Der Junge zieht den Ast heraus, will seinen Bann einsetzen, aber ich springe sofort hinter das Astgewirr. Ich kann es riechen, Blut fließt. In meinem ganzen Körper pulsiert es nun mit einer unbändigen Kraft. Immer schneller, schneller schlägt es in mir... Jaaa... „Jaaaa... Junge... ich will deinen Schmerz hören! Kreische vor Schmerzen, solange du noch kannst!"

So wie *ER* schreien wird...

Aber der Junge beißt die Zähne zusammen. Dieses Knirschen... So verbissen darauf mich auszulöschen. So sehr, dass ich den Jungen aus sein Gebiet heraustreiben konnte. Es muss mit *IHM* zu tun haben... Sonst wäre er mir nicht so weit gefolgt. „Hrra, hahahaha!" Ich kann nicht anders als zu lachen - *ER*... *ER* nimmt mich wahr... als Bedrohung! Der Junge pirscht um den Asthaufen herum. Gleich ist er wieder bei mir... Ich nehme den nächsten Ast. Dort! Da ist er! „Kraaaaaaggggghhh!“ Ich ziele mit dem Ast auf das andere Bein. Sein Messer wehrt ihn ab. Meine Hand rast nach vorn, reißt sein schlammverschmiertes Hemd am Bauch auf, aber sein Messer ist schneller. Es streift meine Hand. „Uaaaaa! Du verdammter Bengel!“ Er hat mich getroffen! Er hat mich getroffen!!! Mein Blut, es rinnt aus dem Schnitt aus meiner Hand! Mein Blut! Nicht so! Alles rast, mir wird heiß... Wie kann er...?! Wutentbrannt blicke ich ihm in sein Gesicht. Dieses Gesicht! Diese grünen Augen! Noch nie haben sie ein Leid gespürt! „Schau mich nicht mit diesen Augen an!“ schreie ich. Mit einem kräftigen Tritt befördere ich ihn zu Boden. Er landet fast in einer Pfütze, rollt sich jedoch ab und springt sofort auf mich zu. Ich darf ihm keine Gelegenheit lassen, seinen Bann zu benutzen. Mit seinem Messer zielt er abermals auf meine Hand. Nein! Das lasse ich nicht zu! Ich lasse mich abrupt zu Boden fallen, meine Hände berühren die aufgeweichte Erde, stützen mich. Mein Fuß schnellt nach oben, ich treffe ihn am Bauch. Ein Stöhnen. Ich blicke nicht zurück, schnell renne ich voran, weg von dem Jungen... Er wird mir nicht mehr. schnell folgen können... Die Wunde an seinem Oberschenkel... sie behindert ihn... Mein Ziel... es ist so nah... so nah...

Hgn... gleich...

So nah, als mein Sohn mich damals umarmte... Ich konnte immer noch seinen Herzschlag spüren. Ich wusste, dass es ein Messer war... Ein Messer, das er hinter seinem Rücken versteckt hielt. Es war mir egal, für diesen einen Moment... Dann...
Hgg... Ich renne weiter voran, aus dem Wald heraus, über die freie Ebene. Der Junge, er folgt mir... Grr, aber er hat noch nicht aufgeschlossen. Ja!!! Das Ziel, so nah...
„Graaaaaaaaaaaaaaaaa!“ Als *ER* kam! Als *ER* in mein Haus kam, kein Zucken, kein Wort. *ER*... nur dieser abfällige Ausdruck in seinen dunkelblauen Augen... *ER*... nur dieser kalte Gesichtszug... *ER*... DIESE GESTE...
Dort, da ist es, MEIN ZIEL! Dort habe ich *IHN* in seinem Zimmer angegriffen! Dort hat die Dämonin mich verjagt! DORT! Das Haus! SEIN HAUS! Ich sehe es! Nur noch ein kurzes Stück!!! GLEICH! GLEICH ERREICHE ICH ES! DIESE GESTE, mit der er mir meinen Sohn genommen hat!!! AUCH ER SOLL IHN SPÜREN, DIESEN SCHMERZ!!! DORT! Neben dem Haus! Auf der BANK im Garten!!! DORT! DA SITZT SIE! MEINE RACHE! IHRE BLAUEN AUGEN! IHRE LANGEN HAARE! „HRRRAAAAAA!“

- Imee -

27.

- Eve -

„Leeve?"
„Mh?"
„Meinen Namen… kannst du ihn noch einmal nennen?"
Er blickt kurz zur Seite und flüstert verlegen: „…Eve…"
Mh… In meinen Fingern kribbelt es. Traurig schaue ich auf den sandigen Trampelpfad vor mir. Wie die dunklen Tannen so an uns vorbeiziehen, während wir unseren Weg nach Hause weiter fortsetzen… Wie das Regenwasser, das sich während des Schauers vorhin auf den Blättern der Pflanzen gesammelt hat, nun im seichten Licht funkelt, das durch die dicken Wolken quillt… Es ist seltsam in dieser Andacht, die uns umgibt, meinen Namen zu hören. Ich lächle matt. Ich musste erst einen Freund verlieren, um ihn aus diesem Mund zu hören.
Levian läuft neben mir her, fixiert mich nun von der Seite mit seinen tiefblauen Augen. Seine Schritte werden unregelmäßig. Als er beginnt zu sprechen, bildet sich wieder eine Falte auf seiner Stirn: „Hätte ich gewusst… dein Name… ich meine… dass es dich… hng…" Ich weiß, was er mir sagen will. Er muss

es nicht aussprechen. Mit mir ringend zucke ich nervös mit den Fingern. Dann atme ich langsam aus und... ergreife seine rechte Hand... drücke sie leicht... nur kurz, um zu zeigen, dass er sich keine Vorwürfe machen soll... Dann lasse ich sie schnell wieder los. Er sagt nichts.

Während wir den sich erstreckenden Wald weiter durchqueren, hallen Fiors Worte immer und immer wieder in meinem Inneren: „Du hast doch schon die ganze Zeit so empfunden, oder etwa nicht?" Habe ich das? Immer noch sehe ich Fiors leidvollen Ausdruck vor mir. Es wird lange dauern, bis ich darüber hinwegkomme. Vergessen werde ich ihn nie.

Schweigend laufen wir weiter, bis die Tannen schließlich lichter werden und sich das erste Rot der Laubbäume zeigt. Wieder erfüllt mich dieses Kribbeln. Es ist nicht mehr weit bis nach Hause. Gleich erreichen wir die Grenze von Maels Gebiet ...und keine Spur von Traian. Levian meinte, Mael hätte gespürt, dass die Präsenz des unsterblichen Eindringlings in diese Richtung davongezogen ist. Das heißt, er hatte es gespürt, bis ich mich der Villa wieder genähert hatte. Was danach passiert ist, ob der Unsterbliche weiter diese Richtung zog, wissen wir nicht. Dieser Gedanke beunruhigt mich irgendwie... Nicht, dass ich mir Sorgen um Traian machen würde... Aber Levian... wäre doch sicherlich schon etwas...

irgendwie… ein klein wenig… traurig, wenn seinem Freund etwas zustoßen würde… denke ich…
Als wir den Wald verlassen, erstreckt sich vor uns eine weite Ebene. Ich blicke die Waldgrenze entlang. Rechts von uns, in einiger Entfernung, mündet der von kräftigen Buchen und Ahornbäumen durchzogene Verlauf in eine Stelle, die fast ausschließlich von schlanken Birken bestimmt wird. Diese Stelle war mir bisher noch nie aufgefallen. Das Weiß dieser Bäume… Ein seltsames Gefühl… Ob dies wohl der Ort ist, von dem Nileyn mir erzählt hatte? Ob sie, Levian und Helen dort wohl ihr Versteck hatten? Nileyn… Bei diesem Gedanken bleibe ich stehen. Meine roten Augen schweifen langsam über die Landschaft, auf einen Punkt hin. Fast traue ich mich nicht, ihn genau zu fixieren, aus Angst, das was ich schon so lange zu sehen verhoffe, könnte nicht mehr dort sein. Aber natürlich sind das nur Hirngespinste. Natürlich sind diese Ängste unbegründet, denn dort steht es: Nileyns und Levians Haus. Ich stoße einen Seufzer aus… Zuhause… Ja… Dort liegt es, zwischen den Bäumen und Büschen und kahler werdenden Sträuchern. Gewaltig erhebt sich die graue Wolkenwand darüber, die nun immer durchlässiger wird. Zahlreiche Lichtstrahlen durchstoßen sie, fallen auf das alte Backsteinhaus nieder und es liegt so ruhig und friedlich da, wie ich es in Erinnerung hatte. Der Wind weht über die vor uns liegende

Ebene, trägt den herbstlichen Duft der Wiesen zu uns. Levian und ich stehen eine ganze Weile lang einfach nur da. Fast so als würden wir befürchten, dieses vollendete Bild zu zerstören, sobald wir uns darauf zubewegen. Wir sehen uns fest in die Augen und wissen, dass wir im Augenblick nirgendwo lieber wären.

„Komm, Eve…“ sagt er leise zu mir.

„Ja.“ antworte ich nur.

Je näher wir dem Haus kommen, desto stärker wird dieses unruhige, aufgeregte Kribbeln in meinem Brustkorb. So etwas habe ich noch nie gespürt. Es ist nun fast schon so intensiv, dass es wehtut. Als Levian das rostige Gartentor mit dem uns wohlbekannten, vernehmlichen Quietschen öffnet, ist es augenblicklich still um uns herum. Dieses seltsam kribbelnde Gefühl… Es wird immer stärker. Wir laufen den kleinen, unregelmäßig gepflasterten Gartenweg entlang und steuern auf die grüne Haustür zu, deren Farbe bereits an unzähligen Stellen abblättert. Als wir fast an der Tür angelangt sind, umweht uns eine starke Windböe. Sie trägt einen seltsam vertrauten Geruch zu mir. Süßlich… Das Kribbeln… Es drückt so sehr in meinem Brustkorb… Warum… warum ist dieses Gefühl so… entsetzlich…?! Levian bleibt abrupt stehen. Den Blick nach rechts, entlang der Hauswand und in Richtung des kleinen Pfads gewendet, der zur Holzbank führt, steht er da, zitternd, die Augen weit aufgerissen. Feine rote Spritzer ziehen sich auf den Pflanzen entlang.

...?!

Erst jetzt realisiere ich, was es für ein Geruch war, den der Wind uns entgegen getragen hat. Das Gefühl in mir schwillt an... Ich kann es deutlich spüren... Es ist kein Kribbeln, es ist... ein Brennen... Entsetzt greift Levian nach der Türklinke, drückt sie schwungvoll herunter und stürmt in den Hauptraum des Hauses. Ich folge ihm und sehe... Traian. Er sitzt auf dem Gang, zusammengekauert am Boden. Schwer atmend reibt er sich über das Gesicht.

„Wo... wo ist sie?" fragt Levian. Keine andere Frage könnte er stellen. Dies ist die einzige Frage, die zählt.

Traian reibt sich erneut übers Gesicht und schluchzt. Er vergräbt es unter dem Arm, unfähig uns anzusehen: „Sie... Nileyn... sie ist..."

Es schmerzt ihn so sehr, dass sein ganzer Körper darunter zittert „...Ich konnte sie nicht aufhalten... Imee... Sie hat... Sie hat...

Sie hat Nileyn getötet."

Mein Herz pocht unter diesem Brennen.

Meine Wangen werden kalt.
Meine Kehle verengt sich.
Ein Schmerz ergreift mich... Ein Schmerz, wie ich ihn in seiner Unendlichkeit bisher nur ein einziges Mal spürte... Neben mir sehe ich Levian auf die Knie sinken.

Nie wieder wird dieses Haus, dieser Garten, das sein, was es für ihn und auch für mich war.

Ich schließe die Augen...

...und...

...habe noch nie so weit gesehen, wie in diesem Moment.

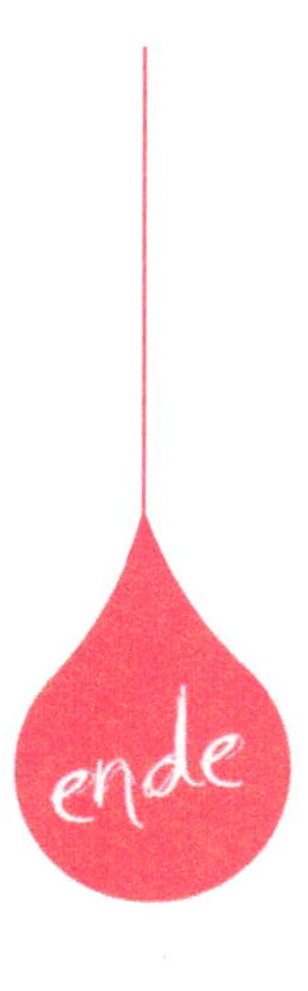